rowohlt
BERLIN

Szilárd Rubin

ROMAN

DER EISENGEL

Aus dem Ungarischen von
Timea Tankó

ROWOHLT • BERLIN

Die Übersetzung wurde gefördert mit Mitteln
des Hungarian Books and Translations Office
im Petőfi Literatur Museum.

HUNGARIAN BOOKS
AND TRANSLATIONS
OFFICE

PIM

Die Originalausgabe erschien 2012
unter dem Titel «Aprószentek»
bei Magvető Publishing House, Budapest.

1. Auflage November 2014

Satz aus der Adobe Garamond Pro, InDesign,
bei Pinkuin Satz und Datentechnik, Berlin
Druck und Bindung
CPI books GmbH, Leck, Germany
ISBN 978 3 87134 789 4

DER ANFANG

Glückliche Kinder, UdSSR – (amüsant!)
GÉZA OTTLIK, BLEISTIFTNOTIZEN

SPÄT AM ABEND SASS ICH IM PARK von Törökszentmiklós. Es war warm, vom Rasen und von den Parkwegen stieg der Geruch des ehemaligen Marktplatzes auf und vermischte sich mit dem Lindenblütenduft, das Denkmal des Soldaten aus dem Ersten Weltkrieg glänzte im Mondlicht. Dahinter, an der rot-weiß-grün gekachelten Fassade der alten Sparkasse, galoppierten Urmagyaren mit Pfeil und Bogen.

Mir kommt es oft so vor, als hätte man mich mit dem Fallschirm dorthin geworfen, wo ich gerade bin. Hier, in dieser Nacht in der ungarischen Tiefebene, wurde dieses Gefühl zusätzlich von dem sich entfernenden Summen eines Hautflüglers verstärkt. Es hätte mich nicht gewundert, wenn zwischen den Bäumen plötzlich Scheinwerfer aufgeleuchtet und sich auf mich gerichtet hätten und wenn dann Polizisten auf mich zugerannt wären. Es bewegte sich jedoch kein Blatt. In der zunehmenden Stille vernahm ich immer klarer, wie es aus einem Gartenschlauch ins Gras tropfte, wo sich bereits eine kleine Pfütze gebildet hatte.

In der Tiefebene bin ich ein Fremder, schon in der Schule langweilte ich mich, wenn es darum ging, wie das Pferd das Schlammboot mit dem Weinfass zum Wirtshaus zog, und wenn wir uns die Ebene im Atlas ansehen sollten, schweifte mein Blick heimlich nach Siebenbürgen. Dennoch ratterte ich einmal sogar im Traum – es war, als mir mein Vater drohte, mich in eine Besserungsanstalt zu schicken – die Stationen einer Eisenbahnlinie herunter, die durch die Tiefebene verlief: In jenem Traum hatte ich einen Platz gesehen, der diesem Park glich. Ich musste ihn nächtens überqueren, zusammen mit einem ehemaligen Kraftakrobaten, der seine Glanzzeit bereits hinter sich hatte und nun als Wärter im Kinderheim arbeitete und an dessen verwittertes Grabsteingesicht ich beim Nahen des kälteren Wetters, zu Beginn der Erkältungszeit noch heute manchmal denken muss.

Nun aber, um halb zwei, knirschten die Kieselsteine des Parkwegs unter echten Schritten. Bald tauchten zwei sowjetische Soldaten auf, ohne Mützen, blond, das konnte man erkennen, obwohl ihre Köpfe rasiert waren. Stumm gingen sie an mir vorbei, in abgetragenen Uniformen, mit Mantelsäcken über den Schultern, in sich gekehrt, wie zwei Franziskaner.

Kaum waren sie in der Dunkelheit verschwunden, blieb auf der leeren Landstraße am Rande des Parks ein Auto stehen. Es war weiß, mit pechschwarzem Leinendach und verchromtem Gestänge, und als das Licht im Wageninneren anging, schien es lang wie die Milchstraße. Die Reisenden studierten vielleicht eine Straßenkarte, suchten den Weg nach Szenttamás und das mit einem roten Symbol gekennzeichnete Schlosshotel, von dem aus sie dann in den Morgenstunden auf stattlichen Vollblütern stattlich über die stattlichen Staatsgüter in Richtung Stadt reiten würden, ganz so, als kämen sie geradewegs aus dem alten Georgien.

Ich betrachtete das Denkmal, das vom Mondlicht mit Blätterschatten und glänzenden Schuppen geschmückt wurde. Auch hier hätte die Schwalbe des irischen Dichters ein Stückchen Gold picken können, um damit in eines der Bauernhäuser am unteren Ende der Stadt zu fliegen und es neben den Fingerhut der Hausfrau auf den Tisch zu legen.

Konnte ich in dem Soldaten denn etwas anderes sehen als einen glücklichen Prinzen? Er war zwar nur aus Gusseisen, aber er stand immerhin – obwohl im Krieg gefallenen ungarischen Soldaten seit einem Dritteljahrhundert kein Denkmal mehr errichtet wurde.

Die Stadt selbst kannte ich, bevor ich zum ersten Mal hinfuhr, bereits aus einem Gedicht:

Deine Augen sehen Kontinente –
vergebens: Hier gibt es nichts:
In Törökszentmiklós und Fegyvernek
allein zu sein
ist schmerzlich.
Grenzen! Europa! Flügel!
Nicht die Macht des Glaubens noch der Sehnsucht kann
zügeln
die Kraft des Schlammes,
der alles beherrscht hier:
Schlamm, Schlamm und schlummernder
Kummer
in der Seele von Mensch und Tier:
Es ist nicht schlecht, doch auch nicht gut,
der Speisewagen des Abendexpress'
trägt die Zivilisation fort und jedes Licht ruht.

Lőrinc Szabós Gedicht *In einer Zeitungsnotiz die Unendlichkeit* beginnt mit diesem Befund, dem ein Therapievorschlag folgt, vor dem vielleicht sogar Endre Ady zurückgeschrocken hätte:

Hübsches Klavierspiel am Nachmittag
die Musik der Welt übertönt!

Wachrütteln könnte nur das Grauen
– eine Bombe! – ein Unfall! – damit man erhört,
was groß ist, kräftig und schön:
«Die Moskauer Garde feuert aufs Volk!»,
«König tot! Mörder unbekannt!»
und «Nobelhotel im Engadin
abgebrannt!»

Eine Notiz des Lyrikers über die Entstehung des Gedichtes zeugt ebenfalls von einem bedrückenden Erlebnis:

«Ich fuhr einmal, als ich noch für *Az Est* schrieb, mit meiner Dauerkarte nach Törökszentmiklós. Ich spazierte durch die Stadt, wie früher als Student, als ich die Zugkarten von meinem Vater bekommen hatte. Es muss Sommer gewesen sein. Ich erinnere mich, dass aus einem der Fenster in der Nähe der Kirche, wahrscheinlich aus dem Pfarrhaus, Klavierspiel zu hören war. Es machte mich ganz niedergeschlagen, dieses öde Städtchen …»

Während ich ausrechnete, dass ich vier Jahrzehnte nach der Entstehung dieses Gedichtes zum ersten Mal nach Törökszentmiklós gefahren und das nun auch schon zehn Jahre her war, hatte ich nebenher bereits seit Minuten wahrgenommen, dass das Tropfen aufgehört hatte, und nun wandte sich auch meine Aufmerksamkeit dem zu erwartenden Ereignis zu. Der Gartenschlauch im Gras ächzte, und das angestaute Wasser ergoss sich mit einem sanften Geräusch in die Pfütze.

Meine Kenntnisse über die Stadt reichten jedoch über die eines durstigen Nachtfalters hinaus.

Ich wusste zum Beispiel, dass der ehemalige Marktplatz, den man in den sechziger Jahren zum Park umgestaltet hatte, in der Zeit um den Ersten Weltkrieg von Mihály Jancsó, dem einzigen Straßenfeger der Gemeinde, in Ordnung gehalten worden war; neben dieser Tätigkeit bestellte er noch seine zwei Morgen Land. Er hatte fünfzehn Kinder gezeugt, von denen zwölf bereits als Säuglinge starben, von den drei überlebenden Mädchen heirateten zwei und erhängten sich später. Womöglich wurde die Jüngste durch das Schicksal ihrer Schwestern vom Heiraten abgeschreckt.

Als Kind verdingte sich diese Borbála Jancsó als Tagelöhnerin, später bei Bauern. Dann wusch sie Därme in der Geflügelschlachterei. An ihrer letzten Arbeitsstelle in der Landmaschinenfabrik putzte sie Toiletten, ihr Monatslohn betrug sechshundert Forint. Lesen und schreiben konnte sie nicht, aber ihre Arbeit erledigte sie laut der Fabrik gut, wobei Folgendes eingeräumt wurde: «Einmal stahl sie eine siebeneinhalb Meter lange Baumwollschnur und schädigte dadurch das Kollektiveigentum um den Wert von achtunddreißig Forint und fünfzig Fillér.»

Sie bekam von vier verschiedenen Männern fünf Kinder, drei starben jedoch bald. Ein Mädchen, Piroska, und ein Junge, Jóska, blieben am Leben. Vater des Mädchens war der Großbauer Géza Ladányi, der des Jungen der Mechaniker Lipót Stern. Keiner der Väter kümmerte sich um sein außereheliches Kind, Borbála Jancsó erhob trotzdem keine Klage gegen sie. Jeder wusste, dass sie um ein Pfund Speck oder ein paar Kilo Mehl für jeden zu haben war und man ihr daher kaum Glauben schenken würde. Außerdem wollte man weder gegen den jähzornigen Trinker Ladányi noch gegen den «lieben Herrn Stern» aussagen. Borbála schlug sich mit ihren beiden Kindern und ihrer verwitweten, arbeitsunfähigen Mutter allein durch.

Eine der Behausungen, wo sie im Laufe der Zeit untergekommen waren, fand ich: einen Schuppen, der im hinteren Hofteil des Hauses Váradistraße 15 stand. Es gehörte einem verwitweten Tagelöhner namens Imre Földvári, dem Borbála nach Angaben der Nachbarin für die Unterkunft mit ihrem Körper zahlte.

«Borbála und ihre Mutter», erzählte diese Frau Kovács, «waren friedliche Leute, aber vor ihrem Mädchen hat man sich schon fürchten müssen, als sie noch ganz klein war. Auf dem Hof stand ein Birnbaum, da kletterte sie hinauf und wartete, dass wer vorbeikam. Sie hat andere Kinder mit grünen Birnen beworfen, manchmal mit einer Wucht, dass sie hinfielen. Unsere Margit hatte mal eine Beule an der Schläfe. Ich habe geschimpft: ‹Piri, hör auf, die Leute zu bewerfen.› Sie sagte nur: ‹*Sie* treffe ich auch gleich, und dann liegen Sie in Ihrem Hof.› Dazu ist es nicht gekommen. Aber ihre Großmutter hat sie wirklich mal zu Boden gebracht. Sie hat mitbekommen, wie das Mädchen sich ihren, der Großmutter Wintermantel nahm, und da hat sie sich ihr in den Weg stellen wollen. Aber Piri schubste sie um und ging mit dem Mantel weg. Sie zog ihn an, denn es herrschte eine Eiseskälte, und sie sah darin aus wie damals die alte Jüdin, die ihren Leuten hinterherlief, als man sie zum Bahnhof trieb. Die hatte ausgesehen, als wäre sie nichts als ein Mantel, sie war schon längst hinter den anderen zurückgeblieben, und doch war sie nicht aufzuhalten.

Nach dem Krieg, als die Budapester gekommen sind, um Lebensmittel einzukaufen, hat sich Piri oft zu einer der Frauen gesellt und hat geweint, hat sich als Waise ausgegeben und gesagt, sie möchte nach Szolnok fahren, hat aber kein Geld. Die Frauen haben meist Mitleid gehabt und gesagt, wenn sie ihnen den Korb tragen hilft, dann zahlen sie ihr den Fahrschein. Und dann ist Piri noch vor Szajol, bei Szúr, heimlich ausgestiegen und mit dem Korb nach Hause gelaufen.

Ihre Mutter habe ich, nachdem sie von hier weggezogen sind, nur einmal gesehen, als ich auf der Landstraße 4 von einem Verwandten nach Hause kam. Sie trug Hobelspäne in einem Sack auf dem Rücken und hielt mich an. ‹Hören Sie, Rózsika, was die Lautsprecher sagen?› ‹Ich weiß›, habe ich gesagt, ‹ein Mädchen aus Mezőtúr ist verschwunden.› ‹So ist es›, hat sie gesagt, ‹bestimmt hat sie jemand weggefangen, aber was schert es mich, was mit ihr passiert, mir hat der Staat auch meinen Jóska geraubt und in die Anstalt gesteckt.› Ich weiß noch, sie hat über das Verschwinden der Mädchen sogar gelacht, und ich ließ sie einfach stehen, so erschrocken war ich über ihre Herzlosigkeit.»

Damals wohnten die Jancsós bereits im Haus Nummer 171 in der Straße der Roten Armee. Dieses Haus stand schon bei meinem ersten Besuch in Törökszentmiklós nicht mehr, ich hatte nur das Modell im Kriminalmuseum gesehen. Das Original lernte ich vor allem aus den Erzählungen von Dániel Ágyi kennen, des Sachbearbeiters im zuständigen Jugendamt. Er erzählte mir auch, wie Jancsós an die Immobilie gekommen waren. Das Gesetz 1946/20 besagte, dass auch außereheliche Kinder Unterhaltsanspruch aus Erbschaften haben, selbst wenn es sich um eine bereits geklärte Erbangelegenheit handelt. Daher wies das Jugendamt – in Absprache mit der Ehefrau des Verstorbenen – Piroska Jancsós Halbbruder einen Anteil vom Vermögen des deportierten Mechanikers Lipót Stern zu. Nach Aussage Dániel Ágyis war Dr. Gábor Kiss, der Komitatsvorsitzende des Jugendamtes, «völlig in die Kinder vernarrt», und um die Verschwendung des Erbes zu verhindern, bestand er darauf, dass das Geld angelegt wurde. Er war es, der von den gerade zum Verkauf stehenden Häusern das beste aussuchte, das man für das Geld bekommen konnte.

«Es war ein gelb gestrichenes, einfaches Bauernhaus mit drei Räumen. Die beiden Fenster der Stube gingen nach der

Straße, das der Küche und der Kammer auf die Veranda. Man trat durchs Gartentor ein und ging dann über die Veranda links am Haus bis zur Küchentür. Nachdem die Jancsós eingezogen waren, verlor das Gartentor jedoch bald seine Bestimmung, denn im ersten Winter verheizten sie den Zaun, und im Sommer gingen sie einen Trampelpfad, den sie sich durchs meterhohe Unkraut bis zur Küchentür gebahnt hatten.

Zum Wohnen benutzten sie ausschließlich die Küche; die Stube und die Kammer waren nur noch Rumpelkammern, wo sie Stroh, Hobelspäne und unterwegs gesammelte Zweige aufhäuften. Die beiden Fenster zur Straße verhingen sie mit Dachpappe.

In der Küche stand ein schwarzer Eisenofen, und wenn man darin Feuer machte, leuchtete es durch die vielen Risse. Die Betten bestanden aus über Ziegelsteine gelegten Brettern, darauf streuten sie Stroh und deckten Sackfetzen darüber. Ihre Kleidung hing an Nägeln an der Wand, die Kinder wurden in Backblechen gebadet. Als Sachbearbeiter des Jugendamtes besuchte ich sie mehrmals. Wenn ich danach nach Hause kam, zog ich mich immer im Hof aus. Einmal, als ich eine helle Hose anhatte, sah sie nach meinem Besuch wie mit Mohn bestreut aus: Sie war schwarz vor lauter Flöhen. Auf der Straße war Piri trotzdem immer ordentlich und hübsch gekleidet, und sie hatte eine Menge Bücher, die sie verschlang. Wenn ich kam, blickte sie nur kurz auf und las dann weiter, als sei ich Luft. Klar, denn sie wusste ja, weshalb ich da war, und schließlich war wirklich jeder Protest vergebens: Wir nahmen ihnen den Jungen und auch Piris Tochter weg – ‹raubten› sie ihnen, wie sie sagten – und gaben sie ins Kinderheim.

Das Rákosi-Parteisekretariat hatte den Jancsós dreihundert Forint zugewiesen, damit wir Möbel für sie kauften.

Davon gab es genug, wir wussten gar nicht mehr, wo wir sie unterbringen sollten, im Kellergeschoss des Rathauses standen so viele beschlagnahmte Betten und Schränke, dass man sich kaum bewegen konnte. Es gab viele schöne, verzierte Stücke, aber für die Jancsós suchten wir eher Sachen von den Mittelbauern aus, das tat es auch. Sie bekamen ein Sofa, einen Tisch, ein Kinderbett und drei Stühle. Und natürlich Daunenbetten, große und kleine Kissen: Auch davon verschimmelten schon so viele im Lager, dass man einen Waggon damit vollbekommen hätte. Als sie festgenommen wurden, waren die Sachen völlig kaputt, es lohnte sich nicht, irgendwas davon wieder mitzunehmen. So blieb alles da, die Fenster zur Straße wurden von den Leuten eingeworfen, der Wind wehte ins Haus, es regnete hinein, alles vermoderte und zerfiel; manchmal wurde sogar brennendes Papier ins Haus geworfen, einige Gegenstände, die trotz der feuchten Luft Feuer fingen, verbrannten; die ängstlicheren Menschen wechselten einige Häuser vorher schon auf die andere Straßenseite, sie wollten nicht einmal am Tor vorbei, nicht mal den Bürgersteig vor dem Haus betreten. Es ist jetzt zwei Jahre her, dass Jóska Stern da war und das Haus endlich verkaufen konnte. Der Käufer riss es ab und baute ein neues, das alte suchen Sie vergeblich, wenn Sie nach Törökszentmiklós fahren. Aber die Stelle, wo es gestanden hat, können Ihnen die Nachbarn zeigen, oder Sie finden sie anhand der Hausnummer, die müsste die gleiche geblieben sein.»

Wo jetzt der Park ist, gab es damals noch Wochenmärkte, die im gesamten Landkreis bekannt waren, ein staubiger Marktplatz, auf den die Sonne niederbrannte und den Piri häufig besuchte: Einmal kaufte sie zum Beispiel achtzehn Eintagsküken, ein andermal bat sie jemanden, ihr behilflich zu sein, ihre Taschen zum Bahnhof zu tragen.

Es war leicht, im Park den ehemaligen Marktplatz zu erkennen, und sich darauf Marika Fekete vorzustellen, wie sie unter einer Akazie auf ihren Bruder wartet. Die Blätter bewegten sich jetzt hier ebenso wenig wie die aus Papier im Kriminalmuseum, wo ich das Modell des abgerissenen Hauses samt papierenem Maulbeerbaum und Unkraut im Hof gesehen hatte. Die Möbel fehlten, aber der Richtblock – ein Sofa, das einstmals in der guten Stube eines Bauernhauses gestanden hatte – war auf einer Fotografie verewigt worden.

Am Abend fuhr ich heim nach Buda, und am nächsten Tag sah ich in meiner Vorstellung Lőrinc Szabó, der aus der nahegelegenen Volkmannstraße gekommen war und nun in der Bushaltestelle zwischen Szép Ilona und Budagyöngye stand, so wie zu seinen Lebzeiten, vor allem vor 1956, als wir dort manchmal gemeinsam auf den Bus gewartet hatten, der in die Stadt fuhr. Wenn ich in letzter Zeit in Törökszentmiklós war, erzählte ich ihm in inneren Monologen stets, was ich Neues erfahren hatte. Diesmal war es der Bericht von Frau Kovács und das erstaunliche Bild, die Erinnerung an die unaufhaltsam zum Viehwaggon laufende alte Frau, das Frau Kovács auf das Mädchen projizierte, die sich den Mantel der Großmutter angeeignet hatte.

Der Dichter sah mich entsetzt an.

«Hast du nicht bemerkt, dass es sich nicht um ein Gleichnis, sondern um ein Modell handelt? Dass die ganze Geschichte offenbar ein aus Spiegelbildern bestehender Irrgarten ist?» Er neigte seinen riesigen Pferdekopf mit der zerzausten Mähne nach vorn, sah mir neugierig in die Augen und fragte – mit einem Ton, als wolle er mich zum Geständnis ermuntern: «Fehlt es dir an Talent?»

Er war das einzige mir bekannte Genie, das derart offen

war, dass er sogar sein eigenes Schicksal aufs Spiel gesetzt hätte.

Oder doch nicht das einzige? Gewiss, László Németh hat sich ebenfalls dafür entschieden. Aber er hätte so nicht auf der Straße gesprochen. Er ging kein Risiko für das Seelenheil eines kaum bekannten Wer-weiß-was-in-ihm-steckt-Schreiberlings ein. Wenn ich zumindest halbwegs zum Ungarn geworden bin, dann verdanke ich das László Németh. Aber bei dem, worum es hier geht, war Lőrinc Szabó weit fürstlicher als er.

Und ich, während ich die Wirklichkeit zu einem imaginären Dialog umdichtete, war von solchen Beklemmungen erfüllt, als irrte ich seit Jahren durch ein Labyrinth voller unergründlicher Rätsel.

Meine Angst wurde ausschließlich von Sätzen gemildert, in denen es, wie in Folgendem um die Mitteilung nackter Tatsachen ging:

«Die dreizehnjährige Marika Dobos wurde am 11. August um sieben Uhr morgens von ihren Eltern zur MÁVAUT-Busstation auf dem Hauptplatz von Mezőtúr gebracht.»

Das Bewusstsein, dass sich diese Worte vollkommen mit der Wirklichkeit deckten – ich hatte außer mit dem Vater, der Mutter, der älteren und der jüngeren Schwester des Mädchens auch mit drei Leuten gesprochen, die damals mit ihr im Bus gesessen hatten –, löste meine Anspannung ein wenig.

János Pilinszky war jedoch nach meiner kurzen, kaum zwanzig Zeilen langen Textprobe zu dem Schluss gekommen, dass mich meine wachsende Angst zum Zwangsneurotiker gemacht hatte:

«Das kann doch nicht sein! So wirst du in hundert Jahren nicht schreiben können, was du dir vorgenommen hast. Die

Wahrheit macht wirklich frei, aber nur von der Sünde und nicht von der Staatssicherheit! Sie kann dich weder davor bewahren, ins Gefängnis zu kommen, noch dir das Kreuz der Kreativität tragen helfen.»

Ich erinnere mich vage, dass wir im Café Nárcisz oder Muskátli saßen, der Kaffee gebracht wurde und ich, während ich ihn umrührte, einsichtig nickte. Ich dachte aber bei mir: Das stimmt. Es ist jedoch gerade die Gottesfurcht gewesen, die mich gepackt hat und vor der ich in den Irrgarten geflohen bin.

Man muss gar nicht mit eigenen Augen sehen, wie der Vorhang des Tempels reißt, die Erde erbebt und die Gräber sich öffnen. Es reicht, wenn man sich ein paar Fahrkarten kauft und in überfüllten Bussen, an die Körper seiner unsympathischen Nächsten gepresst, die es auf einmal doch zu lieben gilt, in die Innenstadt fährt, um sich dort mit einem Mönch zu treffen. Aber was sagt man ihm? «Ich beichte Gott dem Allmächtigen, der heiligen Jungfrau Maria, allen Heiligen und dir, Vater, dass ich verrückt geworden bin»? Wenn man das Gefühl hat, durch eine vorübergehende Verwirrung zu so etwas getrieben worden zu sein, kann man es ruhig gestehen und sich wieder verabschieden. Es hat dann nur etwas Zeit, Mühe und Kleingeld gekostet. All das kann jedoch auch dazu führen, dass einem bewusst wird, mit klarem Verstand und wachem Geist die Existenz des Schöpfers ignoriert zu haben, eine Erkenntnis, die einen bis in die Tiefe der Seele zu erschüttern vermag.

Der Geistliche erteilte mir Absolution, und bis zu dem Augenblick, als ich zu Hause ankam, empfand ich kein bisschen Angst.

Nach einem Vierteljahrhundert der Gleichgültigkeit hatte

ich eine Lebensbeichte abgelegt. Und nun spazierte ich sorglos vom Piaristengymnasium am Kálmán-Mikszáth-Platz bis zur an diesem Adventnachmittag nach Marzipan, Schnee und Pelz duftenden, sonnenbeschienenen Vácistraße, die sich aus der Raupe der fünfziger Jahre langsam wie ein glänzender Schmetterlingsflügel erhob, als eine mit Luxusläden geschmückte Einkaufsstraße.

Aber was hält die Seele des Menschen aus, wenn der einzige Luxus seines Lebens jahrzehntelang eine in der Mitte eines schatzlosen, diamantenleeren Museums leuchtende Brosche war? Erträgt sie es, wenn die Existenz Gottes und die unbezahlbaren Gucci-Schuhe oder die glänzende Patek-Uhr im Schaufenster zunächst als Konkurrenten erscheinen, die sich dann zunehmend in gleichrangige Werte verwandeln?

Als ich beim Büro der Fluggesellschaft KLM ankam, lief ich im Geist bereits im eisenkugelfesten Schneesturm durch die Straßen Moskaus und erhob meine Pelzmütze mit ehrlichem Respekt vor dem von Selbstbewusstsein ödematösen jungen Gesicht des KGB-Soldaten, der vor dem gigantischen Block der Lubjanka postierte. Später kam es mir so vor, als sei diese imaginäre Geste, die mich selbst überraschte, das erste Anzeichen für das unwahrscheinliche Verhältnis zwischen mir und Piroska Jancsó, die als Kind dreimal versucht hatte, über die Grenze in die Sowjetunion zu gelangen.

Wäre es ihr gelungen, hätte dort vielleicht wenigstens *ein* glückliches Kind gelebt.

Kaum war ich zu Hause, überkam mich ein Bärenhunger, aber ich zitterte so stark, dass ich selbst in der warmen Küche den Anorak anbehielt und abwechselnd fröstelnd und schwitzend den eiskalten Kürbiseintopf in mich hineinschaufelte, den sich meine neunzigjährige Mitbewohnerin für den nächsten Tag aufgehoben hatte. Ich aß mit gesenktem Blick, denn sooft ich aufsah, lag die rot eingebundene Bibel, die ich unterwegs gekauft hatte, wie ein blutüberströmter Menschenkopf vor mir auf dem Tisch. Mir kam der Gedanke, sie in den Fleischwolf zu stopfen und in winzige Stücke zu zermahlen. Ich war jedoch zu erschöpft und zu schwach. Ich erhob mich vom Schemel und taumelte, ohne auch nur die Hände gewaschen oder die Zähne geputzt zu haben, ins Schlafzimmer und schlief, nachdem ich mich in Hemd und Hose unter meine Ehefrauenersatzdecke gelegt hatte, dank des Wodkas, mit dem ich die Schlaftablette hinuntergespült hatte, augenblicklich ein.

Im Morgengrauen wurde ich davon geweckt, dass in der Nacht – wer weiß, wie – offenbar ein Stoffstück von der Größe einer Hostie in meinen Mund gelangt und vom Speichel schon dick angeschwollen war. Ich hätte es ausspucken oder es mit zwei Fingern aus dem Mund ziehen können, aber aus irgendeinem Grund sträubte ich mich gegen beide Lösungen. Ich tappte schlaftrunken ins Badezimmer, schaltete die 100-Watt-Birne über dem Rasierspiegel an und steckte die Zunge heraus. Sie war schwarz und behaart.

Mir wurde nicht übel.

Kurz dachte ich daran, nie wieder eine körperliche Beziehung haben oder auch nur an öffentlichen Orten essen zu können, doch dann erschienen vor mir die Bilder von unglaublich schönen Museumssälen, von Besuchern, die in sich gekehrt, stumm und andächtig vor den Werken unsterblicher Meister standen, denen man ansah, dass sie sich nichts mehr wünschten als vollkommene Stille, die schon ein Husten, geschweige denn ein Wort, wie ein Stromschlag treffen würde. Nur ein einziger kleiner Mund bewegte sich, der einer Nymphe von zehn oder zwölf Jahren, die auf einem Samtsofa in der Mitte des Raumes saß, aber auch sie war ganz und gar beschäftigt und still, da sie mit schläfriger Seligkeit ein Bonbon lutschte und dieses abwechselnd an die linke und rechte Innenseite ihrer Backe drückte.

Sie lehrte mich den kindischen Trick des Zungenversteckens.

Ich rasierte mich und ging, in meinem Hirschlederimitatmantel mit den Kupferschnallen, der wohl am ehesten zu einem Jäger gepasst hätte und auf dem in ungewöhnlicher Höhe ein Ölfleck war, der vom Auspuffrohr eines sowjetischen Panzers stammte, zur Bushaltestelle.

St.-Johannes-Krankenhaus, Abteilung für Zahnheilkunde.

«Lingua nigra?», flüsterte die dunkelhäutige Assistentin aus Kuba, deren Blick von einer auffallenden Zurückhaltung dem Arzt gegenüber zeugte. Statt einer Antwort warf dieser den Zahnspiegel zu den anderen Instrumenten und blaffte so laut, dass es das Klirren des Metalls übertönte, nicht mehr als Anweisung, sondern als Kommando:

«Mundchirurgie!»

Ich stand auf, er musterte mich und sagte dann überrascht, vor Wut errötet:

«Dieser Fleck kann nur von einem Panzer stammen! Und sie prahlen seit zwölf Jahren damit, was? Starren Sie mich nicht so an, verschwinden Sie, bevor ich Sie hinauswerfe!»

Er war verrückt, aber ich konnte sicher sein, dass er die Genossin von der Mundchirurgie sofort anrufen würde.

Eine halbe Stunde lang wurde meine Zunge mit riesigen Höllensteinen bearbeitet, wurde gebrannt und geätzt, mit Chemikalien, stark wie Hornissengift, die nach Aasgrube stanken.

«Und wie oft …», ich war so benommen, dass ich erst mit leichter Verspätung, als ich vom OP-Stuhl gestiegen war, hinzufügte: «… soll ich kommen?»

Eisige Gleichgültigkeit.

«Wozu? Das ist keine Krankheit, sondern ein Zustand! Verstehen Sie?»

«Verdammte Scheiße!», sagte ich und ließ sie stehen.

In der Nähe des Krankenhauses, auf der anderen Seite der Straße, dort, wo die Straßenbahn der Linie 18 wendet, um in Richtung Moszkva-Platz zurückzufahren, gab es noch die ehemals «Grüne Straßenbahn» genannte öffentliche Toilette vom Anfang des Jahrhunderts. Ich setzte mich mit dem Rücken zu ihr auf die Bank des dahinterliegenden kleinen Platzes, um – im Schutz der Eisenwand immer wieder ausspuckend – zu entscheiden, was ich nun mit mir anfangen sollte. Ich betrachtete den handflächengroßen Park, die trockenen Forsythiensträucher und dachte nach. Ins Museum? Gott bewahre! Oder doch, falls Hitchcock noch läuft, wäre das Filmmuseum eine Möglichkeit. Doch dann kam mir ein Gedanke, der so tröstlich war, dass ich lächeln musste: Am besten wäre der echte Schrecken.

Ich riss ein Blatt aus dem Notizblock, den ich in meiner Brusttasche bei mir trug, schrieb auf die eine Seite *Ich hatte eine OP* und auf die andere mein Fahrtziel.

Dann fuhr ich eine Haltestelle mit dem Bus bis zur Endstelle der Zahnradbahn im Városmajor, wo es auf der anderen Straßenseite eine Apotheke gab.

Ich kaufte eine kleine Packung Watte und stopfte im Hauseingang nebenan die linke Wange und etwa ein Drittel meiner Unterlippe damit aus. Ich betrachtete mich im Taschenspiegel – ihn und einen Kamm hatte ich stets bei mir – und befand, dass mein Gesicht «an der Stelle des Eingriffs» ausreichend angeschwollen war.

Ich ging zurück auf die Straßenseite, von der ich gekommen war, und beugte mich zu einem Taxi herunter.

«Was ist denn mit Ihnen los? Ach, man hat Ihnen einen Zahn gezogen. Wollen Sie einsteigen?»

«Üh …», sagte ich und nickte.

Der Fahrer streckte den Arm nach hinten, öffnete die Tür, ich stieg ein und gab ihm den Zettel:

Ich hatte eine OP.

«Ich beneide Sie nicht. Und wohin soll's gehen?»

Ich drehte den Zettel um.

«Mosonyi. Aha. Zur Polizeidirektion oder zum Museum?»

«Üh …»

Dasselbe spielte sich dann an der Kasse des Kriminalmuseums ab, mit etwas mehr «Üh …»-s und unter Vorzeigen meines Journalistenausweises.

«Sie sind im letzten Augenblick gekommen, Genosse, morgen schließen wir und öffnen erst nach den Feiertagen wieder, Mitte Januar. Es wird alles umgeräumt.» Ich nickte zustimmend, der Polizist grinste und rief mir scherzend hinterher: «Üh!»

Zunächst gab es in der Ausstellung ungefähr genauso viel zu bestaunen wie auf den Plakaten des Handelsmuseums, jenen Collagen aus manchmal benutzt aussehenden, von den Wänden der Dorfklosetts geretteten Werbebildern: angefangen beim Rindvieh, dem der Fischpreis Kummer machte, über Anna Csillags Haarpracht, die sie einem Wunderbalsam verdankte, bis hin zu dem Glanz, den man mit der terpentinhaltigen Schuhcreme der Marke Kakas erreichen konnte, dem nachts arbeitenden Darmol und dem von mehreren bekannten Wissenschaftlern (wahrscheinlich schlechtbezahlten Prosektoren) wärmstens empfohlenen Franzbranntwein.

Ich wollte mich gerade schon von dieser edukativen, auf die Erbauung der Besucher abzielenden, mit kriminalistischen Gruselgeschichten nur sehr sparsam aufwartenden

Welt verabschieden, als ich in den hinteren Winkel eines Raumes blickte und mir ein Verdacht kam. Ich näherte mich langsam einem Tisch in der Ecke, auf dem das Modell eines Bauernhauses stand; an den Wänden links und rechts hing jeweils ein Bild.

Zuerst bemerkte ich die Schönheit des Bildes auf der linken Seite, sie fesselte meinen Blick.

In der Mitte, unter einem Kruzifix, das über der prachtvollen Lehne eines Sofas hing, saß ein alter Mann mit einem großen Schnurrbart und auf seinem Schoß ein schielender kleiner Junge. Die links sitzende Großmutter lachte ihnen zu, ihre Tochter und ihr Schwiegersohn saßen auf der gepolsterten Seitenlehne. Das Bild war vielleicht anlässlich des Geburtstages des Kleinen entstanden und so scharf, dass alles genau zu erkennen war, das Schielen des Jungen, der Glanz des Plüschbezugs und auch die Sofatroddeln. Der Fotograf hatte offenbar seine Lampen in das Bauernhaus geschleppt und die gute Stube gründlich ausgeleuchtet.

Unter der Fotografie stand folgende Unterschrift:

Der Tatort.

Das verstand ich nicht.

Das Bild wirkte, als sei es aus einer unendlichen Ferne ins Museum geraten, während dieser Pilgerfahrt jedoch nicht verblasst, sondern von Licht und Andacht erfüllt hier angelangt. Wie ich es so betrachtete, kam ich dem Gefühl der Andacht, die diese Familie ausstrahlte, immer näher, als wäre ich aus dem Vorraum einer unsichtbaren Kapelle nun vor den Altar gelangt.

Das Bild sollte eine Geburtstagserinnerung sein, heute ist es ein kriminalistisches Dokument: Die Familie sitzt auf ebenjenem Sofa, auf dem später die verschwundenen Mädchen vergewaltigt und erdrosselt wurden.

Ich warf einen flüchtigen Blick auf das Foto gegenüber, das Porträt eines Kindes oder Mädchens, dann auf das Modell: Es waren allerdings nur meine Augen, die diese Gegenstände sahen, nicht aber mein Bewusstsein.

Ich musste an Pilinszkys Geschichte denken.

Es war eine Zeitungsnachricht: In Paris hatte ein junges französisches Hausmädchen ihre Herrin ermordet. Die Dame wollte verreisen und schickte das Mädchen zuvor nach Hause zu ihren Eltern, damit es sich von ihnen verabschiedete. Die junge Frau aber wollte zu Hause bleiben und nicht wieder zurück, was weder Vater noch Mutter verstanden, und das Mädchen sagte immer wieder nur: «Das Meer!» – «Fürchtest du dich vorm Meer?» – «Ja!»

Sie lachten sie aus und schickten sie zurück zu ihrer Herrin. Das Mädchen stach ihr ins Herz, und die alte Dame starb.

Das war eine schöne, geheimnisvolle Geschichte, aber die vermutete Parallele musste ich gleich wieder verwerfen. Hier ging es um fünf Menschen.

Ich betrachtete die Fotografie des Mädchens unruhig und ratlos. Darüber stand: *Die Täterin.* Und unter dem Bild der Name: *Piroska Jancsó.*

Auf den ersten Blick erweckte sie Mitgefühl. Ein feines, gequältes Gesicht, trotzige Kinderaugen, die in Falten gelegte, sorgenvolle Stirn einer Jugendlichen. Ihre schäbige, abgetragene Pünktchenbluse sah aus, als wäre sie aus verwaschenen Küchentüchern genäht: Selbst das Papier strömte den Geruch der Armut aus. Wodurch aber erinnerte sie mich an die hinter Kleinmädchenunschuld versteckte Verdorbenheit der Temple Drake, die den Tod zweier erbärmlicher Menschen verursachte? Der eine wurde gelyncht, der andere gehängt. «Mein-Vater-ist-Richter» – so wurde sie sarkastisch von ihren Verehrern genannt, die sie nicht beachtete mit ihrem nach Beute Ausschau haltenden, kühl distanzierten Blick, die ihr gedemütigt hinterhersahen, wie sie neben einem jungen Mann ins Auto stieg, das bereits mit laufendem Motor auf sie wartete, wobei ihr das Höschen unter dem Rock hervorblitzte; sie stammte aus einer reichen, vornehmen Südstaatenfamilie, und das Ansehen und Vermögen des Vaters stellten sie von vornherein von jeglicher Strafe frei. Temple war ebenso eine erfundene Gestalt wie das Rotkäppchen der Gebrüder Grimm. Dieses echte Bild vor mir schwebte jedoch zwischen diesen beiden, es erweckte zugleich Mitleid, Lust und Angst. In der Tiefe des trotzigen Blickes glühten die Falschheit und der Hochmut der Verführerin, in den katzenartigen Umrissen des Gesichtes etwas, das sie auf rätselhafte und unheilverkündende Weise begehrenswert machte, und das konnte selbst durch die in ihren Zügen liegende Furcht eines in die Ecke gedrängten Raubtieres nicht gebannt werden.

All das erregte mich plötzlich.

Der lateinische Ursprung des Namens Piroska lautet Prisca. Es bedeutet: streng, ernst. Auch Piroska Jancsó sah auf dem Bild so aus. Ihr kleines Apfelgesicht trotz der Grübchen wild, ihre Augen stechend wie Dornen. Nur das seidige, weiche Haar, das ihr Gesicht umrahmt, weiß von nichts, nur die Stupsnase fragt unschuldig: Was wird jetzt mit mir geschehen? Dieses Foto gab es zweimal: Das eine hing an der Wand, das andere war, neben ein paar anderen Bildern, die mit dem Fall in Zusammenhang standen, in ein Fotoalbum eingeklebt. Dieses hielt ich nun in der Hand, und lange konnte ich nicht weiterblättern. Ich spürte die gleiche Aufregung wie damals, als ich als Kind im Märchenbuch den Wolf entdeckt hatte. Von dem Moment an hätten mich die Bäume auf den Bildern, die roten Dachziegel des Hauses der Großmutter, das Federbett, das der Wolf mit der Haube auf dem Kopf über sich zog, auch dann fasziniert, wenn man den Wolf selbst aus dem Buch herausgeschnitten hätte. Er wäre noch in dem unförmigen Loch anwesend gewesen, hätte mich daraus angeschaut.

Ich wollte die Stadt sehen, in der Piroska gelebt, das Haus, in dem sie gewohnt, die Menschen, die sie gekannt hatte. Auch die Brandmauer, auf die man die Kinoplakate klebte, denn sie hatte sie auch gesehen: «‹Das Lied von Sibirien›, Dienstag bis Donnerstag, 18 und 20 Uhr»; den Eiswagen von damals, die kaputten Blechbehälter, in denen irgendwann einmal Himbeer- und Punscheis gewesen war. Den Verkäufer von damals überreden, mir die Bewegung zu zeigen, mit der er die Waffel gefüllt hatte, denn auch sie wird ihm sicherlich einmal dabei zugesehen und darum gebangt haben, ja genug zu bekommen; die Ausleihkarte, auf der sie unterschrieben hatte, *Gullivers Reisen* an dem und dem Tag geliehen zu haben.

Die Gewissheit, dass Piroska auch schon längst aus der Welt geschnitten worden war, ich nur ein verstümmeltes Buch würde in der Hand halten können und die Unterbrechung im Text stets an den Stellen eintreten würde, wo sie anwesend gewesen war, nützte nichts: Ich hätte ihre Briefe sogar aus dem Schlamm aufgehoben. Nicht, um eine Verbrecherin reinzuwaschen. Im Gegenteil, wie János Pilinszky schrieb: «Ich kann mir nicht vorstellen, weshalb die künstlerische Schaffenskraft von der Vergangenheit – und vor allem von den tragisch abgeschlossenen Ereignissen – angezogen werden sollte, wenn sie – abgesehen von der deprimierenden Illusion der Erinnerung – nicht gerade in der Vergangenheit zum ersten Mal das Feuer der konkreten Tat, die Wirksamkeit des Mitgefühls spüren würde – ohne daran etwas zu ändern oder ändern zu wollen.»

Ihr feines, gequältes Gesicht erinnerte mich an das Firmungsbild meiner ersten Liebe.

Ich weiß nicht, wie sie war, wenn sie mordete.

Das andere Gesicht hatte ich oft gesehen, gesehen, wie es vor Lust erstrahlte und doch auch unheilvoll wirkte, wie ein Operationstisch, der nichts von den Qualen derer spürt, die auf ihm sterben. Wir hatten uns schon längst voneinander entfernt, schliefen aber noch miteinander. Wie viele rufen im Moment dieser Lust innerlich einer Piroska Jancsó zu: «Kümmere dich nicht darum»? Wie viele von uns tragen die Last dieser Ausrufe in sich, in dem Glauben, sie hätten, da sie stumm geblieben sind, doch keine Auswirkungen? Trotzdem werden viele nicht verstehen, weshalb ich ihren Spuren folge, was ich von diesem toten Mädchen will. Aber ich verstehe, was das Kind meinte, das durch einen Zufall entkommen war und den Ermittlungsbeamten auf ihre Fragen antwortete: «Sie war wie eine junge Lehrerin.»

Der Polizeioffizier, der das Verhör leitete, sagte über sie: «Sie gehörte dem finstersten dörflichen Lumpenproletariat an und war nur fünf Jahre lang zur Schule gegangen. Dennoch war sie ein außergewöhnlich gescheites, gebildetes Mädchen, mit einem großen Talent zum Zeichnen und Malen, und sie schrieb verblüffend schöne Gedichte. Ich erinnere mich, das eine trug den Titel: *Das Mutterherz.*»

Ich klopfte an der Tür des Museumsdirektors an, und es hatte den Anschein, als sei sie verschlossen und das Büro leer. Dann drückte ich versuchsweise die Klinke herunter, und wie ich so plötzlich die Tür öffnete, sah ich auf der Glasplatte des Schreibtischs das Spiegelbild der Cognacflasche verschwinden; die Flasche selbst hatte der Oberst auf den Teppich gestellt, der von den Schubladen verdeckt wurde.

Er war leicht angetrunken und ziemlich ungeduldig. Ich

hielt ihm meinen Ausweis des Ungarischen Journalistenverbandes hin, lenkte seine Aufmerksamkeit sogar auf mein Passfoto, auf dem ich keinen konterrevolutionären Bart trug, aber er stieß meine Hand weg. Was ich denn überhaupt wolle, fuhr er mich an. Das Museum schließe in wenigen Minuten, er habe überhaupt keine Zeit, aber wenn es denn unbedingt sein müsse, solle ich mich kurz fassen.

«Ich möchte mich nach dem Familienfoto erkundigen. Das in der Ecke des Raumes 4 …»

Jetzt kam es mir gelegen, dass er getrunken hatte.

«Dieses Bild ist die größte Sünde, die je ein geisteskranker Kurator begehen konnte. Wieso? Egal. Beim Umbau wird es entweder entsorgt, oder wir retuschieren die Figuren weg.»

«Ich verstehe. Aber wissen Sie, Genosse Oberst, eigentlich bin ich auf die Täterin aufmerksam geworden. Vielleicht sagt Ihnen der Name Faulkner etwas, er ist Nobelpreisträger.»

«Das ist er. Und?»

«Er hat einen Roman mit dem Titel *Die Freistatt* geschrieben, und dieses Mädchen sieht dem reichen Südstaatenpüppchen aus dem Buch recht ähnlich. Der Heldin der Romans. Sie macht viel Ärger, wird aber für nichts zur Verantwortung gezogen, weil sie reichlich Geld hat.»

«Ja, so läuft das in Amerika. Aber wir haben die da drüben gehängt.»

«War sie volljährig?»

«Sind Sie es?!»

Ich schluckte und sagte dann mutig:

«Wenn das andere Foto sowieso nichts wert ist, könnten Sie es mir geben. Bei uns in der Redaktion des ‹Roten Kreuzes›, beim Familienblatt, müsste man nur das Kruzifix wegretuschieren.»

«Wie bitte? Wissen Sie, um was Sie mich da bitten? Nein?

Also, dieses Bild ist, so wie es jetzt dort hängt, ein strenges Staatsgeheimnis! Genauer gesagt, es war eines. Wir schließen in fünf Minuten, und von da an existiert es nicht mehr.»

Ich sah ihn verständnisvoll an und sagte:

«Na und? Wen sollte das schon kümmern?»

«Dann haben wir ja alles besprochen.»

Ich dachte daran, die mittlerweile flachgedrückte Watte in meinem Mund zurechtzurücken, um die Anschwellung zu erneuern, und mich mit einigen Ühs zu verabschieden, aber mir war die Lust zum Scherzen vergangen.

Ich verließ das Kriminalmuseum. An der Ecke der Mosonyistraße schlug mir der Geruch der zeitig eröffneten Weihnachtsbaumstände entgegen, der echte, an Märchenbücher der Kindheit erinnernde Duft, und es bot sich mir das für Junggesellen niederschmetternde Bild der Verkäufer von buntem Glasschmuck, Wunderkerzen, Baumkerzen und Süßigkeiten. Jetzt aber traf mich die Einsamkeit nicht mehr. Ich hatte jemanden. Statt der Meisterwerke der prächtigen Museen – eine Tote. Aber weshalb sollte sie eine Tote bleiben? Ich würde sie auferstehen lassen! Ich wusste noch nicht wie, aber ich würde sie zum Leben erwecken. Mein Vorhaben wurde natürlich von dem Staatsgeheimnis, das der Oberst erwähnt hatte, überschattet und erschwert, aber meine Krankheit, die mich am Morgen schon beinah hatte verzweifeln lassen, half mir, das in Kauf zu nehmen.

Nach meinen ersten Besuchen in Törökszentmiklós wurde mir jedoch klar, dass der Weg, den ich betreten hatte, noch teuflischer war als erwartet und ich so nie ans Ziel gelangen würde.

O Natur! O blinde Gesetze! Die Menschen sind einsam auf Erden – das ist eben das Unglück! «Gibt's da im Felde noch eine lebende Seele?», fragte der fahrende Held im alten russischen Lied. Auch ich, der ich kein Held bin, rufe in die Ferne hinaus, doch niemand antwortet mir. Man sagt, dass die Sonne das Weltall belebt. Seht euch doch nur die Sonne an, wenn sie aufgeht: Ist sie nicht eine Leiche? Alles ist tot. Überall liegen Tote. Die Menschen sind einsam, und um sie herum ist Schweigen – das ist die Erde!

FJODOR MICHAILOWITSCH DOSTOJEWSKIJ, DIE SANFTE

ERSTER TEIL

Matrjoscha saß in ihrer Kammer auf einem Schemel in der Ecke, hatte mir den Rücken zugewandt und machte sich mit einer Nadel zu schaffen. Dann begann sie plötzlich leise zu singen, ganz leise … Ich zog meine Uhr hervor und sah nach der Zeit, es war zwei. Mein Herz begann zu klopfen. (…) Ich erhob mich und schlich mich an sie heran. Sie hatten an den Fenstern viele Geranien, und die Sonne schien furchtbar grell. (…)
Die Augen waren sehr groß geworden und blickten mich unentwegt mit stumpfsinniger Neugier an (…) Plötzlich begann sie mir zuzunicken, wie man jemandem vorwurfsvoll zuzunicken pflegt, hob plötzlich ihr Fäustchen gegen mich und drohte mir, ohne sich von der Stelle zu rühren. Im ersten Augenblick kam mir diese Geste komisch vor, dann aber konnte ich sie nicht länger ertragen. (…) Auf ihrem Gesicht lag eine solche Verzweiflung, wie man sie unmöglich auf einem Kindergesicht sehen kann.

FJODOR MICHAILOWITSCH DOSTOJEWSKIJ, BÖSE GEISTER

EINS

Mitte der sechziger Jahre ist Törökszentmiklós eine Kreisstadt im Komitat Szolnok, sie zählt vierundzwanzigtausend Einwohner und ist die erste Minderstadt jenseits der Theiß, in der der Schnellzug Budapest–Debrecen hält. Vom Charakter her ist sie ein Riesendorf, die kleinstädtischen Fassaden säumen die Landstraße 4, welche mitten durch den Ort führt. Das ist die Hauptstraße, an der das Rathaus, das ehemalige Herrenhaus der Almásys liegt, würdevoll wie die Elefantenställe eines Maharadschas.

Rechts von der Hauptstraße verlaufen parallel fünf pfeilgerade, sechs Kilometer lange Straßen; sie sind mit der Zeit zu Gräben geworden und sehen aus, als wären sie für Massengräber ausgehoben worden. Hier erfasst mich die Atmosphäre des Ortes: Die Schroffheit der Siedlerdörfer und die Stille der Hunde, die sich während der Türkenherrschaft der allgemeinen Duckmäuserei angepasst haben.

Die Namen der fünf unfreundlichen Straßen, die sich von Epoche zu Epoche ändern und stets an der gerade regierenden Macht orientiert sind, werden nur in offiziellen Angelegenheiten verwendet, mündlich und untereinander bezeichnen die Leute aus dem Ort sie mit der Nummer, die der Geodät einst auf dem Plan der Stadt eingetragen hat; über die grasbewachsenen Schlammwellen dieser Straßen konnte man selbst in den fünfziger Jahren nur im Sommer mit dem Auto fahren.

Es gibt keine Jahreszeit, die diese wilden, endlosen Straßen verschönert. Immerhin, wenn der Reisende im Frühling hier zu Fuß geht, bemerkt er nicht nur das Barbarische, sondern auch die Poesie ihrer Übertriebenheit. Er läuft an den Häusern mit den astronomisch hohen Hausnummern vorbei, wo schon zur Abenddämmerung kein Mensch mehr zu sehen ist, und plötzlich ist ihm, als käme er zu einem Juweliergeschäft: Aus den erleuchteten Fenstern tönt der Lärm von Schulkindern; er läuft weiter, bis es völlig finster wird, und an einem Brunnen, dessen Silhouette er im Dunkel allmählich erkennt, stehen plötzlich Frauen wie aus dem Wasser gestiegene Statuen. Der Wind ist staubig, aber er trägt auch den Duft des angebauten Gemüses mit sich, über die Straße fliegt ein Wildvogel.

An einen bestimmten Punkt des Ortes gelangt, kommt es dem Auge, das sich inzwischen der Ödnis ergeben hat, so vor, als habe es eine Vision: Wie ein Goldspiegel in der Todeszelle blitzt am unteren Ende des Ortes der Rózsaplatz auf. Das Pfarrhaus wäre selbst für ein barockes Städtchen eine Zierde, und die ehemalige Klosterschule der Barmherzigen Schwestern gegenüber wirkt so rein wie eine Kinderzeichnung. Die den Platz abschließende Parochialkirche aus Backstein schoss dank des Wohlstands der Bauern in den dreißiger Jahren in die Höhe, als Gebäude ist sie unspektakulär, aber von der sie umgebenden Brüstung kann man hinter dem Bau in eine ungeahnte Tiefe blicken: ins alte Flussbett der Theiß.

Im Lexikon wird die klassizistische reformierte Kirche erwähnt, die unter Denkmalschutz stehende Windmühle und die Landmaschinenfabrik, im Reiseführer das Pferdehotel, zu dem Schloss Almásy umgebaut wurde. Das Schloss befindet sich im nahegelegenen Szenttamás, aber die Gäste reiten zuweilen durch Törökszentmiklós.

Die Sonne ist noch nicht ganz aufgegangen, wenn am Horizont, an den unsagbar fernen Enden der Straßenungeheuer kleine Punkte erscheinen und die westdeutschen, holländischen oder schwedischen Ferienreiter zwischen den stummen Häusern galoppieren. Sie kommen auf der breiten Straße, wo die bald aufgewirbelte Staubwolke noch schläft, die tiefliegenden kleinen Fenster spiegeln nur die Steigbügel. Sie reiten, selbst in einer breiten Ordnung, wobei sie die ungewohnte Weite und die Stille der Morgendämmerung genießen, die sie noch begleiten wird, bis sie vom Autobus, der aus Mezőtúr kommt, angehupt werden.

Der Name der Stadt – «Türkischsanktniklas» –, von dem die Touristen aus dem Westen glauben, er gehe gewiss auf einen Türken zurück, der zu einem christlichen Heiligen wurde, ist ein typischer Katastrophenname: Er erzählt von einem Ort, der um die Kirche, die man zu Ehren des heiligen Nikolaus aus dem árpádzeitlichen Bala-Geschlecht erbaut hatte, gewachsenen war und dort jahrhundertelang florierte. Dieses ehemalige Balaszentmiklós wurde während der Fremdherrschaft zu einer türkischen Stellung, einer wichtigen Basis der Besatzer im links der Theiß liegenden Teil des Landes. Es war das Zentrum einer Nahie, also eines Unterbezirks, auf dem Gebiet des Sandschaks – Oberbezirks – Szolnok. Im Befreiungskrieg wurde es dem Erdboden gleichgemacht: Zusammen mit der Burg wurde auch die Siedlung zerstört.

Die Ortschaft wurde von Mihály Békési Gonda, dem Amtmann der Grafen Almásy, wieder zum Leben erweckt. Man sagt, er sei Ingenieur gewesen und man habe die breiten, geraden Straßen nach seinen Plänen abgesteckt. Er habe die ersten Siedler hergebracht, unter ihnen die Familie Ladányi, deren Nachkomme in den dreißiger Jahren in Törökszentmiklós Großbauer war.

Zu dieser Zeit ist die Gemeinde gerade recht wohlhabend: Auf ihrem Lößstreifen, der sich in die trockene Ebene erstreckt, wächst ein Weizen, der es mit dem des Banats aufnehmen kann. Der Ort wird von Großgrundbesitz umgeben, die nahgelegenen, fruchtbaren Felder befinden sich jedoch in den Händen der Bauern, das in der genossenschaftlichen Dampfmühle gemahlene Mehl ist sogar auf dem Weltmarkt eine bekannte Marke. 1945 werden die Landgüter aufgeteilt, die mittellosen Tagelöhner des unteren Stadtendes werden selbständige Bauern, und daran halten sie auch dann noch fest, als Túrkeve, Mezőtúr und Kisújszállás bereits Genossenschaftsstädte sind.

Törökszentmiklós wird auf die Kulakenliste gesetzt, in der Presse spricht man nicht mehr über die Stadt, in ihre Entwicklung zu investieren, würde als Sabotage gelten. Die vor Ort verübten Delikte – eine Sau ist verschwunden, ein Heuschober in Brand gesteckt worden – werden sofort aufgeklärt, der Staatsanwalt hat die Anklageschrift bereits am nächsten Tag aufgesetzt.

1953, nach der Verkündung des neuen Regierungsprogramms, atmet die Stadt ebenso auf wie das gesamte übrige Land. Die umliegenden Felder werden bis auf den letzten Quadratzentimeter bestellt, der Markt bringt wieder Leben in den Landkreis. Auch um die öffentlichen Angelegenheiten steht es offenbar besser, und die Bewohner von Törökszentmiklós erschrecken auch noch nicht, als ihnen der Lautsprecher, der in dieser Woche vor allem den am Sonntag stattfindenden Lustigen Markt ankündigt, die Personenbeschreibung eines Mädchens mitteilt und informiert, welche Kleidung es getragen hat, als es verschwand.

ZWEI

Anna Wagner, die Lehrerin der Grundschule am Rózsaplatz, war keineswegs überrascht, als Marika Kalocsai am 12. Oktober nicht in der Schule erschien. Ihre Mutter hatte sie bereits Tage zuvor für diesen Vormittag, an dem ihre Eltern beide in der Mühle sein wollten, freistellen lassen.

Marika sollte wegen ihres kleinen Bruders zu Hause bleiben: Ihre Mutter hielt es für besser, ihren erst einige Wochen alten Sohn nicht der Obhut des fünfjährigen Imre oder des dreizehnjährigen Jóska, sondern seiner Schwester zu überlassen. Auch das Mittagessen sollte Marika kochen.

Die Kalocsais fuhren vormittags um zehn Uhr mit ihrem Einspänner von zu Hause los. Da sie ein Hengstfohlen hatten, trauten sie sich nicht, auf der Hauptstraße zu fahren, und nahmen Marika nur bis zum Ende ihrer Straße mit. Dort sprang sie ab und ging zu Fuß weiter zum Gemüsehändler, um Kartoffeln für Mittag zu kaufen. Ihre Mutter sagte: «Sie hat gewusst, dass sie anstehen müsste, aber das hat ihr nichts ausgemacht, weil sie ihren neuen Rock mit den weißen Blumen anhatte, die Bluse mit den blauen Punkten und Halbschuhe mit Zunge, wie sie damals Mode gewesen sind, und sie hat sich wohl ausgerechnet, von allen bewundert zu werden …»

Die Bauern, die mehr Weizen als erforderlich ablieferten, bekamen sogenannte C-Marken, für die sie kostenlos mahlen lassen konnten. Kalocsais warteten lange in der Mühle und kamen erst um zwei Uhr wieder nach Hause. Marika war noch nicht da.

Man schickte Jóska zum Gemüseladen, wo sich niemand daran erinnern konnte, seine Schwester an diesem Vormittag gesehen zu haben. Er kaufte Kartoffeln, nun konnte Frau Kalocsai das Mittagessen kochen. Sie regte sich auf, schimpfte über ihre Tochter, glaubte, diese hätte das ihr anvertraute Geld verloren oder in der Konditorei ausgegeben. Ihr Ärger hielt aber nur bis zum Einbruch der Dämmerung an.

Als es allmählich dunkel wurde und Marika nicht nach Hause kam, wurde den Kalocsais bewusst, dass das Ausbleiben ihrer Tochter auch ernstere Gründe haben konnte.

Bis zum Oktober 1953 mussten die Bewohner der am unteren Stadtende gelegenen Vörösmartystraße häufig über zwei Mädchen schmunzeln, die meist zusammen zu sehen waren, da sie nicht nur dieselbe Klasse besuchten und Freundinnen waren, sondern auch noch ganz nah beieinander wohnten: Die eine in der Nummer 25, die andere in der 37.

Mit ihren elf und zwölf Jahren und ihrer offenen und freundlichen Art passten sie gut zueinander, aber die Verschiedenheit ihrer äußeren Erscheinung war beinah schon komisch: Marika Kalocsai hatte goldblonde und Kati Pintér schokoladenbraune Haare. Das Lächeln, mit dem sie so oft bedacht wurden, amüsierte sie: Wenn sie es bemerkten, tuschelten sie, stießen einander in die Seite und kicherten. Auf dem Weg zur Schule und zurück stapften sie Hand in Hand durch kniehohen Schnee, sprangen gemeinsam über Pfützen, und wenn sie jemanden begrüßten, schwangen ihre Zöpfe mit den roten Bändern im Gleichtakt, und ihre blauen und schwarzen Augen lachten jeden an, der ihnen entgegenkam.

Marika war die Tochter armer Neubauern, Kati lebte bei etwas wohlhabenderen Pflegeeltern: Pintérs hatten sie aus ihrer Verwandtschaft, von der vielköpfigen Familie Pavelka, adoptiert. Lernen wollten beide nicht so recht, die bäuerliche Arbeit zog sie mehr an. Katis Pflegemutter sagte: «Sie hat sich für ihr Leben gern auf den Wagen gesetzt, und dann raus, aufs Feld! Auf dem Heimweg, wenn sie an unserem Tor ankamen, legte sie sich immer flach in den Wagen, ich sollte sie nicht gleich sehen, sie suchen und mich fragen, wo sie denn geblieben ist. Die Pferde hat sie sehr gemocht, vor allem Liebling, eine rotbraune Stute, und die Küken, wenn sie so sechs, sieben Wochen alt waren und um das Huhn herum auf der Hühnerstange hockten. Daran hatte sie große Freude.»

Man hatte den Eindruck, als spräche Frau Kalocsai vom selben Kind wie Frau Pintér, erinnere sich nur an andere kleine Details: «Bevor Marika am letzten Vormittag mit uns von zu Hause losging, hat sie die Kuh gemolken, den Kaninchen Möhren gegeben und ihrem Kätzchen Milch eingegossen. Die Katze war ein empfindliches Ding, sie hustete ziemlich, aber Marika war zuversichtlich, dass sie wieder gesund werden würde. Einmal hat sie ihr sogar Medikamente von den Russen mitgebracht.»

Sie sah mir meine Überraschung an, erklärte jedoch ruhig: «Die Felder sind hier bei uns in der Nähe, Marika hat am Nachmittag oft die Kuh hinausgetrieben und gesagt, sie wird auf dem Feld lernen, hat sogar ihr Lesebuch mitgenommen, dann aber nur gespielt, sich die Zeit mit den Soldaten vertrieben. Sie waren vielleicht zu zehnt oder zu zwölft, bewachten den hiesigen Abschnitt der Telefonleitung Budapest–Moskau, liefen über die Felder zwischen der Stadt und Fegyvernek und kontrollierten, ob die Drähte auch nirgends beschädigt waren. Sie waren gerne hier, verglichen mit dem Kasernenleben in Szolnok war das hier wie Urlaub für sie. Es waren nette Jungs, aßen das, was sie auf dem Markt kauften, kochten für sich, und wenn sie Zeit hatten, spielten sie auf dem Feld vor ihrer Unterkunft Fußball. Marika hat ihnen zugesehen und ihrem Akkordeonspiel gelauscht, sie hat viele russische Lieder gelernt und sogar Vesper von ihnen bekommen, manchmal hat sie zu Hause gar kein Abendbrot mehr essen wollen. Sie ist natürlich nicht das einzige Kind dort gewesen, andere Mädchen und Jungen in ihrem Alter sind auch hingegangen, um den Soldaten zuzuschauen, ein bisschen Speck oder ein Marmeladenbrot abzufassen. Die größeren Jungs haben beim Fußball mitgespielt, und die Mädchen wie Marika haben gesungen und sind mit den Soldaten zur Musik herumgehüpft.»

Eine Idylle wie aus einem Pionierlesebuch, so hörte es sich damals an, und auch niedergeschrieben erweckt es diesen Eindruck. Und zwar in einem Maße, dass ich, als ich mich nach Jahren daran machte, mein mit einer Heugabel zu einem Schober getürmtes Manuskript zu ordnen, angesichts der gespielten Unschuld dieser Worte völlig sprachlos war.

Frau Pintér erzählte beinah schon fröhlich:

«Mein Mann und ich haben sie oft aufgezogen: ‹Katilein, wie lange willst du denn noch warten, wann heiratest du endlich?› Ich habe manchmal über einen der Burschen gesagt: ‹Der wäre mir ein rechter Schwiegersohn!› Da hat sie sich immer mit dem Handrücken gegen die Stirn geschlagen und gesagt: ‹Das kommt gar nicht in Frage, Mutter! Mich werden Sie nicht verheiraten, das steht schon mal fest!› Dabei war sie sehr häuslich und mochte auch das Geld furchtbar gern. Gewiss, ihre Nase war zu klein, nicht größer als eine Bohne, aber ihre Augen waren schön groß und die Beine nicht zu dünn, der Schuh stand ihr kein bisschen vom Knöchel ab. Sie hatte ihre Puppen gern, und Ballspiele mochte sie auch; den Ball hat sie, wenn es sein sollte, hundertmal hintereinander mit der flachen Hand gegen die Wand schlagen können, so geschickt war sie; nur ihr Verstand war eben nicht so scharf. Die Erde hacken und Maisstängel schneiden, das konnte sie dafür umso besser. Auch am letzten Abend ist sie beim Bohnenhülsen auf der Ofenbank eingeschlafen.»

Über keines der Kinder erfuhr ich etwas besonders Originelles, Charakteristisches. Nicht ihre Persönlichkeiten, sondern ihr Schicksal war außergewöhnlich. Und was hätten die Frauen einem Wildfremden schon erzählt?

Es gab Fragen, die zu stellen ich mich auch später noch scheute, aber die Lehrerin der Schule auf dem Rózsaplatz, die bei Familienbesuchen viele Kleinigkeiten gesehen hatte, kannte einige Antworten. Sie sagte mir, dass ich den Czégényhof, die Unterkunft der Soldaten, die die Telefonleitung bewacht hatten, gar nicht erst zu suchen brauche: Er sei noch Ende der fünfziger Jahre abgebrannt, oder man habe ihn abgerissen, auf jeden Fall gebe es ihn nicht mehr. Dafür sei das empfindliche Kätzchen von Marika Kalocsai durchgekommen und habe gelebt, als alles, was von ihrem Frauchen geblieben war – abgetragene Kleider, Schulhefte und Schnittmuster – allmählich kaputtgegangen sei. Man habe den grauen Kater noch fünfzehn Jahre lang in der Vörösmartystraße herumstreunen gesehen, und 1968, als er starb, war er so alt, dass er kaum noch fressen konnte.

Was war noch geblieben?

Vielleicht wird die hier zunächst nur skizzierte Geschichte der beiden Mädchen durch die relevanten Passagen aus meinem Notizbuch etwas runder.

Kati wiederholte in der Zeit von Marikas Verschwinden die fünfte Klasse. Sie saß mit ihrer Freundin in einer Bank, und wenn die Freundin nicht da war, entschuldigte sie ihr Fehlen. Bevor man ihren Namen für immer aus dem Klassenbuch strich, las die Lehrerin ihn eine Zeitlang noch vor, und Kati stand für sie auf.

Nach dem Vorfall war sie noch schlechter in der Schule, was die Pintérs jedoch der Tatsache zuschrieben, dass sich ihre Mandeln immer wieder entzündeten. Am 13. November fuhr

Frau Pintér dann mit ihr nach Szolnok, «zu Doktor Hank, ins große Krankenhaus», damit der sie operierte. Als Kati bei dieser Fahrt früh am Morgen aus dem Fenster schaute, erschauderte sie beim Anblick der Maisfelder, die im Nebel lagen: «Wer weiß, vielleicht versteckt sich Marika ja hier.»

Im Winter ging sie einsam zur Schule und bekam eine Sechs nach der anderen. Zu Beginn des Sommers, draußen auf den Feldern, wurde sie wieder etwas lebendiger und hatte bessere Laune und fragte nur noch auf dem Heimweg, wenn sie vor dem Haus der Kalocsais stand: «Ob Marika je wieder auftauchen wird?»

Das war zu dem Zeitpunkt bereits unwahrscheinlich.

Die Kalocsais wohnten im Sommer nicht zu Hause: Sie pachteten ein Stück Land in Richtung Tenyő, in der ersten Földvárhalomstraße, und lebten bis zum Herbst auf dem nahegelegenen Kovácshof. Dort ackerten sie gerade, als sich am 9. Juni wiederholte, was man für ein einmaliges Unglück gehalten hatte. An diesem Tag, einem Mittwoch, verschwand erneut ein Mädchen.

DREI

Der kleine Einödhof in der fünften Földvárhalomstraße, auf dem Imre Sütő mit seiner Familie wohnt, liegt nicht weit von der gepflasterten Straße, die nach Törökszentmiklós führt, von der Stadt selbst ist er jedoch ziemlich weit entfernt: Die Kinder, die in dieser Gegend wohnen, besuchen deshalb die Schule in Tenyő.

Bis zum Juni 1954 diente das helle Fenster des Hofes oft als Orientierung für die, die spät am Abend zu Fuß nach Hause gingen, und wer mit dem Rad die Straße entlangfuhr, sah sogar, wem das Licht zu verdanken war, nämlich einem über ihre Bücher gebeugten Mädchen. Piroska Sütő war mit körperlichen Mängeln geboren worden: An ihrer linken Hand fehlten zwei Finger, am rechten Fuß wuchsen keine Nägel; das Gesicht war zu schmal, die Augen klein wie die einer Meise, dennoch war sie wohl kein hässliches Mädchen, denn bei der Schulaufführung des *Held János*, wo sie ebendiesen spielte, glaubte jeder, dass Iluska, die weibliche Hauptfigur, nach János schmachtete. Das Lernen war für sie kein Trost, sondern eine echte Leidenschaft, und wenn die nächtlichen Reisenden beim Anblick des Mädchens, das über ihren Büchern wachte, scherzhaft bemerkten, «aus ihr wird bestimmt mal eine Frau Doktor!», dann irrten sie sich – was ihren Fleiß betraf – keineswegs.

Am Morgen des 9. Juni aber machte sich Piroska Sütő mit einem Korb Eintagsküken und einem Korb Eiern auf den Weg nach Törökszentmiklós, um diese auf dem Markt zu verkaufen und aus den Einnahmen sowie zweihundert Forint, die sie von ihrer Mutter bekommen hatte, für ihren jüngeren Bruder Hose und Hemd und für sich ein Paar Schuhe zu kaufen. Für die Schüler der siebten Klasse begann der Unterricht an diesem Mittwoch um ein Uhr, daher musste sie bis Mittag wieder zu Hause sein, um etwas essen zu können und rechtzeitig nach Tenyő zu kommen.

Piroska hatte sogar eine Begleitung: Ilka Czinke, ihre auf einem nahgelegenen Einödhof wohnende Cousine, die ebenfalls zur Stadt wollte und ihr auf dem langen Weg half, den schweren Eierkorb zu tragen.

Die Leute von den Einödhöfen hielten Ilka für ein bisschen verrückt, die Ärzte stempelten sie sogar als gespaltene Persönlichkeit ab. Mit ihr haben wir also die Figur, die in keiner Gruselgeschichte fehlen darf: die Geisteskranke. Eine «eingeschränkt zurechnungsfähige» Zeugin, deren Aussagen sowohl Privatpersonen als auch die Behörden nach Belieben als wahr akzeptieren oder als Unsinn abtun können.

Ilka hatte, wie sie später erzählte, bereits am Dienstag böse Vorahnungen gehabt, denn eines der gelben Hühner der Sütős hatte auf einmal zu krähen begonnen. Ilka warnte Frau Sütő, dass das Huhn keine Eier mehr legen würde und man es sofort schlachten müsse. «Ich habe mich nicht getraut, zu sehr darauf zu bestehen, aus Angst, sie würde mich für verrückt halten.» Ilka wusste natürlich, dass ein Unglück auf das andere Mädchen zukam, welches man aber sowieso nicht abwenden könnte. Daher war sie nicht traurig, sie wollte Piroska auch nicht beunruhigen. Die beiden verließen den schattigen Weg und gingen gutgelaunt los in Richtung Stadt, begleitet von morgendlichen Vogelliedern und dem Zwitschern der Küken im Korb.

Frau Sütő war einige Tage zuvor nach einer Gallenoperation mit dem Krankenwagen nach Hause gebracht worden. Gegen halb eins wurde sie jedoch so unruhig, dass sie sich auf ihren Stock stützte und bis zur Pflasterstraße schleppte. Zu dem Zeitpunkt dachte auch sie schon, dass es ein Fehler gewesen sei, ihre Tochter weggehen zu lassen, da sie sich in der Nacht seltsam verhalten hatte, oft aufgeschreckt war und einmal sogar hatte aufstehen wollen. Da hatte sie sie gefragt, was sie denn habe, wohin sie wolle, woraufhin die Tochter antwortete: Nirgendwohin, sie habe nur geträumt, dass sie Kork kaufen gehe.

«Wie ich so dastehe und warte, kommt Frau Boda angeradelt. Ach, die Piroska ist weg!, sage ich. Was heißt denn ‹weg›? Sie sagt, sie hat doch selbst gesehen, wie sie sich vorhin auf den Heimweg gemacht hat. Und so gegen halb zehn soll

Piroska ihr das Fahrrad aus dem Lagerraum gegeben haben, weil mein Mann nicht da war. ‹Ich gebe es Ihnen, Tante Margit, denn Papa ist eine Packung Kossuth-Zigaretten kaufen gegangen›, soll sie gesagt haben.

Ich bleibe draußen stehen, lehne mich an den Baum, bis gegen halb zwei Ilka kommt. Sie tut ganz verwundert, warum Piroska noch nicht zu Hause ist. Sie sagt, sie haben sich auf dem Marktplatz getrennt und sie weiß nicht, weshalb Piroska so spät dran ist. Nun muss sie sich aber beeilen, sie will ins Grenztal zu den Kaszanyis, um Rüben zu verziehen. Und schon ist sie weg. Ich kann nicht weiter stehen, mache kehrt und humple zum Hof der Trecskós. Ihre Tochter ist in die Klasse von unserer gegangen. Frau Trecskó versucht, mich zu beruhigen, und sagt, das Kind ist bestimmt bei seinem Vater geblieben und sie werden gemeinsam nach Hause kommen. Wie es dämmert, stehe ich wieder draußen auf der Straße, bis abends um acht. Da kommt mein Mann, aber ohne das Mädchen.»

Sütő war Ratsdiener, er schaffte die Tische der Milchfrauen auf den Marktplatz und kassierte die Standgebühr ein. Radfahren lernte er nie, obwohl er Hunderte von Fahrrädern bewachte. Außerdem war er ein Mann von kleinem Wuchs und kurzem Schritt, daher war der Weg, den er in jener Nacht zurücklegte, so lang, dass es «selbst für das Viergespann des Grafen Almásy zu viel gewesen wäre!», wie er sagte.

Nachdem er sich auf allen Höfen, wo er die Leute kannte, vergebens erkundigt hatte, ging er in die Stadt, zuerst zu seiner Schwiegermutter in der König-Matthias-Straße, von dort in die Mikecsstraße zu Frau Imre, der Halbschwester seiner Frau, schließlich taumelte er zur Polizei, von wo er nachts um eins nach Hause kam.

Frau Sütő wusste, dass Ilka Czinke mit Piroska Jancsó bekannt war – von der man nach dem Verschwinden von Marika Kalocsai erzählt hatte, sie habe das Mädchen auf den Czégényhof gelockt. Deshalb sagte sie ihrem Mann, dass sie sich, unabhängig davon, was die Polizei sagte, bei den Jancsós nach ihrer Tochter erkundigen sollten, und zwar «nicht zu nett»!

Hätte sie mehr sagen oder tun können, wenn sie gewusst hätte, was die Polizei wusste, nämlich, dass es drei völlig zurechnungsfähige und unvoreingenommene Zeugen dafür gab, dass Marika Kalocsai ihren letzten, rätsel- und schicksalhaften Vormittag, über den man etwas wusste, tatsächlich gemeinsam mit Piroska Jancsó auf dem Czégényhof verbracht hatte?

Früh am Morgen brachte Sütő der Kreispolizei jenes Foto seiner Tochter von der Schulaufführung, wo sie den Helden János darstellte. Hier machte man ihm, besonders wegen der deutlich erkennbaren Merkmale des Mädchens, große Hoffnungen. Der Vater vertraute jedoch am meisten sich selbst und ging zu Fuß, mit einem Knüppel bewaffnet, in Begleitung der Halbschwester seiner Frau, zum Haus Nummer 171 in der Straße der Roten Armee. Piroska Jancsó war nicht zu Hause, und ihre Mutter fing gleich an zu zetern, man solle sie in Ruhe lassen, sie wisse auch nicht, wo dieses elende Gör stecke, wegen dem sie irgendwann noch im Gefängnis landen werde. Als Sütő nicht nachgab, schlug ihm Borbála die Küchentür vor der Nase zu und rief ihm aus dem Fenster hinterher, er solle nicht so einen Wirbel um die Sache machen: «Piroska ist ja auch nicht so ein Unschuldslamm, wie sie immer tut!»

Frau Sütő wollte währenddessen noch einmal Ilka Czinke ausfragen, diesmal gründlicher, also eher vernehmen, sie fand sie jedoch bis Samstag nicht. An dem Tag kam Ilka selbst auf dem Hof vorbei und erzählte, was sie wusste.

Sie hatte bei den Krajc', die an der Ecke der Straße Nummer 4, hinter dem Haus des Funkers Cserényi, mit Altkleidung handelten, eine Strickjacke kaufen wollen. Während sie sich die Sachen ansah, erblickte sie im Regal das rot karierte Flanellkleid ihrer Cousine. Sie fragte, woher es sei, woraufhin Frau Krajc antwortete, Piroska Jancsó habe es ihr gebracht, um daraus einen Pyjama für ihren Sohn nähen zu lassen. Ilka ging sofort zur Polizei, aber der diensthabende Offizier schenkte ihr kein Gehör. Er sagte, es gebe Millionen von solchen Kleidern, und nur weil Ilka nicht ganz dicht sei, sei ihre Freundin doch nicht so verrückt, ein gestohlenes Kleidungsstück in den Laden zu bringen. Zum Schluss fuhr der Leutnant sie sogar an, sie solle mit diesem Blödsinn aufhören, sonst werde er sie ins Auto stecken und schnurstracks in die Klapsmühle fahren.

Am Sonntag gingen die Ermittler zu den Sütős, um sich ein bisschen umzusehen, befragten die Nachbarn und besuchten auch die Lehrerin des Mädchens in Tenyő. An diesem Tag bat Frau Sütő sie, Piroska Jancsó zu vernehmen. Sie erwiderten, man habe sie bereits vorgeladen, jedoch nichts aus ihr herausbekommen.

Eine Woche verging, und dann lief Frau Sütő selbst zur Polizei, um die Ermittlungen im Fall ihrer Tochter voranzutreiben. Wie sie später berichtete, redete man da schon ausgesprochen von oben herab mit ihr:

«Wenn es ihr gut ergeht, wird sie ein Päckchen schicken, wenn nicht, einen Brief.»

Der Ermittler sprach so, als wäre jene Auslegung der Ereignisse, auf die man sich inzwischen geeinigt hatte, eine Tatsache, jener offizielle Standpunkt, der plausibel, ja sogar politisch nützlich zu sein schien. Demnach waren die Mädchen durch Vermittlung eines Pfarrers oder eines systemfeindlichen Lehrers in den Westen geschmuggelt worden. Alles mit dem Ziel, bei der Bevölkerung Panik auszulösen.

Von Piroska Sütő kam jedoch weder ein Paket noch ein Brief.

VIER

Acht Monate zuvor, Mitte Oktober 1953, war Rózsi Lajkó gerade dabei, den Acker zu bestellen, als die Polizei sie aufsuchte und zur Kreispolizeibehörde in die Stadt fuhr, um sie zu verhören. Als Zeugin.

Die in die Enge getriebenen Ermittler hörten sich ihren Bericht mit gespielter Gleichgültigkeit und – ihrer eigenen Einschätzung nach wohl tadellosen – Selbstbeherrschung an, ihr fiel dabei jedoch etwas auf: «Sie achteten sehr darauf, dass sie sich nicht auffallend oft eine Zigarette anzündeten.»

Für Drohungen, was geschehen würde, wenn sie den Mund nicht hielte, wäre es zu spät gewesen: Was sie wusste, war schon am Tag nach dem Verschwinden von Marika Kalocsai nicht nur in der Vörösmartystraße bekannt, darüber tuschelte man in der ganzen Stadt. Die Zeugin wurde lediglich darauf aufmerksam gemacht, dass die Leute leicht zu verwirren seien, wenn man die Dinge in schlechtem Licht darstelle, und man ihnen daher besser keinen Floh ins Ohr setze. Auch für sie sei es das Beste, sich nicht mehr mit dem Fall zu beschäftigen, denn daran, was sie mit eigenen Augen gesehen habe, sei ja auch nach ihrer Aussage nichts Verletzendes oder Anstößiges gewesen. Rózsi stimmte zu, wäre sogar bereit gewesen, ihre

Aussage zu unterschreiben; nach Meinung des Polizeioffiziers, der die Vernehmung geführt hatte, sei der Vorfall jedoch die ganze Schreibarbeit gar nicht wert, es gab kein Protokoll und daher auch nichts zu unterschreiben.

Auch später gab es lediglich eine Zusammenfassung in kyrillischer Schrift, und zwar für den russischen Marschall, der als Oberbefehlshaber der in Mitteleuropa stationierten Sowjettruppen, kurz nachdem er das Schriftstück erhalten hatte, von seinem Hauptquartier in Baden bei Wien unerwartet nach Szolnok flog. Er kam mit drei Militärjuristen, und Dr. István Ruszka, der die Oberstaatsanwaltschaft der Volksrepublik Ungarn vertrat, wurde Zeuge mehrerer harter Maßnahmen des Marschalls. Nach eigenen Aussagen hatte er unter anderem die «tätliche Herunterstufung» des Befehlshabers der Kaserne Szolnok-Alcsi mitangesehen.

FÜNF

Am Vormittag des 9. August 1954, einem Montag, wurde Frau Pál von ihrer Untermieterin Irén Sipos unerwartet mitgeteilt, sie würde ausziehen. Sie hatte woanders übernachtet, kam vormittags um zehn Uhr nach Hause und packte sofort ihre Sachen. Das Mädchen, das mit ihr gekommen war, stand währenddessen wortlos an die efeuumrankte Säule der Veranda gelehnt und wartete mit gleichmütiger Miene.

Irén Sipos wohnte seit zehn Monaten in dem kleinen Zimmer, das man von der Veranda aus betreten konnte und das sie durch die Vermittlung ihres Werkmeisters bekommen hatte.

«Mein Sohn hat sie zu mir geschickt, Irén arbeitete

nämlich mit ihm in der Pflugfabrik. Kommen Sie, hier ist die Kammer, habe ich zu ihr gesagt. Und ich habe es nicht bereut, sie hat immer anständig gezahlt. Das Mädchen war noch nicht besonders entwickelt, sah jünger aus, als sie war, man hätte sie eher für dreizehn als für sechzehn gehalten. Ihr Wesen war auch eher scheu, zurückhaltend. Vielleicht, weil sie im Waisenhaus aufgewachsen ist, von wo sie zu einer alten Frau nach Zsámbék kam. Einmal hat sie mir sogar ein Foto von ihrer Pflegemutter gezeigt: Darauf hielt sie eine Ziege an der Leine.

Irén hat nie erwähnt, dass sie ein anderes Zimmer suchte, und die Monatsmiete zahlte sie auch immer im Voraus. Ich wusste nicht, was in sie gefahren war, aber ich sah, dass sie benommen und durcheinander war. Ich habe sie auch gefragt: ‹Was ist los mit dir, Irénke?› – ‹Nichts.› – ‹Geht es dir nicht gut hier?› – ‹Doch.› – ‹Was ist es dann?› Statt zu antworten ist sie in Tränen ausgebrochen. ‹Und, zu wem gehst du?› – ‹Zu Piri…› Da hat das andere Mädchen gesagt: ‹Lüg nicht, du ziehst doch nur um in die Nachbarschaft.› – ‹Und wie willst du dich dort anmelden? Du weißt, dass dein Ausweis nicht in Ordnung ist.› – ‹Ich weiß, Frau Pál. Ich fahre heute Nachmittag nach Budapest und kümmere mich darum.› Dann habe ich noch einmal nachgehakt: ‹Aber sag doch, weshalb musst du denn wegziehen?› Sie hat nicht geantwortet, nur ihre Sachen genommen, mir die Hand geküsst und ist zum Gartentor gegangen. Dabei fragte ich sie noch: ‹Soll ich dir deine zwanzig Forint zurückgeben?› So viel hätte sie von der Monatsmiete zurückbekommen. ‹Müssen Sie jetzt nicht, ich werde Sie sowieso besuchen.› Dann ging sie gemeinsam mit dem anderen Mädchen weg.»

Frau Papp, die ebenfalls im Heim aufgewachsen war, kannte Irén Sipos seit ihrer Kindheit.

«Aus Zsámbék ist sie weggelaufen, weil ihre Pflegemutter nicht gut zu ihr war. Sie ist nach Budapest gekommen und hat sich, genauso wie ich, als Auszubildende in einem Malereibetrieb gemeldet. Von da an haben wir zusammen in der Mädchenunterkunft gewohnt, in Buda, in der Nähe des Szénaplatzes, in der Lövőházstraße. Sie hatte ein längliches Gesicht, war dünn, wog keine fünfzig Kilo. Die Haare trug sie hinten lang und vorne kurz. Sie hatte braune Haare und grünblaue Augen. Wir konnten sie gut leiden, ständig hat sie gescherzt, egal, ob sie etwas zu essen bekommen hatte oder nicht, immer hatte sie gute Laune, sang, pfiff vor sich hin, sie hatte gute Sprüche drauf, brachte uns oft zum Lachen: Wenn sie lachte, stand ihr Mund schief, auch ihr Blick war verschmitzt, selbst wenn sie etwas im Ernst sagte, konnte man es nicht ernst nehmen.

Am 16. Mai 1953 waren wir fertig mit der Ausbildung und haben dann bis März 1954 in der Szatmáristraße in Zugló gearbeitet. Da hat uns jemand empfohlen, aufs Land zu gehen, weil man dort einen besseren Lohn bekommt. Wir kamen zu viert nach Törökszentmiklós, in die Maschinenfabrik, und auch hier wohnten wir zuerst zusammen, in der Mädchenunterkunft in der Kossuthstraße. Von dort ist Irén in die Straße Nummer 5 umgezogen, da wohnte sie auch mit mehreren Mädchen zusammen, mit denen sie aber nicht auskam. Da hat sie sich an Sándor Pál gewandt, der sie bei seiner Mutter unterbrachte. Das wusste ich noch von ihr, aber später hatten wir weniger Kontakt. Irén konnte man nämlich leicht beeinflussen, ständig war sie in irgendetwas verwickelt, aus der Mädchenunterkunft musste sie auch schon deshalb ausziehen, weil sie Männer dorthin mitgenommen hat. Sie war nicht verrückt nach ihnen, aber sie konnte nicht nein sagen, man konnte sie zu allem überreden. Bevor sie verschwunden ist, hatte sie schon einen Verlobten, den ‹Gendarmen›. Mit diesem Namen zog man ihn auf, in Wirklichkeit hieß er Imre Kiss. Ich weiß nicht, wie ernst die Sache war, ob er Irén tatsächlich geheiratet hätte. Man munkelte, dass er am letzten Vormittag sogar die Verlobungsringe gekauft hat. Aber vielleicht hat er sich das nur ausgedacht, vor Wut über ihr Verschwinden, um Irén schlechtzumachen, denn er behauptete, dass sie die Ringe gestohlen hat.»

Sándor Barna, ein Freund von Imre Kiss, berichtete vom letzten Tag:

«Ich hatte mich am Sonntag mit Piroska Jancsó gestritten und wollte mich am Montag mit ihr versöhnen. Gegen Vormittag neun Uhr setzten Imre Kiss und ich uns auf eine Bank auf dem Marktplatz. Irén Sipos und Piroska Jancsó waren auch da, wir vier unterhielten uns. Irgendwann ist Piroska aufgestanden, weil sie losmusste, um irgendeine Kindergeldangelegenheit zu klären. Irén begleitete sie, aber zuvor haben wir noch verabredet, dass wir uns zu Mittag bei Jancsós treffen. Wir sind dann auch hingegangen, haben geklopft, aber keine Antwort bekommen. Ich stand ungefähr anderthalb Meter von der Tür entfernt, und als die nicht geöffnet wurde, habe ich zu Imre gesagt, er soll sie doch einfach aufstoßen. Und später habe ich gesagt, er soll zum Fenster gehen und klopfen. Er klopfte am Fenster, aber auch das umsonst. Er kam zurück und hämmerte wieder gegen die Tür. Da hörten wir Piroskas Stimme: ‹Lasst mich, ich muss mich ausruhen!› Außerdem rief sie durch die geschlossene Tür, dass Irén bereits verreist war. Imre hat gesagt, sie soll nicht lügen, Irén wäre bestimmt noch bei ihr, sie wollen uns nur nicht hineinlassen. Dann hat er ihr doch geglaubt, dass Irén schon zum Bahnhof gegangen war, und da hatten wir auch nichts mehr dort verloren. Also sind wir gegangen.

Am Nachmittag bin ich zufällig Piroska Jancsó über den Weg gelaufen, die Iréns Kleid anhatte. Ich fragte sie nach dem Grund. Sie sagte, sie hat Irén sechzig Forint gegeben, weil sie kein Geld für die Fahrkarte hatte. Nun wollte Piroska das Kleid tragen, bis Irén die Schulden bezahlt hat.»

Imre Kiss war bereits um Mitternacht am Bahnhof und wartete auf den Personenzug, der Viertel vor eins aus Budapest eintreffen sollte. Der Zug kam pünktlich an, jedoch ohne Irén Sipos. Er wartete auch am nächsten Tag auf die Züge aus Budapest, später auf einen Brief, aber Irén ließ nichts von sich hören, und ihr Verlobter hatte keine Ahnung, an welche Adresse er hätte schreiben sollen. Schließlich kam er zu der Überzeugung, das Mädchen habe ihn «übers Ohr gehauen», und wenn jemand von ihr sprach, zuckte er nur noch die Schultern. Er hatte sich damit abgefunden, dass seine Verlobte – wie er sagte – «wie ein grauer Esel im Nebel verschwunden war».

Als ich Frau Papp Jahre später über ihre verschollene Freundin befragte, erwähnte sie wie nebenbei: «Vor kurzem in der Maschinenfabrik, da kam László Szendy, der Haupttechnologe, zu mir und fragte mich, was ich über Irén weiß. Ja, was hätte ich denn über sie wissen können? Ich wunderte mich über die Frage. Er sagte, bei der Polizei hatte jemand erwähnt, dass sich bei einer Überprüfung wegen der neuen Personalausweise herausgestellt hatte, dass Irén am Leben ist. Dass sie also an diesem gewissen Vormittag tatsächlich weggefahren ist.»

Was den Nebel betrifft, so gab es offenbar Gelegenheiten, diesen aufzulösen.

SECHS

Im Sommer 1954 stellte sich heraus, dass in dem halben Dutzend kleinen Läden der Landwirtegenossenschaft von Mezőtúr bei der Inventur falsche Angaben gemacht worden waren. Während der Prüfung blieb Gyula Dobos, der Prüfer der Genossenschaft, mit den Revisoren meist bis in die Nacht im Büro. Die vielen Überstunden machten ihm vor allem wegen seiner Familie zu schaffen: Er hatte drei Töchter, die er in der letzten Zeit meist nur gesehen hatte, wenn sie bereits im Bett lagen. Wenn er leise die Verandatür öffnete, schliefen sie schon; manchmal vergingen zehn Tage, ohne dass er ihre Stimmen hörte.

Dennoch bekam er einen Schreck, als Marika, das mittlere Mädchen, ihn an seinem Arbeitsplatz aufsuchte. Er war jemand, der von Jugend an zur Melancholie neigte, ein dünner Mann mit blauen Augen und Haaren wie ein kleiner Junge, auf den alles Unerwartete eine niederschmetternde Wirkung hatte. Marika kam nach ihm, sie scheute sich stets, um etwas zu bitten, egal, was es war. Sie bat immer ihre jüngere Schwester: «Sag du es, Puki!» Auch jetzt sagte sie nichts, übergab ihm nur die Postkarte, die sie aus Törökszentmiklós erhalten hatten. Die Absenderin, Frau Schuller, ihre Tante, die Schwester von Frau Dobos, lud das Mädchen zu sich ein. Dobos wusste, dass das Kind sich darüber freute, schließlich war sie ja damit gleich zu ihm gerannt. Dennoch fragte er sie sicherheitshalber:

«Wirst du kein Heimweh haben?»

Die Mädchen waren es gewöhnt, dass ihr Vater auch über Alltägliches in einem feierlichen und traurigen Ton sprach, trotzdem schämte sich Marika, das nein auszusprechen. Sie stand unbeholfen da, Dobos sah sie an und rang mit sich. Bei seiner Arbeit war gerade alles ungewiss, daher hätte er es gern gesehen, wenn man zu Hause kein Glas vom gewohnten Platz verrückt hätte. Er wollte jedoch nicht selbstsüchtig sein, also stimmte er zu. Leise und schnell, als machte er eine politisch verbotene Bemerkung, flüsterte er seiner Tochter ins Ohr:

«Sei brav …»

Am Nachmittag bereitete Frau Dobos alles für die Reise ihrer Tochter vor. Sie wusch ihr langes, silberblondes Haar, das sie tagsüber in zwei Zöpfe geflochten trug, das jedoch am Abend, wenn sie es auskämmte, wie ein Zelt war, in dem, wie Puki sagte, «sich sieben Zwerge verstecken könnten». Dieses Bild blieb der Mutter als Erinnerung: «Wie sie sich über die Schüssel beugte, und der kleine Herzanhänger an ihrer Kette nicht mehr nach vorne fallen konnte, weil ihre Brüste schon so groß waren.»

Während das Mädchen badete, bügelte Frau Dobos ihr Unterkleid und die hellrosa Unterhose, die sie am nächsten Tag tragen sollte. Dabei warf sie einen Blick zu ihr ins Zimmer und fragte sie, in welchem Kleid sie reisen wolle. Marika hob ihren Fuß aus der Wanne, um ihren verletzten großen Zeh zu zeigen, der im Wasser zu bluten begonnen hatte. Der Zeh war etwas zu groß, und jeden Sommer, wenn sie Sandalen trug, bekam sie Blasen. Dieser Fuß hatte noch einen anderen Schönheitsfehler: Der dritte und vierte Zeh waren zusammengewachsen. Dieses Stigma hatten alle drei Geschwister geerbt, und die Mutter sagte, sie würde diese Füße unter tausend Kinderfüßen erkennen.

Als Dobos gegen Mitternacht nach Hause kam und wie immer einen Blick in das hintere Zimmer warf, sah er zwei schlafende Mädchen: Auf dem dritten, leeren Bett, lag nur ein vollgestopfter Plastiksack. Da Kati seit ein paar Tagen Urlaub in Újpest machte, zog Dobos die Tür unbesorgt hinter sich zu.

Am nächsten Tag klingelte der Wecker rechtzeitig, Marika hatte jedoch Schwierigkeiten, aufzuwachen, ihre Mutter brauchte lange, sie zu wecken, und schließlich musste sie sich so beeilen, dass sie den Milchkaffee nur noch schnell hinunterkippte, als sie bereits auf der Verandatreppe stand. Den Bus erreichten sie aber noch.

Es war der 11. August, morgens sieben Uhr, das Wetter war warm und sonnig.

An der Haltestelle trafen sie drei Arbeitskollegen von Dobos: Miklós Nagy, Lajos Kara und János Benedek waren auf dem Weg zu einer Gerichtsverhandlung. Wie in so einer Situation üblich, baten die Eltern sie, unterwegs auf das Mädchen aufzupassen.

Marika bekam einen Fensterplatz, daher konnte ihre Mutter ihr – auf eine Bank zeigend – im letzten Augenblick noch bedeuten, sich vor den Kiosk von Frau Kopárdi zu setzen, falls ihre Tante sich verspäten sollte. Der Kiosk stand wenige Schritte von der Bushaltestelle entfernt, gegenüber vom Rathaus. Das wusste Marika alles genau aus der Einladung. Der Bus fuhr bereits los, als Dobos seinen Füllfederhalter hervorholte und seiner Tochter, indem er gegen seine Aktentasche klopfte, zu verstehen gab, dass sie schreiben solle. Marika, die über die Schulter nach hinten blickte, sah es und nickte.

Offiziell beträgt die Fahrtzeit siebzig Minuten, aber mittwochs, wenn aus den umliegenden Dörfern viele zum Wochenmarkt nach Törökszentmiklós fahren, dauert sie meist länger. Der 11. August fiel auf einen Mittwoch.

Marika löste die Fahrkarte und bekam von den zwanzig Forint sieben Forint Wechselgeld. Mehr Geld hatte sie nicht, ihr Gepäck und die Kleider, die sie trug, waren insgesamt höchstens fünfzig Forint wert.

Die Kollegen ihres Vaters diskutierten über Arbeitsangelegenheiten, und das Mädchen verbrachte die gesamte Fahrt damit, still aus dem Fenster zu schauen. Später, als ihre Eltern die Leute befragten, erinnerte sich niemand daran, dass sie irgendetwas gesagt oder gefragt hätte. Im Gegenteil, man habe sie beinah gar nicht bemerkt. Ihre Mutter wusste, dass das stimmte, denn sie fiel nie jemandem auf.

Der Bus kam auch an diesem Mittwoch zu spät. Nur ein bisschen, aber so viel, dass der Bus aus Szolnok, welcher fahrplangemäß später hätte ankommen müssen, vor ihm eintraf. Dieser Wechsel störte den Verkehr jedoch in keiner Weise.

Marika Dobos stieg fünf Minuten vor halb neun auf dem Marktplatz aus.

Der Wagen der Kriminalabteilung der Komitatspolizei war an diesem Tag belegt, und Ferenc Tinka, der Fahrer, brachte Farkas lediglich bis zur MÁVAUT-Bushaltestelle in Szolnok.

Farkas, ein Ermittler von kleinem Wuchs, stand auf der Bustreppe, griff in seine Brusttasche, besann sich dann aber und ließ seine Freifahrkarte stecken. Er wusste, dass er die Fahrtkosten nicht erstattet bekäme, aber das Geld interessierte ihn nicht. Ferenc Tinka sagte, Farkas hätte sogar seine Hose dafür gegeben, den Täter zu fassen.

Nachdem er eingestiegen war, inspizierte Farkas unauffällig die Fahrgäste des Busses, der nach Törökszentmiklós fuhr, schließlich hätte der Kinderfänger unter ihnen sein können, auf Jagd nach der nächsten Beute. Doch niemand erschien ihm verdächtig. Dafür entdeckte er eine Frau vom Dorf, die ihm verdankte, dass sie ihre gestohlenen Hühner zurückbekommen hatte. In der Gemeinde war letzthin so viel Geflügel verschwunden, dass sich der Gemeinderat mit dem Problem an die Komitatspolizei gewandt hatte, und Farkas fasste, mit Hilfe seines preisgekrönten Spürhundes Rata, den Dieb bereits am ersten Morgen. Der Täter wohnte vier Kilometer vom Schauplatz des jüngsten Diebstahls entfernt, dennoch fand der Hund ihn schnell, er holte ihn aus dem Bett, unter ihm, in zwei Säcke gepfercht, lagen die vermissten Hühner. Jetzt mied Farkas den Blick der Frau, die Erinnerung an seine bravouröse Leistung stärkte jedoch sein Selbstbewusstsein.

Der Leutnant, der den finstersten Kriminalfall der fünfziger Jahre lösen wollte, hatte sechs Schulklassen abgeschlossen, und zwar, laut Lebenslauf, «mit ausgezeichneten Ergebnissen». Danach arbeitete er als Kurier für einen Blumenladen, später verdingte er sich als Druckerlehrling, wovon er jedoch nicht leben konnte. Schließlich erlernte er den Friseurberuf; 1942, als er zum Militär eingezogen wurde, arbeitete er gerade in einem Friseurgeschäft in Szeged. Nach zweijähriger Dienstzeit gelang es ihm zu fliehen, im Herbst 1944 war er bereits zu Hause in der Gemeinde Mártély. Er sah ein Werbeplakat und ließ sich vorübergehend – so dachte er damals noch – von der Polizei anwerben.

Jetzt, da er mit dem Bus nach Törökszentmiklós fuhr, war er sich bereits seit langem sicher, dass er zum Ermittler geboren war. Das hatte er bereits nach einigen Wochen Polizeidienst geahnt, als «draußen, in der Prärie», auf einem Einödhof in der Nähe von Mártély, ein Doppelmord geschehen war: Jemand hatte das Ehepaar Asztalos umgebracht. Sie hatten einen kleinen Laden in der Puszta gehabt, man hatte sie ausgeraubt und erschlagen. Farkas trug damals noch nicht einmal eine Uniform, er hatte von der neuorganisierten Polizei lediglich Gewehr, Armbinde und Ausweis erhalten, die sowjetische Befehlsstelle hatte ihm ein Pferd geliehen. So machte er sich auf den Weg, und nach langem Ritt, zwölf Kilometer von Mártély entfernt, auf der Theißbrücke von Mindszent, kam er an einem Mann vorbei, der ihm prompt verdächtig erschien. Er forderte ihn auf, seinen Ausweis zu zeigen, durchsuchte ihn und fand in seinem Rucksack das blutverschmierte Beil.

Farkas hoffte immer, dass er noch einmal so gefeiert würde wie an diesem Herbsttag, ein solcher Fang war ihm seitdem jedoch nicht noch einmal geglückt. Man hielt ihn aber für einen fleißigen Offizier, der bis jetzt stets bescheiden geblieben war. Sein Auftreten war niemals derb, ja es herrschte die Meinung, bei Vernehmungen sei er milder, als nötig wäre. Seine Erscheinung konnte schon allein wegen des kleinen Wuchses niemandem Angst machen, und seine Stimme war sanft, trotz der vielen Zigaretten. Allein seine Augen verrieten, dass ihn die Laufbahn als Kriminalbeamter auch aus einem tieferen Grund anzog: Man konnte glauben, er sei als Kind immer mit Steinen beworfen und dadurch überempfänglich für Grausamkeiten geworden.

Der Blick dieser Augen, deren Verschrecktheit sich leicht in Neugier auf Grauenvolles wandelte, war nun auf die vorbeiziehenden Häuser von Törökszentmiklós gerichtet, auf die lange Straße, in der eine Reihe von jungen Mädchen spurlos verschwunden war. Farkas war jedoch mit dem Selbstbewusstsein eines Märchenhelden überzeugt, dem Grauen, das die Ortschaft ergriffen hatte, ein Ende bereiten zu können: Er würde den Drachen besiegen, der die Stadt in Angst und Schrecken hielt.

Der Bus hielt acht Uhr zwanzig am Marktplatz, um halb neun war Farkas bereits bei der Polizeibehörde.

Frau Schuller war schon um acht Uhr an der Bushaltestelle. Da sie jedoch zu früh gekommen war und noch Zeit hatte, wollte sie die Gelegenheit nutzen, um am Markt Gerste zu kaufen. Das hatte sie schnell erledigt, daher wäre sie, ohne sich auch nur im Geringsten zu beeilen, rechtzeitig wieder bei der Station gewesen. Nur hatte sie, aus einem ihr bis heute unerklärlichen Grund, plötzlich Angst, zu spät zu kommen. Sie hatte keine Uhr und wollte keine Zeit vergeuden, jemanden zu fragen. Also rannte sie, soweit es die bepackte Schubkarre erlaubte, zur Haltestelle. Dort stiegen gerade die letzten Fahrgäste aus einem Bus. Das wühlte sie noch mehr auf. Sie lief zum Schaffner, der ihr mitteilte, dass dieser Bus nicht aus Mezőtúr kam, der von Mezőtúr würde erst nach diesem ankommen. Frau Schuller war jedoch vom Rennen erschöpft und benommen und konnte sich nicht gleich beruhigen.

Ohne die ganze Aufregung hätte sie gewiss darauf geachtet, was auf dem Schild des nächsten ankommenden Busses stand. So hielt sie jedoch nur nach Marika Ausschau. Als der letzte Fahrgast ausgestiegen war und der leere Bus weiterfuhr, beruhigte sich Frau Schuller plötzlich und nahm zur Kenntnis, dass ihre Patentochter aus irgendeinem Grund daheimgeblieben war. Sie ergriff die Schubkarre und machte sich auf den Weg nach Hause.

«Am Abend», erzählte sie Jahre später, «fragte mein Mann als Erstes nach dem Mädchen. Ich habe ihm gesagt, dass ich umsonst auf sie gewartet hatte, aber er glaubte mir nicht. Er dachte, es ist ein Spiel, Marika ist da, hat sich nur versteckt und wird ihm gleich als Überraschung um den Hals fallen. Er hat sogar gelächelt und mir zugezwinkert. Schließlich musste ich ihm klarmachen, dass er nicht scherzen soll, ich nicht in der Laune dafür bin und das Kind sehr wohl zu Hause ist, in Mezőtúr. Er fand es natürlich nicht schön, vom Schwager zum Besten gehalten worden zu sein, denn er hatte sich sehr auf das Mädchen gefreut. Ich weiß noch, er hatte ihr sogar einen schönen Korb mit Kirschen mitgebracht.»

Am nächsten Morgen hielt der Lastwagen der Landwirtegenossenschaft von Mezőtúr auf dem Weg nach Szolnok vor dem Haus der Schullers. Dobos hatte den Fahrer beauftragt, sich zu erkundigen, ob Marika eine gute Fahrt gehabt habe. Schullers sahen ihn an, als hätte sie gerade der Schlag getroffen.

Der Fahrer rannte in einen Laden in der Nähe, um zu telefonieren, und obwohl er leise sprach, gab es sofort Aufregung, denn auch das erste Mädchen hatte kurz vor ihrem Verschwinden noch vor genau diesem Laden auf der Straße in der Schlange gestanden.

Dobos bekam oft Anrufe aus anderen Städten, als das Telefon jedoch diesmal lange klingelte und sich dann die Zentrale von Törökszentmiklós meldete, erschrak er. Takács, der Fahrer, teilte ihm mit, dass seine Tochter wahrscheinlich unterwegs ausgestiegen sei, dass sie im Augenblick jedenfalls nicht bei ihrer Tante wäre. Er bat ihn, Ruhe zu bewahren, dem Mädchen sei sicherlich nichts passiert, schließlich sei Sommer. Zu dem Zeitpunkt wusste Dobos von Lajos Kara aber bereits, was ihm bald auch Miklós Nagy und János Benedek bestätigten, dass Marika nämlich sehr wohl in Törökszentmiklós angekommen war. Alle drei hatten das Mädchen auf der Bank vor dem Kiosk warten sehen. Nach dem Telefonat mit Takács vergingen vier lange Stunden, in denen sich weder Polizei noch Rettungsdienst bei ihm meldeten, wodurch Dobos in das leere Grauen stürzte, das einen jeden beim Gedanken an unbekannte Schrecken erfasst.

Er ging auf die Straße und hielt einen Motorradfahrer an, der ihn nach Törökszentmiklós brachte. Geradewegs zur Polizeibehörde.

Dobos hatte der Polizei gegenüber stets Abneigung empfunden und verspürte jetzt eine so tiefe Reue wie ein Gottesleugner, der sich in seinem Unglück in eine Kirche verirrt und plötzlich von ganzer Seele glauben möchte. Nachdem er alles zu Marika angegeben hatte, war er tatsächlich erleichtert und willigte sofort ein, als man ihn bat, am nächsten Tag auch seine jüngere Tochter aus Mezőtúr mitzubringen, da diese unter Umständen bei den Ermittlungen behilflich sein könne. Die Eile, mit der man ihm zur Verfügung stand, flößte ihm Vertrauen ein. Er war bereits auf dem Weg nach draußen, als ein Offizier aus dem Nachbarzimmer den Raum betrat und ihm die Stenotypistin ungeduldig zuflüsterte:

«Schon wieder ein Kind …!»

Dobos hörte das und dreht sich um, der Offizier verriet ihm jedoch «im Interesse der Ermittlung» nichts Näheres. Stattdessen ermahnte er ihn, den Schauermärchen keinen Glauben zu schenken, da er seiner Tochter dadurch nicht helfen, höchstens selbst Schwierigkeiten als Unruhestifter bekommen könne.

Dobos hatte noch überhaupt keine Schauermärchen gehört und konnte sich nicht vorstellen, bei wem er Unruhe stiften sollte. Dann wurde ihm bewusst, dass in der Gegend sowjetische Truppen stationiert waren und die Gerüchte auch sie betreffen konnten, offenbar spielte der Offizier darauf an. Er nahm all seine Kraft zusammen und verabschiedete sich rasch mit einem zurückhaltenden Kopfnicken, aber er erlitt etwas wie einen stillen Nervenzusammenbruch: Von dem Schock, den er durch die rohe und unerwartete Warnung bekam, erholte er sich nie wieder ganz.

Er ging zum Rathaus, wo ihn das fertige Blatt mit der Überschrift «Vermisst» erwartete, in das nur noch Marikas Alter, Körpergröße, Haar- und Augenfarbe eingetragen werden musste sowie die Beschreibung der Kleidung, die sie an dem Tag getragen hatte. Man versicherte ihm, dass der Aufruf «wie auch sonst üblich» regelmäßig durchs Megaphon vorgelesen werden würde, es schade jedoch nicht, wenn auch die nahgelegene Modehalle ein Exemplar bekäme, da es wegen des Sommerschlussverkaufs auch dort Lautsprecher gebe.

Im Kaufhaus reichte Dobos dem jungen Mann, der am Mikrophon saß, mechanisch die Hand, wich dessen musterndem Blick aber aus, und wahrscheinlich hätte er sich mit ihm auch dann nicht gerne unterhalten, wenn er in einer besseren Verfassung gewesen wäre. Dabei war dieser Gyula Korpácsi ein gutaussehender Kerl mit Falkengesicht und schwarzen Haaren, Altwarenhändler von Beruf, also ein pfiffiger, auf vielen Gebieten bewanderter Mensch, in dem sich die Keckheit eines heruntergekommenen ungarischen Landadligen und der Geschäftssinn eines jüdischen Krämers verbanden. Er verstand sich auf Werbung und war selbst derjenige gewesen, der dem Kaufhaus das mit einem 25-Watt-Verstärker versehene Mikrophon und die beiden auf den Bäumen des Marktplatzes angebrachten 15-Watt-Lautsprecher geliehen hatte. Dobos bedankte sich bei ihm, dass er zwischen den Werbetexten Marikas Vermisstenanzeige vorlesen würde, war dann jedoch bestrebt, sich so schnell wie möglich zu verabschieden.

Das, was man den Strom der Ereignisse nennt, war etwas, worin Dobos sich völlig fremd fühlte: Weder mit Glück noch mit Kummer kam er zurecht. Auch jetzt, nachdem er sich gefangen hatte, schien es ihm, als ob er seit Minuten nur die Zeit vergeude: Er stand auf der Straße vor der Apotheke und betrachtete das Barometer. Er war schon immer davon fasziniert gewesen, ebenso wie von Fernrohr, Kompass und ähnlichen Instrumenten, die er aus seiner Pfadfinderzeit kannte. Tatsächlich war es aber nur das Steigen das Barometers, was ihn interessierte und zuversichtlich stimmte, denn der Polizeioffizier hatte ihm gesagt, man würde am nächsten Tag den Spürhund von Szolnok holen – falls es nicht regnete. Der Luftdruck stieg, Dobos wusste jedoch, dass man aus solchen Zeichen keine verlässlichen Schlussfolgerungen ziehen konnte, und der Sommer war leider niederschlagsreich.

Seine Schwägerin, die er für die Tragödie verantwortlich machte, wollte er nicht treffen, daher eilte er gleich zum Kiosk. Auf der Bank saß jetzt der Motorradfahrer, der ihn nach Törökszentmiklós gebracht hatte, und aß ein Stück Melone. Dobos warnte ihn, es könne ihm schaden, da er noch nicht gefrühstückt habe. Die Luft war schwül, die Sonne gleißend, Dobos setzte sich ebenfalls. Er betrachtete die Bank, auf die Marika ihr Gepäck gestellt hatte, den Boden, auf dem das Mädchen gestanden hatte. Seit dem vorherigen Vormittag befand sich dort, im Staub die Spur der Schuhe jenes ersten, zehn Monate zuvor verschwundenen Mädchens. Dobos betrachtete den Boden jedoch vergebens. Einem Kriminaltechniker hätten die kleinen Unebenheiten im Staub eventuell einen Hinweis geliefert, ihm sagten sie jedoch nichts. Sein Gefährte war mit dem Essen fertig, stand auf und ließ den Motor an. Sie fuhren gerade los, als durch das Megaphon die Nachricht ertönte, dass nun ein weiteres Mädchen vermisst wurde. Dobos sah, wie die Pferdewagen, Lastwagen und Fahrräder auf der Straße, aber auch die Passanten anhielten, er selbst hörte jedoch durch das laute Rattern des fahrenden Motorrades nur, dass seine Tochter am Tag zuvor «ein blaues Jungenhemd, einen grauen Rock und einen pepitagemusterten Mantel» getragen hatte. Er dachte an seine Frau, die noch von nichts wusste.

Die Familie Dobos benutzte zwar Fliegenpapier – im Schlafzimmer hingen gleich zwei Rollen von der Lampe –, aber eigentlich war es gar nicht notwendig. Im Sommer zogen sie die Vorhänge stets sorgfältig zu, schlossen die Fensterläden und öffneten die Tür nur einen Spalt weit. Aus der Phobie der Eltern machten die drei Mädchen ein Spiel: Sie öffneten die Tür nur so weit wie nötig, schlüpften hinaus und bewachten dabei den offenen Spalt über sich. Diese Angewohnheit war für sie so selbstverständlich, dass sie es für ein Zeichen der Dummheit gehalten hätten, anders durch die Tür zu gehen. «Es ist lächerlich, die Fliegen hereinzulassen», sagte Kati zu einer Freundin, die sich darüber wunderte, wie sie ein und aus huschten. Wenn Puki, die Kleinste, gegen die Regel verstieß, rügten ihre Schwestern sie nicht, sie lachten nur. Das kam aber so gut wie nie vor, denn meist schlug Puki die Glastür blitzschnell hinter sich zu, lehnte sich von innen dagegen und betrachtete einige Augenblicke die Zimmerdecke.

Jetzt, in der zweiten Nacht nach dem Verschwinden von Marika, hörte Puki das laute Summen der Fliegen. Am Nachmittag war sie immer wieder aufgesprungen und hatte die offen stehende Tür geschlossen. Da ihre Mutter überhaupt nicht mehr darauf achtete, kamen die Fliegen langsam ins Haus. An der Decke wimmelte es von ihnen, sie umschwirrten Marikas Unterwäsche, die Frau Dobos aus dem Wäschesack geholt hatte, damit die Ermittler den Polizeihund daran riechen lassen konnten; sie flitzten im Sonnenschein über die Tischdecke, auf der sich die verstreut liegenden Familienfotografien an den Rändern langsam nach oben wölbten. Das Neueste, ein Porträt von Marika, welches der Fotograf von einem Gruppenbild vergrößert hatte, trocknete noch.

Frau Dobos war am Nachmittag lange auf der Post gewesen. Während sie darauf gewartet hatte, mit Újpest verbunden zu werden, hatte sie im Kopf alle grausamen Möglichkeiten durchgespielt. Die Vorstellung, Marika sei mit Gewalt von der Bank weggezerrt worden, verscheuchte sie rasch.

Denn wenn sie auf offener Straße, am helllichten Tag, vor den Augen der Passanten angegriffen worden wäre, hätte sie sicherlich geschrien, und die Leute hätten eingegriffen. Still und auf Anweisung dagegen wäre sie vermutlich mit einem Polizisten oder einem als Polizist verkleideten Gauner mitgegangen. So einer hätte sie ruhig und ohne Aufmerksamkeit zu erwecken, dazu bringen können, ihm zu folgen. Am wahrscheinlichsten war jedoch, dass man das Mädchen weggelockt hatte. Irgendjemand wird zu Marika gegangen sein und ihr gesagt haben, ihre Mutter oder ihr Vater wolle sie telefonisch erreichen, sie solle bitte zum Telefon in den nahegelegenen Laden mitkommen, einen Laden, wo es natürlich auch einen Keller und einen Lagerraum gab … Eine andere Möglichkeit wäre etwa, dass einer, der vorgab, blind zu sein, sie um Hilfe bat. Das Kind begleitete ihn nach Hause, wo der Mann die schwarze Brille abnahm …

Als die Telefonistin «Újpest» rief, trat auf der Post eine plötzliche Stille ein. Die Stille, die sich auf Postämtern in Kleinstädten, wo sich die Leute zumindest vom Sehen kennen, während der Gespräche einstellt, in denen man Todesnachrichten übermittelt.

Frau Dobos sprach kurz, sie bat ihre Schwester, Kati in Begleitung ihres Onkels sofort nach Törökszentmiklós zu schicken; ab Freitag werde auch sie dort sein. Als Erklärung fügte sie lediglich hinzu, dass Marika verschwunden sei, und mehr wollte die Schwester auch gar nicht wissen.

Der Schicksalsschlag war ein alter Gast in ihrer Familie: Sie waren als Mädchen nach Mezőtúr gekommen, nachdem ihr Vater, der Maschinist bei den Manfréd-Weisz-Werken in Csepel gewesen war, nach einer Kesselexplosion gestorben war, und ihr Onkel, der ihr Stiefvater geworden war, an einer Bahnschranke einen tödlichen Autounfall erlitten hatte. Dobos, ein schüchterner Junge voller Hemmungen, lernte seine zukünftige Frau im Pfadfinderverein von Mezőtúr kennen, er wurde gerade von ihrer tragischen Vergangenheit angezogen. Seine Auserwählte war jedoch keineswegs die melancholische Heldin eines Epos von Vörösmarty, sondern eine ausgesprochen praktisch veranlagte Frau, wodurch sie sich auch im Alltag gut ergänzten.

Jetzt lagen sie, ohne zu weinen oder sich gegenseitig Vorwürfe zu machen, im dunklen Schlafzimmer, in dem sie in dieser Nacht auch für Puki ein Bett zurechtgemacht hatten, und diese, die ihren Worten lauschte, sagte Jahre später als erwachsene Frau über diesen Frieden, der Gedanke daran habe ihr in den nervösen Momenten ihrer eigenen Ehe oft Kraft gegeben:

«Mama hat die Uhr mehrmals ins Bett geholt, um zu schauen, wie spät es war und wann der Tag anbrechen würde, und Vater stand immer wieder auf, ging zum Fenster, zog den Vorhang beiseite, um zu sehen, ob es sich nicht bewölkte. Dann schlief ich für eine Weile ein, und als ich wach wurde, standen beide am Fenster. Ich habe sofort gewusst, dass es regnet, aber trotzdem gehofft, dass vielleicht nur der Wind weht. Dann haben sich beide umgedreht und sind zurück ins Bett; man musste nicht mehr zum Himmel schauen, es donnerte laut, und in den Straßengräben plätscherte es.»

Farkas war noch vor dem Regenschauer durch das kleine Tor an der Mátyás-Rákosi-Straße in den Hof der jüdischen Gemeinde von Törökszentmiklós getreten. Beim ersten Anblick erschreckte ihn das Häuschen im hinteren Teil des Grundstücks, in dem ehemals der jüdische Schlachthof gewesen war. Das Kantorenhaus, eine Villa im Jugendstil, war ihm lediglich «zu orientalisch». Das Gras, welches zwischen den

Gebäuden wucherte, schoss sogar zwischen den Stufen der Villa hoch, und an der Holzveranda schlängelten sich rostigen Drähten gleich die Ranken wilden Weins. Farkas hätte sich am liebsten auch die Synagoge oder den gegenüberliegenden Gemeinderatssaal angesehen. Über Erstere wusste er, dass die Deutschen sie als Schlosserwerkstatt benutzt hatten: Hier waren die Ersatzteile der beschädigten Kampffahrzeuge repariert worden. Der Saal war von der kleingewerblichen Produktionsgenossenschaft der Besenhersteller angemietet: Hinter den schwarzen Fenstern standen mehrere hundert neue Besen aufgereiht.

In dem unter dem Gemeinderatssaal gelegenen Keller war einst Matze gebacken worden, der Ofen wurde aber schon 1946 von dem aus Bergen-Belsen zurückgekehrten Ignác Ölbaum abgerissen, seitdem benutzte man den Keller nicht. Seit einigen Wochen kursierten jedoch Gerüchte, die Hauptmann Szántó dazu veranlassten, Farkas eine Nacht hier verbringen zu lassen. Die Vermutung, sein Vorgesetzter sei selbst jüdisch, machte Farkas nicht stutzig: Er glaubte allen Schreckensnachrichten, die über den «religiösen Reaktionismus» kursierten, war sich jedoch sicher, dass Szántó als Parteimitglied gegen die Schweinereien war, die seine Glaubensgenossen vielleicht verbrachen.

Die Treppe, die in die Backstube führte, war schon vor langer Zeit eingestürzt, Farkas rutschte nach einigen Schritten aus und fiel in die Dunkelheit. In der Tiefe des Kellers führte er bei Taschenlampenlicht mehrere Benzidinproben durch, konnte jedoch keine Blutspuren auf dem Steinboden nachweisen. Er zog sich unter die Treppe zurück, baute sich aus ein paar Ziegelsteinen eine Sitzgelegenheit und wartete.

Unter der Erde ergriff ihn jedoch bald eine starke Beklemmung, ganz so, als wäre er wieder in der Grube, in der er sich als Deserteur versteckt hatte. Der Keller erinnerte ihn an Nächte, die er voller Angst vor der Hinrichtung verbrachte, an ferne Nächte, die den zur Theißbrücke von Mindszent reitenden jungen Polizisten, der er in den letzten Jahren gewesen war, nie verfolgt hatten. Jetzt, in dieser bedrückenden Einsamkeit, wurde ihm klar, dass er damals, als er auf seinem kleinen Pferd mit der langen Mähne über die Landstraße galoppiert war, um den Mörder des Ehepaares Asztalos zu fassen, ein richtiger Held war, dass er es damals nie geglaubt hätte, wäre ihm gesagt worden, dass er einmal in diesem Keller landen würde.

Gemessen an den Umständen, waren nach ihrer Verschleppung viele, genau gesagt achtzig Juden nach Törökszentmiklós zurückgekehrt – das entsprach fünfzehn Prozent der früheren jüdischen Bevölkerung –, die Glaubensgemeinde war jedoch zerfallen, und Matze zu backen war im gesamten Land verboten. Farkas sah jetzt selbst, dass die Backstube unbenutzbar war, daher niemand der Verordnung zuwiderhandeln konnte. Das war es aber gar nicht, worüber die Gerüchte kursierten.

In der Stadt wurde sich unter anderem das Schauergerücht erzählt, die Mädchen seien verschleppt worden, weil man ihr Blut zur Einweihung der neuen Synagoge brauchte, die in der Gegend errichtet wurde. Manche meinten sogar zu wissen, dass der Kinderfänger vom jüdischen Leiter des örtlichen Bestattungsbüros beauftragt worden sei und dass man die toten Körper mit dem Leichenwagen aus der Stadt schmuggle. Schließlich beschloss die Komitatspolizei, bei ihren Untersuchungen auch diesen Faden zu verfolgen, da man es als politischen Fehler erachtet hätte, einen Unterschied zwischen den verschiedenen Religionen zu machen, und die Pfarrämter der katholischen und der calvinistischen Gemeinde hatte man bereits unter Beobachtung gestellt. Farkas nahm diese vertrauliche Aufgabe freiwillig auf sich, obwohl sie bedeutete, dass er auch in dieser Nacht keinen Schlaf finden würde.

In der vorangegangenen Nacht hatte er in Begleitung von zwei Polizisten den Friedhof besucht, in der Vermutung, der Kinderfänger habe seine Opfer dorthin gelockt, vergewaltigt, ermordet und die Leichen in einer Gruft versteckt. Um die Bevölkerung nicht zu beunruhigen, mussten sie einige Gräber heimlich öffnen, die Arbeit aber bei Tagesanbruch ergebnislos abbrechen. Der Leutnant ging erschöpft zurück zur Polizeibehörde, wo er ein paar Stunden schlief, dann geweckt wurde – um zu erfahren, dass es am vorherigen Morgen wieder einen Vorfall gegeben habe.

Farkas brach nicht zusammen. Die Nachricht erschütterte ihn zwar, er wurde jedoch bald von der grenzenlosen Zuversicht ergriffen, über die gerade jene verfügen, denen das Grauen vertraut ist, und das steigerte nur noch seine Arbeitslust.

Die Auseinandersetzung jedoch, die er mit Lajos Pádár, dem örtlichen «Sheriff», gehabt hatte, bedrückte ihn noch jetzt, während er in dem Keller wartete. Da er als Fahndungsbeauftragter für das Komitat zuständig war, hatte er im vergangenen Herbst den Bericht über das Verschwinden von Marika Kalocsai erhalten. Damals erschien ihm der Fall nicht tragisch. Farkas wusste, dass Eltern häufig grundlos in Panik verfallen: Bis die Fahndung eingeleitet wird, ist das Kind meist schon wieder aufgetaucht. Es ist eben ausgerissen, weil es zu Hause Prügel oder in der Schule einen Tadel bekommen hat. Im Oktober hatte Pádár noch zu ihm gesagt, die kleine Kalocsai habe sich schon des Öfteren davongemacht, es sei also kaum von einem Verbrechen auszugehen. Jetzt aber, wo es brenzlig wurde, sprach Pádár von nachlässigem Umgang mit der Akte, warf Farkas vor, dass die Fahndung zu spät eingeleitet worden sei und man sich mit einer bloßen Radiofahndung zufriedengegeben habe. Farkas hingegen war der Meinung, es sei Pádár gewesen, der den entscheidenden Fehler begangen habe, indem er nämlich bei jedem vermissten Mädchen eine andere Person mit den Ermittlungen beauftragt hatte, wo doch nur das einheitliche Sammeln des Materials, sorgfältiger Datenabgleich und das Aufdecken möglicher Zusammenhänge zum Erfolg hätte führen können.

Dieser Erfolg war ihm inzwischen jedoch so wichtig, er war so versessen darauf, dass Farkas geradezu mit Freude um ihn kämpfte. Noch am Vormittag hatte er sich die dem Kiosk gegenüberliegenden Fenster angesehen, hatte die Wohnungen inspiziert und schließlich einen behinderten alten Mann gefunden, der den ganzen Tag über am Fenster saß und zum Marktplatz mit der MÁVAUT-Bushaltestelle hinaussah. Nachdem Farkas erfahren hatte, dass er genau das auch in der kritischen Stunde getan hatte, bat er den Alten, sich in den Armsessel zu setzen und zu beobachten, was draußen am Kiosk passierte. Er ging hinüber, spazierte ein paar Minuten umher, kehrte zurück und fragte den Mann, ob er ihn gesehen habe. Als er bejahte, verabredete Farkas, ihm am nächsten Tag das Foto des vermissten Mädchens vorbeizubringen, in der Hoffnung, er würde sie wiedererkennen – und eventuell auch wissen, mit wem sie weggegangen war. Seinen anderen Plan, der darauf baute, dem Täter eine Falle zu stellen, hielt Farkas für die noch erfolgversprechendere Ermittlungsmethode: Sie barg die Möglichkeit, den Täter auf frischer Tat zu ertappen.

All dies musste jedoch noch warten. Vorerst galt es, in der verbotenen Backstube zu sitzen und zu lauschen, ob draußen im Gras Fußtritte zu hören seien, ob sich die Eisentür quietschend öffnen und das vermisste, wimmernde Mädchen hereingebracht werden würde. Farkas glaubte keineswegs daran, dass dieser Keller der Tatort war. Dafür setzte er umso stärker auf den Plan mit dem Foto und dem Auftritt eines als Köder eingesetzten Mädchens, weshalb er den Morgen genauso ungeduldig erwartete, wie man es in der György-Dózsa-Straße 14 in Mezőtúr tat.

Achtundvierzig Stunden nach dem Verschwinden ihrer Schwester spazierte Puki Dobos über den Markt von Törökszentmiklós.

Im Gegensatz zu ihren beiden älteren Schwestern war Puki ein kleines, rundliches Mädchen, das ihrer Mutter nicht nur äußerlich, sondern auch im Wesen ähnelte: Sie bewegte sich mit der Sicherheit einer winzigen Köchin durchs Leben. «Sie war so mutig, dass sie einen entzündeten Finger ohne weiteres lachend ins kochende Wasser steckte!»

Die Ermittler, die sie von den weiter entfernten Bänken aus beobachteten, sahen jetzt lediglich ein Kind, das, von der Hitze ermattet, müde und gemächlich durch das gleißende Sonnenlicht schlenderte. Farkas, der an ihr vorbeiging, erkannte jedoch die Todesangst in ihrem Gesicht. Dabei hatte er ihr vor dem Experiment erklärt, sie solle sich genau so verhalten, als würde sie sich aus Langeweile oder Spaß auf dem Marktplatz herumtreiben. Wenn man sie anspreche, solle sie freundlich antworten, sagen, ihre Mutter sei beim Friseur; wenn man ihr sage, sie solle mitkommen, solle sie ruhig loslaufen, auch mit Unbekannten, sie solle zeigen, dass sie Lust auf das Spiel, die Süßigkeit habe, auf das, was man ihr verspreche. Farkas sah jetzt aber deutlich, dass das Kind nicht in der Lage war, sich den Anweisungen entsprechend zu verhalten.

Puki hatte tatsächlich Angst, und ihre Schritte waren nicht

aus Trägheit langsam, sondern weil innere Anspannung sie lähmte. Sie wusste zwar, dass überall auf dem Marktplatz Polizisten waren, dass auch ihr Vater sie nicht aus den Augen ließ, dennoch fürchtete sie, im Marktgewühl und in der Menschenmenge könne ihr Unerwartetes widerfahren, etwas, mit dem selbst die Erwachsenen nicht gerechnet hätten, und sie würde, noch bevor irgendjemand bemerkte, was geschah, vom gleichen Schicksal ereilt wie ihre Schwester.

Eine Frau bat sie, ihr Fahrrad zu halten, während sie den Brotsack auf den Gepäckträger schnürte. Puki hielt das Lenkrad brav, sah sich jedoch mit eingezogenem Kopf vor, damit die Frau nicht plötzlich die Brote auf den Boden kippte, sie packte und in den Sack steckte. Außerdem befürchtete sie, die Frau könne sie bitten, sich auf die Fahrradstange zu setzen, was sie, um Marika zu helfen, würde tun müssen, dabei war das ein Fahrrad, das man niemals einholen würde. Die Frau bedankte sich für die Hilfsbereitschaft, fuhr los, und Puki spazierte weiter. Aber allmählich wurde sie von allen Kräften verlassen. Da sie sich nicht unsichtbar machen konnte, wäre sie, um weniger Aufmerksamkeit zu erregen, gerne einfach stehen geblieben. Oder hätte mit aller Kraft einen Baum umarmt. Sie begann, die Schritte zwischen den Bäumen auf dem Marktplatz zu zählen, die Abschnitte, die sie zurücklegen musste, ohne sich irgendwo festhalten zu können. Dann machte sie plötzlich auf dem Absatz kehrt und rannte los, rannte so schnell, dass sie eine Sandale verlor. Stolpernd, barfuß rannte sie bis zur Bank, von wo aus ihr Vater sie beobachtet hatte, und umarmte ihn.

Auf dem Platz kam es zum Aufruhr, die Bank wurde von aufgeregten Menschen umringt, die wissen wollten, wie der Angreifer ausgesehen hatte. Dobos wischte sich jedoch nur die Stirn und antwortete auf keine der Fragen. Nachdem er wieder ein bisschen zu sich gekommen war, stand er auf, nahm seine Tochter an die Hand und kämpfte sich mit ihr durch die Menschenmenge.

Am Tag darauf verschwand das nächste Mädchen.

SIEBEN

Am Samstag, den 14. August, war Kati Pintér schon beim Aufwachen besonders fröhlich, da sie als Nachbarsmädchen zur Hochzeit von Ilonka Szécsi und Jóska Gulbert, die in ihrer Straße wohnten, eingeladen war.

Frau Pintér hatte zum Frühstück Tee gekocht und Speck gebraten, und Kati aß, wie immer, mit solchem Appetit, dass ihr Pflegevater lachen musste: «Du wirst dir einen reichen Mann suchen müssen, sonst wird er neben dir verhungern!»

Heiraten wollte sie aber vorerst noch nicht, stattdessen zum Volksladen und auf den Markt gehen, um Zimt, Hefe und Äpfel zu kaufen. Um halb acht stand sie schon vor dem Spiegel, befeuchtete den Finger mit etwas Spucke, strich die Locke zurecht, die ihr immer in die Stirn fiel und die sie «Pintschi» nannte, zog über ihr weiß gepunktetes Kattunkleid den Bolero, ein aus ähnlichem Stoff genähtes, schmetterlingszartes Jäckchen, und schon war sie fertig. Sie wollte gerade losgehen, das Milchbuch in der Hand und in der Tasche den Zehn-Forint-Schein, den Frau Pintér ihr gegeben hatte, als ihr der Husten ihres Pflegevaters einfiel und sie ihm von der Tür aus noch die Frage zurief, ob sie ihm Hustenbonbons mitbringen solle. Sie wisse die Antwort nicht mehr, sagte Frau Pintér, sicher sei nur, dass sie sie streng ermahnt hätten, um neun wieder zu Hause zu sein.

Die mit dem Megaphon des Rathauses stündlich durchgegebene Personenbeschreibung von Marika Dobos hörte man dank der am unteren Stadtende angebrachten Lautsprecher sogar auf dem Hof der Pintérs. Aber auch ohne diesen Umstand hätte es sie erschreckt, dass Kati selbst um halb zehn noch nicht zu Hause war.

Frau Pintér lief, so schnell sie nur konnte, bis zum Volksladen, wo sie erfuhr, dass Kati schon vor acht Uhr dort eingekauft hatte. Daraufhin rannte sie, noch mehr von Angst geplagt, bis zur Milchhalle am Marktplatz, wo sich Kati zu dem Zeitpunkt die zweiundsiebzig Forint Milchgeld schon längst hatte auszahlen lassen. Als Frau Pintér aus der Milchhalle taumelte, traf sie Frau Benei, Katis ältere, bereits verheiratete Schwester, die ihr wieder ein Fünkchen Hoffnung gab, als sie ihr erzählte, Kati gegen halb neun gesehen und mit ihr geredet zu haben, wenn auch nur ein paar Worte, da sie es eilig hatte: «Mama will Apfelkuchen backen und wartet auf die Äpfel.» Diese Nachricht änderte nichts am Wesentlichen, im Gegenteil, sie bestätigte nur, wie bedacht Kati war, nicht zu spät zu kommen. Aber so kam zumindest die Möglichkeit ins Spiel, Kati könnte Benei, den Mann ihrer Schwester, getroffen haben und von ihm auf ein Eis eingeladen worden sein; ja, in ihrer Verzweiflung dachten die beiden Frauen sogar daran, dass Kati, die so gern mit dem Wagen fuhr, sich nicht hatte von ihrem Schwager losreißen können, weil der mit dem Pferdewagen unterwegs war: Mit ihm wollte er Mehl nach Hause fahren, seine Frau erwartete er erst mit dem Mittagsbus zurück.

Als Frau Pintér außer Atem zu Hause ankam, saß ihr Mann bereits auf dem Bock des Wagens. Sie keuchte nur, das Mädchen sei vielleicht bei den Beneis, schon schwang Pintér die Peitsche und trieb das Pferd mit einem solchen Tempo zur Polizei, dass die meisten beim Anblick des vorbeijagenden Wagens den Grund für die Eile schon erraten konnten. Nachdem Pintér aus der Station kam und den Weg zu Beneis Hof einschlug, raste er weiter, sodass eins der Räder brach. Zum Glück war der Schmied nicht weit – er hieß ebenfalls Sütő, wie der Vater eines anderen vermissten Mädchens –, Pintér ließ schnell das Rad wechseln und preschte zu Beneis Hof. Den Mann fand er dort, von Kati keine Spur.

Wieder daheim, erwarteten ihn bereits zwei Polizisten, setzten sich mit ihm ins Auto und fuhren nach Fegyvernek, wo Katis leiblicher Vater, Ferenc Pavelka, wohnte. Pintér musste ihnen den Weg nicht zeigen, sie kannten ihn, da sie schon zweimal bei Pavelka gewesen waren. Das erste Mal, als Katis zwei jüngere Brüder von einer Kriegsgranate zerfetzt wurden, die sie auf dem Feld gefunden hatten, und das zweite Mal, als sie Pavelka wegen Inzestverdacht festnahmen. Diesmal mussten sie bei ihm keine Zeit vergeuden: Über Kati wusste auch er nichts. Als der blaue Škoda auf der mondbeschienenen Landstraße nach Törökszentmiklós zurückgefahren war und in die Vörösmartystraße einbog, wo in dieser Nacht die Sackpfeifen spielten und die Hochzeitsgäste bis zum Morgengrauen fröhlich lärmten, konnte Pintér seiner Frau, die im Gartentor auf ihn wartete, nur sagen: Kati ist wahrscheinlich bei den anderen vermissten Mädchen. Und wo das sei, das wisse im Augenblick nur der Herrgott, der dieses Ungeheuer auf die Erde geschickt habe.

Früh am nächsten Morgen kamen die Ermittler mit dem Spürhund Rata zurück, und der nahm die Fährte auch gleich auf. Er rannte in einem Zug bis zum Volksladen und hinein, dann ebenso zur und in die Milchhalle, wo er herumschnüffelte und dann wieder auf die Straße herauskam. Danach rannte er jedoch nur noch ein paar Meter. An der Ecke hielt er inne, drehte sich im Kreis und winselte, stellte sich immer wieder auf die Hinterpfoten, drehte sich erneut, kurz: Er hatte die Spur verloren. Bei diesem Ereignis gab es viele Zuschauer, und wahrscheinlich entstand dabei der später in der ganzen Stadt verbreitete Verdacht, das Mädchen habe man an dieser Stelle in ein Auto gesetzt – «in einen Militärwagen ohne Nummernschild» – und sei mit ihr weggefahren.

Die Pintérs gingen von da an täglich zur Polizei, um sich nach Neuigkeiten zu erkundigen. Anfangs empfing man sie freundlich, man ermunterte sie sogar, sich so oft wie möglich zu melden, «vielleicht hätten sie ja etwas Wichtiges mitzuteilen», falls sie von jemandem etwas Neues erfuhren, egal, ob es eine Kleinigkeit sei, es könnte die Aufdeckung des Falls vorantreiben. Später aber wurden sie für Frau Pintérs Empfinden sehr ungeduldig und stellten verletzende, argwöhnische Fragen:

«Sie haben wissen wollen, wie wir als Pflegeeltern mit dem Mädchen umgegangen sind. Ob sie genug zu essen bekommen hat, wir sie nicht geschlagen oder fortgetrieben haben. Und dann, das war noch schlimmer, wollten sie wissen, ob sie getauft war und die Kirche besucht hat, ob wir sie vielleicht zu religiösem Eifer erzogen haben und wie mein Mann und ich über diese Dinge denken. Da haben wir eingesehen, dass es nichts bringt, zur Polizei zu gehen. Ich habe denen offen gesagt: Wenn die Dinge so stehen, wird mein geliebtes Kind nicht wieder auftauchen, weil ich, das weiß ich genau, um nichts in der Welt von meinem Glauben abrücken werde. Von da an hatten wir keine Hoffnung, dass Kati wiederkommen würde. Weder mein Mann noch ich sind je wieder auch nur in die Nähe der Polizei gegangen. Es gab Eltern, die nicht einmal das versucht haben, was wir taten, die es gleich für besser hielten, sich zu ducken, den Mund zu halten, um nicht selbst in Schwierigkeiten zu geraten. Denn verschwunden sind mindestens zehn Kinder, es gab einen Tag, an dem man die Namen von drei weiteren Mädchen durchs Megaphon bekannt gab. Der Polizeioffizier aus Budapest, der später auf dem Marktplatz eine Rede hielt, sagte dagegen, wir sollten uns beruhigen, denn die Zahl der Opfer *liegt unter zehn.*»

ACHT

Am 2. September aßen die Polizeioffiziere aus Szolnok, die die Ermittlungen leiteten, im Gasthaus der landwirtschaftlichen Genossenschaft zu Abend, dann gingen sie über die leeren Straßen der wie unbewohnt wirkenden Stadt zurück zur Kreispolizeibehörde. Sie verbrachten die meisten Abende in Bereitschaft, stets auf die Ermittler bedacht, die losgeschickt worden waren, um neue Meldungen zu überprüfen, oder auf Anrufe einer Polizeibehörde der Umgebung wartend; in dieser Zeit spielten sie Billard.

Um halb neun waren drei Offiziere mit von der Partie: Hauptmann Annus, Farkas und Oberfeldwebel Tinka, der Fahrer.

Tinka musste in letzter Zeit fast ununterbrochen hinterm Steuer sitzen, und obwohl er, frisch verheiratet, gerne zu Hause war, hatte er seine Familie seit Wochen kaum mehr als immer nur ein paar Minuten zu sehen bekommen. Der gedrungene, blonde, meist fröhliche Fahrer betrachtete die überstürzten Entscheidungen, die «ungenaue, in kriminalistischer Hinsicht unfundierte Arbeit» mit zunehmendem Misstrauen und brauste immer leichter auf; seine Wut richtete sich, in Ermangelung eines Besseren, gegen die verhörten Personen.

Annus, ein vom Bäckerburschen aus Törökszentmiklós zum Offizier aufgestiegener, vierschrötiger Mann mit breitem Gesicht und schneller Hand, war im Gegensatz zu Farkas als harter Vernehmer bekannt: Er begann stets mit der bedrohlichen Gelassenheit, die korpulente Menschen haben können, um den Widerstand des Verdächtigen dann so gnadenlos wie eine fahrende Lokomotive niederzuwalzen.

Als der in jener Nacht Tordienst habende Beamte meldete, dass eine Frau dringend mit den Offizieren sprechen wolle, befanden sich die Billardkugeln Tinkas Schilderung nach gerade in «lenkbarer Position» in der einen Ecke des Tisches. Annus, der sich von dem Stoß mindestens zwanzig Forint versprach, richtete sich auf und fragte unfreundlich, aber ruhig, um wen es sich handele und was die Person wolle.

Der Mann sagte, es sei Frau Benedek, einundzwanzig Jahre alt, Wohnort: Pusztakengyel, ehemalige Polizistenehefrau, die er, der aus dem gleichen Ort sei, gut kenne. Frau Benedek war gekommen, um Piroska Jancsó wegen versuchten Mordes anzuzeigen.

Tinkas Angaben nach gingen sie daraufhin zu dritt ins andere Zimmer, in das der Wächter Frau Benedek führte, eine blonde junge Frau, auffallend erregt, deren Erscheinung die Spuren eines verzweifelten Kampfes anhafteten: Ihre Arme und Beine waren voller hässlicher Schürfwunden.

Sie zitterte immer noch vor Angst und berichtete, ihre Freundin, die sie eingeladen hatte, bei ihr zu übernachten, hätte sie beinahe erdrosselt. Das habe sich ereignet, als sie gerade dabei war, auf einer Decke am Boden des Hofes einzuschlafen. Zu ihrem Glück sei sie aufgeschreckt, habe die Drahtschlinge gepackt und mit dem auf ihr sitzenden Mädchen so lange gerungen, bis sie sich habe befreien können. Erst habe sie im Nachbarhaus Zuflucht gesucht, dann hätten sie zwei junge Männer, die am Haus vorbeikamen, zur Polizeibehörde begleitet.

Obwohl Frau Benedek sogar den Draht mitgebracht hatte, hörten ihr die Offiziere mit Argwohn zu. Als sie hereingekommen war, hatten die Männer sie gleich erkannt, sie wussten, dass es sich bei ihr – wie «allgemein bekannt» – um eine in moralischer Hinsicht unverlässliche Person handelte, der die Polizei kaum mehr trauen würde als ihrer angeblichen Angreiferin. Obendrein hatte sie ja selbst gesagt, dass die angebliche Angreiferin ihre Freundin sei.

Als sie sah, dass die Ermittler ihr nicht glaubten, kniete sich Frau Benedek vor Farkas hin und schwor unter Tränen, die Wahrheit zu sagen. Durch ihr Flehen erreichte sie, dass man beschloss, sie gleich ausführlich zu verhören.

Frau Benedek hatte eine Stelle in einer Betriebsküche in Szolnok annehmen wollen, die ihr von einem befreundeten Koch versprochen, zwischenzeitlich jedoch anders besetzt worden war, weshalb sie zurückfahren musste. Am 1. September um vier Uhr nachmittags stand sie mit ihrem Koffer, in den sie alle ihre Kleider samt Unterwäsche gepackt hatte, auf dem Bahnsteig der Station Szolnok-Alcsi. Hier trat eine junge Frau an sie heran, die sie sehr sympathisch fand, nicht zuletzt weil sie anbot, ihr eine Arbeit zu besorgen. Piroska – so hieß die Frau – schlug nach einem kurzen Gespräch vor, den Nachmittag auf dem Rummel zu verbringen. Sie habe so gute Laune bekommen, dass sie zustimmte; daraufhin spazierten sie zu zweit zur nahegelegenen sowjetischen Kaserne. Piroska gab den Koffer einem Soldaten, damit dieser ihn bis zum Abend verwahrte, dann gingen sie zum Rummel, wo sich ihre Wege trennten, da sich beide bald mit Männern die Zeit vertrieben. Am Abend war Frau Benedek wie abgemacht am Bahnhof, auf ihre neue Freundin wartete sie jedoch vergebens. Natürlich erschrak sie, schließlich waren all ihre Sachen in dem Koffer, den sie der Frau anvertraut hatte, über die sie nichts weiter wusste, außer dass sie Mörtelmischerin war. Vor lauter Aufregung wandte sie sich sogar an den Stationsvorsteher und bat ihn: Falls er am Bahnhof eine Frau entdecke, die so und so aussah, solle er sie am Abfahren hindern. Frau Benedek blieb bis nachts halb eins, als der letzte Zug fuhr, und wachte. Dann legte sie sich auf die Bank im Wartesaal, schlief dort und ging am nächsten Morgen zur Polizeibehörde der Stadt. Dort wurde ein Polizist beauftragt, mit ihr alle Baustellen abzuklappern, und so fanden sie schließlich Piri. Die begleitete sie bereitwillig zur Station, wo sie angab, dass sie die Nacht mit ihrem Verehrer verbracht habe, dass sie sich jedoch darum kümmern werde, den Koffer im Laufe des Tages von jenem Soldaten zurückzubekommen. Dann durften sie die Polizei verlassen und gingen geradewegs zur Kaserne. Piris Bekannter war aber gerade bei einer Feldübung, also konnten sie an dem Tag nichts mehr erreichen. Zumindest behauptete Piri das. Frau Benedek traute sich jetzt nicht mehr, sich von ihrer «Freundin» zu trennen, und willigte daher lieber ein, mit ihr nach Törökszentmiklós zu fahren, bei ihr zu übernachten und sich am nächsten Morgen gemeinsam auf den Weg zu machen, um den verschollenen Koffer in Szolnok abzuholen.

Bei Piri angekommen, setzten sie sich in die Küche, und Piri bot Frau Benedek gleich zwei verschiedene Obstler an. Sie drängte sie zu trinken, Frau Benedek nahm jedoch nur einen kleinen Schluck. Der Schnaps war stark und schmeckte seltsam. Von dem bisschen, das Piri sie zu trinken überredet hatte, wurde sie augenblicklich schläfrig. In der Küche wollte sie sich jedoch aus zwei Gründen nicht schlafen legen. Erstens wegen Piris Mutter, der sie bereits auf dem Weg vom Bahnhof begegnet waren: Sie ging gerade in die Krippe, um ihren Enkel abzuholen. Es war ihr anzusehen, dass sie wütend war, weil Piri jemanden nach Hause eingeladen hatte. Zweitens gefiel Frau Benedek die grässlich dreckige Wohnung in keiner Weise. Sie ließ sich eine Decke geben, breitete sie im Hof unter einem Maulbeerbaum, legte die Arme wie ein Kissen unter den Kopf und schlief ein.

Sie wurde davon wach, dass Piri sich an ihrem Hals zu schaffen machte: Sie sei gekommen, weil sie fürchte, die Benedek werde sich erkälten. Sie hatte ihr ein Kissen mitgebracht und riet ihr, die Arme statt unter den Kopf lieber an den Körper zu legen, so könne sie sich besser in die Decke einwickeln. Sie spielte also die Fürsorgliche. Frau Benedek schlief wieder ein, spürte jedoch bald, dass Piri, erneut neben ihr kniend, an ihrem Hals herumfingerte. Als sie hingriff, hatte sie plötzlich den Draht in der Hand, den Piri hinten bereits zur Schlinge gelegt hatte und nun festziehen wollte. In Todesangst schrie Frau Benedek, sprang auf und fuhr sie an: «Willst du mich umbringen?» Piri antwortete: «Meine Mutter hat gesagt, ich soll dich erwürgen.» Frau Benedek war so überrascht, dass sie gar nicht wegrannte, nur wie versteinert dastand und gar nicht verstand, was gerade passierte. Das nutzte Piri aus, trat einen Schritt näher und sagte freundlich, dass sie jetzt erst sehe, was für schöne Knöpfe sie an ihrem Kleid habe. Sie tat so, als wolle sie nur einen der Knöpfe anfassen, als sie jedoch nah genug war, packte sie zu. Während sie miteinander rangen, fielen sie ins Gras, kämpften am Boden weiter, bis Frau Benedek sich irgendwie befreien konnte und entkam.

Als sie am Ende der Geschichte angelangt war, bat Frau Benedek, von dem ebenfalls in Pusztakengyel wohnenden Ermittler Kenyeres nach Hause begleitet zu werden, sie habe

Angst, sich allein auf den Weg zu machen. Zum Abschied sagte Annus, man werde sie am nächsten Morgen mit dem Wagen abholen, zwecks einer Gegenüberstellung mit der Angreiferin. Danach kümmerte sich Farkas, dass jemand den Tordienst übernahm, Kenyeres setzte Frau Benedek auf sein Fahrradgestell und fuhr mit ihr nach Hause.

Nachdem sie wieder zu dritt waren, erwogen Farkas und Annus, Piroska Jancsó sofort zu vernehmen. Annus vertrat immer noch die Ansicht, die Anzeigerin habe die Geschichte erfunden, der Mordversuch sei ein Märchen, das sie sich aus Rache ausgedacht habe, nachdem sie sich mit Piroska gestritten und geprügelt habe. Natürlich hatte er auch über den Hintergrund des Ganzen eine klare Meinung: «Zwei Flittchen, die sich um einen Schwanz in die Haare kriegen.» Farkas war ebenfalls unschlüssig. Er dachte daran, dass Hauptmann Szántó im Laufe des Abends anrufen würde, also könnte man die Entscheidung ihm überlassen. Auf die Idee, dass Piroska Jancsó nach einem missglückten Mordversuch auch fliehen könnte, kam niemand. Der Anruf ließ lange auf sich warten, und schließlich sagte Tinka: «Genosse Hauptmann, ich würde das Aas doch herholen ...» Den Eifer des Oberfeldwebels taten sie als ungeduldig ab – was auch nicht falsch war –, dennoch beschlossen sie nach kurzer Beratung, ihn gehen zu lassen.

Tinka hatte den Motor des Škoda schon angelassen, als ihm einfiel, dass man die Scheinwerfer bereits von weitem bemerken würde und es doch besser sei, wenn er unerwartet ankäme. Also nahm er lediglich die Taschenlampe zur Hand und machte sich zu Fuß auf den Weg.

Piroskas Halbbruder, der elfjährige József Stern, sagte beim Obersten Gericht später Folgendes aus:

«Als Piri das erste Mal in die Küche gekommen ist und Mutter sie gefragt hat, weshalb sie denn die Frau mit nach Hause gebracht hat, kam es zum Streit. Mutter war sehr wütend, und Piri hat ein Messer genommen und es nach ihr geworfen, aber sie hat nicht getroffen, es flog vorbei. Mutter und ich sagten nichts mehr. Später, bei dem Schrei, dachte ich an den Menschenräuber. Als Piri hereinkam, sprachen sie und Mutter nicht miteinander. Ich glaube, es gab Kartoffeln. Piri hat nichts gegessen, sie hat sich schlafen gelegt, aber Mutter hat in Ruhe die Paprikakartoffeln gegessen.»

Tinka sah einen jungen Mann vor dem Jancsó-Haus stehen. Er ließ sich den Ausweis zeigen und forderte ihn auf, zu verschwinden, denn «heute Abend läuft sowieso nichts». Er wusste übrigens, dass der Mann ein Kunde der Mutter war: Für ein paar Forint gab sich Borbála jedem hin, ganz gleich, ob alt oder jung, man konnte sie auch in Naturalien bezahlen, mit Speck oder Eiern. Piri hingegen schlief nicht mit Männern aus dem Ort.

Als der junge Kerl gegangen war, lief Tinka über den Hof, klopfte an der Küchentür und rief «Polizei!». Borbála fluchte zunächst, dann sagte sie, behaupten könne man ja alles, er solle zum Fenster auf der Straßenseite kommen und sich erst mal ausweisen. Tinka wurde wütend und war schon drauf und dran, die Tür aufzubrechen, als ihm in der Dunkelheit jemand die Hand auf die Schulter legte.

«Ferilein, was ist denn das für ein Auftreten?» Farkas war ihm gefolgt, und der schlug natürlich gleich einen ganz anderen Ton an, wie Tinka berichtete: «Er bat sie ganz sanft: Frau Jancsó, öffnen Sie die Tür, machen Sie doch keinen Aufstand, wir wollen nur mit Ihnen reden, und so weiter, wie er halt immer mit den Leuten spricht. Borbála hat aber auch zu ihm nur gesagt, er soll zum anderen Fenster gehen, sie kommt mit der Lampe. Farkas redete weiter auf sie ein, und ich konnte es nicht mehr mit anhören, ich dachte, was soll's, geh ich eben zum Fenster. Ich hätte wieder über den Hof laufen können, es gab nämlich keinen Zaun, ich hatte aber Angst, im Dunkeln in irgendwas Ekliges reinzutreten, also bin ich lieber über die gepflasterte Veranda. Ich war schon fast am Tor, als ich ein Rascheln im Schloss der Küchentür hörte. Deshalb, und weil ich plötzlich ein seltsames Gefühl hatte, blieb ich stehen.»

Als Tinka von diesem Moment erzählte, fiel ihm auf, dass er das Wort «seltsam» wegen einer Kindheitserinnerung gebrauchte, und fügte eine kurze Erklärung hinzu:

«Mein Vater hat bei einem Budapester Transportunternehmen gearbeitet, und ich habe als Kind oft neben ihm auf dem Bock des Möbeltransporters gesessen. Die Speditionspferde waren dermaßen an das Straßenpflaster in der Stadt gewöhnt, dass sie sofort stehen blieben und sich nicht mehr rühren wollten, sobald sie auf weichen Grund traten – zum Beispiel, wenn wir in einen Vorort fahren mussten. Für sie war es ein seltsames Gefühl, kein Straßenpflaster mehr zu spüren. Genauso erging es jetzt mir – nur hielt mich nicht das Weiche, sondern gerade das Harte vom Weitergehen ab: Ich spürte, dass ich statt auf Stein auf eine Eisenplatte getreten war. Ich stampfte kräftig auf, es klang, als wäre unter mir ein hohler Raum. Auf jeden Fall bin ich zurück zur Küchentür. Da war Farkas schon in der Wohnung und versuchte, Piri zu überreden, dass sie sich anzieht und mitkommt. Sie hat sich nicht gerührt, deshalb habe ich sie angebrüllt, sie soll sich sputen, ich werde sie nämlich nicht lange bitten, sondern herausprügeln. Da hat sie sich ruhig angezogen und ist mitgekommen, als würden wir mit ihr spazieren gehen wollen.

Sie ist friedlich vor uns hergelaufen. Was soll ich sagen,

sie ist so still gewesen, sie hätte stummer nicht sein können, wenn sie mit Kohle auf eine weiße Wand gemalt gewesen wäre. Es tat mir schon beinah leid, dass ich sie angebrüllt hatte. Wie sie da mit ihren kurzen, jungenhaften Haaren und den kleinen, schönen Füßchen vor uns durch die Dunkelheit trippelte, hat sie wie ein unschuldiges Kind gewirkt. Vielleicht hätte sie sich auch weiterhin genau wie eins verhalten, wenn sie nicht gehört hätte, was ich zu Farkas gesagt habe. Ich habe ihm nämlich zugeflüstert, dass es unter der Veranda eine Kartoffelgrube oder etwas in der Art gibt, das wir uns ansehen müssten. Aber Farkas meinte, die wird wohl auch am nächsten Tag noch dort sein, und tagsüber sehen wir mehr. Vielleicht hat Piri das gehört, vielleicht nicht, Tatsache ist: Als wir bei der Polizeibehörde angekommen sind und ihr klarwurde, dass wir sie dabehalten würden, hämmerte sie gegen die Tür und brüllte aus vollem Hals los, wir sollen sie zu ihrem Sohn nach Hause lassen. Damit hat sie ihre Lage natürlich nur verschlimmert und sich noch verdächtiger gemacht. Zu dem Zeitpunkt war übrigens auch Szántó schon da, und als er hörte, wie sie brüllte, sagte er, es war richtig, sie gleich zu holen. Wir beschlossen sofort, früh am Morgen aufzustehen und das Haus zu durchsuchen.»

Am 3. September ging die Sonne um fünf Uhr vier auf, und ihr Licht färbte die Windschutzscheibe des über die Straße der Roten Armee kriechenden Škoda rot.

«Ich bin mit zwanzig oder fünfundzwanzig Kilometern die Stunde gefahren», erzählte Tinka später, «mehr ging auf der Straße nicht. Der Wagen hatte mindestens hundertfünfzigtausend Kilometer hinter sich, und in Törökszentmiklós wurde er völlig durchgerüttelt. Tagsüber kam es einem vor, als würde dauernd Staub ins Wageninnere geschaufelt: Innerhalb einer halben Stunde sammelte sich im Wagen ein guter Eimer, und den Rest schluckten ich und die anderen, die mit drinsaßen. Aber in den Morgenstunden konnte man noch richtig durchatmen, beim Haus der Jancsós roch es beinah nach Wald. Sie haben keine Tiere gehalten, auf dem Hof gab es keinen Stall, kein Plumpsklo, nur Gestrüpp. Das Unkraut stand so hoch, dass der kleine Farkas darin verschwunden ist. Er, Szántó und Annus haben das Haus durchsucht.

Während ich draußen wartete, habe ich auf der Veranda einen Besen entdeckt, den habe ich genommen und den Wagen gefegt. Am Abend hatten wir die Arbeit spät beendet, weshalb ich nicht dazu gekommen war. Als ich fertig war, habe ich mir eine Zigarette angezündet, und da wurde ich irgendwie nervös. Dabei war es ein klarer Morgen, ein schöner Sonnenaufgang, vom Hof stieg ein guter Brennnesselgeruch auf, weshalb man nicht einmal den Staub roch. Wenn ich nicht gewusst hätte, dass die Kinder dort hineinkacken, wäre ich sogar ins Gestrüpp, um es zu durchsuchen. Aber das war sowieso nicht notwendig. Ich hatte noch nicht mal die Kippe weggeworfen, da kam Farkas schon raus, mit einem Haufen Kindersachen im Arm. Wir wussten auswendig, welches Mädchen welche Kleidung bei seinem Verschwinden getragen hatte, und ich habe sofort gesehen, dass es diese Stücke waren. Farkas hat sie nur auf den Rücksitz geworfen und gesagt, dass ich mitgehen soll, wir würden jetzt auch die ‹Kartoffelgrube› untersuchen.

Hinter dem Gartentor, auf der Veranda, fanden wir die Eisenplatte, auf die ich am Abend getreten war. Sie war genauso von Staub bedeckt wie der Steinboden drumherum, selbst bei Tageslicht fiel sie nicht auf, groß war sie auch nicht: eine vierzig mal vierzig Zentimeter große Platte, die ein bisschen schief zwischen den eingesunkenen Steinen lag. Ich habe einen Schraubenzieher mit Eisengriff genommen, sie damit angehoben und weggezogen, dann haben Farkas und ich in die Öffnung geguckt. Wir haben nichts gesehen, es stieg auch kein Gestank auf, nur der Kanalgeruch. Farkas ist zum Wagen, um eine Taschenlampe zu holen, Szántó und Annus kamen zum Schacht. Szántó zündete ein Streichholz an, Annus nahm einen Stein und warf ihn ins Loch. Hat eine Weile gedauert, bis man ihn aufprallen hörte. Es klang, als wäre er in Schlamm gefallen, so ungefähr in einer Tiefe von zehn bis zwölf Metern. Danach haben wir uns alle neben die Öffnung gehockt, Farkas hat sich hingekniet, hineingebeugt und mit der Taschenlampe hinuntergeleuchtet. Man sah, dass der gemauerte Schacht breiter war als die Abdeckplatte, aber der Schein der Taschenlampe reichte nur in ein paar Meter Tiefe, ungefähr zwanzig Ziegelreihen. Szántó hatte eine Zeitung dabei, er zerriss sie, wir zündeten das Papier an und warfen es rein, aber umsonst, das Feuer erlosch sofort wieder. Da sagte Szántó, wir sollten eine Leiter holen, jemand müsse hinuntersteigen. Farkas hat sich sofort bereit erklärt, aber Annus hielt ihn zurück. Er fand, wir müssten erst einmal feststellen, wie tief das Loch war.

Im Haus hat es natürlich schon seit langem keinen Strom mehr gegeben, man hatte ihn abgeschaltet, weil sie die Rechnungen nicht bezahlt hatten. Also sind wir zu den Nachbarn, den Évingers, gegangen, deren Schwiegersohn uns schließlich geholfen hat. Er war Altwarenhändler und hatte eine Menge Drähte und solche Sachen, er legte ein Kabel hinüber in Jancsós Hof und schloss, wenn ich mich richtig erinnere, eine kleine Lampe mit rotem Schirm daran an. Als er fertig war, haben wir uns alle vier bäuchlings an die Öffnung gelegt und zugesehen, wie die 100-Watt-Birne langsam nach unten gelassen wurde.»

In der nächsten Stunde kam eine Hundertschaft von Bereitschaftspolizisten in die Stadt, die von Haus zu Haus einen Kordon bildeten und so alle Straßen absperrten, die zum Schauplatz führten. Ihre nagelneuen Uniformen, Gürtel, Stiefel und die glänzenden Maschinengewehre waren ein seltsamer Anblick für die in Grüppchen versammelten Schaulustigen. «Es war ein schöner Vormittag», erzählte später jemand, «man hat gespürt, dass es September war, nicht diese wilde Hitze, in der man nicht hätte draußen herumstehen können. Alle haben gewartet, was passieren würde. Es passierte nichts Gutes. Es dauerte keine halbe Stunde, da hörten wir: ‹Die Eltern kommen!› Als sie zu sehen waren, aber noch ganz weit weg, soweit es eben auf der langen Straße erkennbar war, wussten die Leute schon, dass sie es waren. Sie sind wie die Verrückten mitten auf der Straße gelaufen gekommen, völlig von Sinnen, es war klar: Hier braut sich was zusammen. So kam es dann auch, denn die Staatsschutzleute ließen auch die Eltern nicht durch, umsonst riefen sie: Wo ist das Kind, wir wollen unsere Kinder sehen! Die Frauen haben geflucht, die Männer wollten sich mit Gewalt durchkämpfen, man hat sie mit Maschinengewehren zurückschubsen müssen, einer holte sogar sein Klappmesser hervor und wich erst nach einem Warnschuss zurück, manche mussten die Polizisten von der Absperrung wegzerren.»

Am frühen Nachmittag öffnete sich der Polizeikordon, und nun kam die aus riesigen Daimler und Tatra Dynamic bestehende Autokarawane, die vom Budapester Donauufer losgefahren war, die Straße der Roten Armee entlanggerollt. Es waren die Oberoffiziere des Innenministeriums, die in ihren schwarzen Wagen nach Törökszentmiklós gekommen waren, an ihrer Spitze der stellvertretende Minister Tibor Pőcze, der von Mátyás Rákosi geschickt worden war, nachdem dieser vom ersten Geständnis der Angeschuldigten erfahren hatte. Später wurde der Kordon erneut geöffnet, für die Feuerwehr, dann für den Wagen des Gemeinderats, der fünf Särge brachte, und schließlich ließ man den Lastwagen des Transportunternehmens passieren.

NEUN

Der Stabsfeldwebel József Marsi von der Feuerwehr sagte, seiner Erinnerung nach habe man im Sommer 1954 den Löschwagen noch bei der Kirche am Rózsaplatz gewaschen. Auch am 3. September, einem Freitag, habe man dort gearbeitet. Marsi war damals noch Gefreiter, einer seiner beiden Kameraden, Géza Csortos, war Wachtmeister, der andere, Ferenc Németh, Unteroffizier. Es war gegen halb drei, als man im Laden in der Nähe anrief und sie unverzüglich in die Kaserne zurückbeorderte.

Auf dem Hof der Subalternoffiziere erhielten sie von István Győrffy weitere Anweisungen. Sie sollten Seil, Beil und Steckleiter zusammenpacken. Währenddessen fuhr im Hof der Lastwagen der Polizei vor, der sie, in Begleitung von Győrffy und Scheller, einem ihrer Kameraden, der gerade dienstfrei hatte, zur Komitatspolizeistelle fuhr. Dort entdeckte Marsi hinter den Gittern der Haftzelle eine junge Frau.

«Sag mal», fragte er den Wärter auf dem Gang, «was hat die Puppe denn angestellt?»

«Lass sie», antwortete dieser, «die hat schon genug Probleme.»

Marsi beließ es dabei, sie mussten ohnehin weiter. Der Lastwagen fuhr die Straße der Roten Armee entlang, vorbei an den am Straßengraben geparkten Luxuskarossen, bis zum Haus Nummer 171. Dort zeigten ihnen die Ermittler die dunkle Öffnung im Verandaboden, in die sie am Gummiseil die in eine Goliathfassung geschraubte 500-Watt-Birne hinunterließen.

Marsi sagte, als Erstes habe sich herausgestellt, dass sich unter der Veranda nicht einfach ein Abwasserschacht, sondern ein richtiger Brunnen befand, der wahrscheinlich erst seit einem Umbau hinter dem jetzigen Gartentor lag, damals war das Haus, das früher auf dem Grundstück gestanden hatte, abgerissen worden. Gut zehn Meter Seil wurden gebraucht, bis die Birne den Brunnengrund beleuchtete. «Unten war die Leiche eines jungen Mädchens zu sehen, in sitzender Position. Sie war völlig nackt. Der Kopf zur Seite geneigt, und die Hälfte ihres Gesichtes, die nicht im Wasser lag, war zertrümmert. Neben ihrem Kopf sah man eine Fußsohle, und auf der Leiche einen Militärgürtel. In dem Moment haben wir begriffen, was auf uns zukam.»

Die Feuerwehrleute rissen zuerst den Backsteinboden auf, trugen dann die darunterliegende Erdschicht ab und entfernten schließlich die Akazienbalken, mit denen die Öffnung abgedeckt war. Der Durchmesser des Brunnens betrug neunzig Zentimeter, und die Balken waren anderthalb Meter lang, also lagen sie stabil auf. Nachdem sie alles freigelegt hatten, ließ sich der Polizeiarzt eine Kerze geben, zündete sie an und ließ sie in den Brunnen. Die Flamme erlosch. Der Arzt wiederholte den Versuch mehrere Male, dann fragte er den Unterleutnant, ob sie über die Ausrüstung verfügten, um in den Schacht hinunterzusteigen: Benötigt wurde eine Gasmaske, die per Gummischlauch an eine Sauerstoffflasche angeschlossen werden konnte. Győrffy schickte Marsi in die Kaserne, um das Entsprechende zu holen. Während seiner Abwesenheit befestigte man einen Flaschenzug am Dachbinder und schnürte das Seil ans obere Ende der Leiter. Inzwischen war es dunkel geworden, und auch auf der Veranda musste ebenfalls eine Glühbirne angebracht werden. Die Grube, in die das Brunnenwasser abgepumpt werden sollte, wurde bereits beim Licht dieser Birne ausgehoben. Als Marsi zurückkam, waren auch die Särge schon da, in einer Reihe vor der beleuchteten Veranda aufgestellt.

Győrffy fragte nach einem Freiwilligen, der in den Brunnen steigen würde, woraufhin sich Scheller meldete. Aber als er die Maske aufsetzte, war sie ihm zu groß. Marsi hatte sie unterwegs bereits ausprobiert und wusste, dass sie ihm genau passte. Also gab er sich einen Ruck und hob die Hand.

Der Arm, zu dem diese Hand gehörte, wirkte im Verhältnis zum gedrungenen Körper des Feuerwehrmanns viel zu lang – geradeso, als hätte die Natur ihn dazu bestimmt, wie eine lebende Skulptur mit dem Titel «Der Feuerwehrmann» auszusehen. Ein in schlichter Werkstatt entstandenes, mit derbem Meißel gehauenes Denkmal, dessen Anmut allein in seiner für das Unglück vorgesehenen Zweckmäßigkeit bestand.

In dem Augenblick, in dem sich Marsi meldete, wurde es still um ihn, und die Stille hielt an, als seine großen Ohren, sein langes Kinn und seine blauen Augen mit dem faszinierend klugen, durchdringenden Blick hinter der Maske verschwanden. Marsi spürte die plötzlich um ihn herum entstandene Leere, und die Einsamkeit, die ihn im Brunnen erwartete, die Distanz zwischen ihm und den anderen. Niemand jedoch sah ihm irgendeine Unsicherheit an, seine Gestalt umgab die übliche Ruhe, sodass er an einen in Feuer geratenen Zinnsoldaten erinnerte. Langsam zog er die ellenbogenlangen Gummihandschuhe über, schaltete die um den Hals gehängte Taschenlampe ein und stieg auf die Leiter.

Dicht an der Brunnenwand kletterte er in der zunehmenden Dunkelheit nach unten, bis er langsam in den Schein der über der Leiche baumelnden Birne kam. Fürs Erste war er lediglich heruntergestiegen, um den Gürtel zu holen. Als er ihn in der Hand hatte, gab er ein Zeichen, und man zog ihn am Seil wieder hoch. Oben angekommen, bedeutete er dem Arzt und dem Unterleutnant, dass Atemmaske und Flaschenzug gut funktionierten und man ihn wieder hinablassen könne. Man drückte ihm das Rettungsseil in die Hand, und die Rolle des Flaschenzuges setzte sich wieder in Bewegung. Diesmal musste er sich unten im Brunnen über das zertrümmerte Gesicht beugen, um das Seil unter der Taille der Leiche durchziehen zu können. Der erste Knoten, den er in das vom Wasser steife Seil band, war zu locker, er öffnete ihn, machte einen neuen und gab ein Zeichen, dass er fertig sei, ergriff die Leiter und warf keinen Blick zurück. Als er wieder draußen war, nahm er die Maske ab, blieb neben dem Brunnen stehen und wartete, bis der kreidebleiche, von dunkelgrauen und orangefarbenen Schimmelpilzen überzogene Leichnam zum Vorschein kam. Da ging er hinaus auf die dunkle Straße, setzte sich an den Graben, lehnte den Kopf an die grasbewachsene Böschung und ruhte sich aus.

Es war eine warme, sternklare Nacht, am Straßenrand standen die Autos aus Budapest, deren Scheinwerfer die Straße später, als sie wegfuhren, taghell erleuchteten. Ein Augenzeuge sagte: «Dort standen so viele Autos wie am 20. August vorm Parlament. Große, schillernde Wagen, den ganzen gesperrten Straßenabschnitt entlang!» Die schwarzen Karossen lagen jetzt vor den dunklen Häusern, schräg am Straßengraben vor Anker, nur hier und da war ein wartender Fahrer zu sehen, der aus Langeweile mit einem Hirschledertuch die ohnehin schon glänzenden Scheiben polierte.

Während Marsi am Straßengraben saß, begutachtete der Polizeiarzt die bereitgestellten Särge und gab sofort Anweisungen, besser mit dem Lastwagen nach Szolnok zu fahren und inwendig mit Zinn verkleidete Kisten zu holen, da die anderen Leichen wahrscheinlich schon teilweise verwest wären. So wurden die fünf Holzsärge verschlossen und wieder auf den Pferdewagen gestellt, der sie wegbrachte. Ob absichtlich oder aus Unachtsamkeit: Die Polizei gab keine Mühe darauf, den Einwohnern die Zahl der Särge zu verbergen. Den Schauplatz sicherten sie dafür umso mehr. Der Altwarenhändler Gyula Korpácsi, der in der unmittelbaren Nachbarschaft wohnende Schwiegersohn der Évingers, berichtete: «Sogar am anderen Ende des Hofes lauerten Polizisten im Gebüsch, damit ja niemand auf die Idee käme, sich dem Haus von hinten, vom anderen Grundstück her zu nähern.» Korpácsi stand als amtlicher Zeuge unter Schweigepflicht; Frau Túri, die gegenüber wohnte, erzählte den Eltern der Kinder jedoch bereits am nächsten Tag, dass sie die Schatten der geborgenen Leichen, die Schatten ihrer Haare auf der hellen Hauswand genau habe sehen können.

Im Schein der 500-Watt-Birne auf der Veranda ging die Arbeit die ganze Nacht, und Imre Sütő, der noch vor Tagesanbruch im Dunkeln zu Fuß in die Stadt kam, bemerkte das ungewöhnliche Licht bereits von weitem. Die Tatra und Daimler hatten Törökszentmiklós zu dem Zeitpunkt bereits verlassen, der Kordon wurde von den Polizisten jedoch aufrechterhalten. Als der kleine, wütende Ratsdiener durchzukommen versuchte, scheiterte er genauso wie die anderen Eltern, und schließlich landete Sütő am Tresen einer Kneipe.

Bis zum Morgengrauen stieg Marsi noch fünfmal in den Brunnen.

«Drei weitere Leichen haben wir auf ähnliche Weise wie

die erste raufholen können, die fünfte war in mehrere Teile zerfallen, die ich mit einem Netz auffing, das man aus dem Maschendrahtzaun am Ende des Gartens herausgeschnitten hatte. Jede der Leichen hatte Haare. Als ich fertig war, haben wir das Wasser abgepumpt. Zuerst versuchten wir es mit der Fahrzeugpumpe, was aber nicht funktionierte. Wir mussten die tragbare Kleinmotorpumpe aus der Kaserne holen, mit der wir dann das Wasser rausbeförderten. Die Grube hat zwar tatsächlich nicht alles aufnehmen können, aber dass es einen Gestank gab, den man kilometerweit riechen konnte, das stimmt einfach nicht. Das konnte gar nicht sein, denn wir hatten den gesamten Hof mit einer dicken Schicht Chlorkalk bestreut. In einem Umkreis von einigen hundert Metern konnte man vielleicht etwas riechen, aber weiter weg nicht. Als das Wasser abgepumpt war, bin ich noch einmal hinunter und habe geholt, was ich am feuchten Brunnenboden fand: einen Schädel, einen Henkelkorb und eine Milchkanne. Als man mich hochzog, ging gerade die Sonne auf, und irgendwo krähte der erste Hahn.»

Während die Feuerwehrleute das Werkzeug wegräumten, ging der Polizeiarzt ins leere Haus. Draußen wurde es bereits hell, im Haus war es jedoch noch völlig dunkel. Der Arzt zündete die Kerze an, die er am Abend zuvor in den Brunnen gelassen hatte, stellte sie auf den Tisch neben das Tage alte Brot, und setzte sich auf einen Stuhl, gegenüber dem Sofa, dessen Plüschbezug vollkommen verdreckt war. Er wusste, dass die Mädchen nach Aussage der Angeschuldigten auf diesem Sofa umgebracht worden waren, dennoch betrachtete er es ohne besondere Abscheu. So kaputt und schmutzig es war, sah man ihm an, dass es sich, verglichen mit der übrigen, armseligen Einrichtung, um ein auffallend wertvolles Möbelstück handelte. Am liebsten hätte der Arzt sich auf dieses Sofa gelegt, um vor der Obduktion, die am Morgen folgen würde, noch ein wenig zu schlafen. Aber gerade, weil er sich gefährlich erschöpft fühlte, stand er rasch auf, löschte die Kerze und ging hinaus.

ZEHN

Am Abend zuvor hatte die Autokarawane auf dem Weg nach Budapest beim staatlichen Kinder- und Jugendheim des Komitats in Szolnok angehalten. In den Schlafsälen hatte man das Licht bereits ausgeschaltet, Gyula Patkós, der Leiter der Einrichtung, unterhielt sich jedoch noch auf dem Hof mit seiner Frau und dem Direktor des Mädchenheimes von Kisújszállás. Später erzählte Patkós, es sei eine warme Nacht gewesen, der Himmel voller Sterne, es habe gutgetan, noch ein wenig an der frischen Luft zu sein.

«Das Seltsame war, dass wir uns gerade über die Lage in Törökszentmiklós unterhielten. Einige Tage zuvor war mein Kollege von einem Ermittler aufgesucht worden, der sich eines der Mädchen aus dem Heim ausleihen wollte. Er sagte, es soll ein schön entwickeltes Mädchen mit großen Busen sein, und versprach, dass man sie innerhalb von vierundzwanzig Stunden zurückbringen würde. Der Kollege wusste natürlich, dass in der Stadt Mädchen verschwunden waren, und ahnte, dass das Kind ein Köder sein sollte, dafür wollte er nicht die Verantwortung übernehmen. Er wich der Bitte aus, sagte dem Ermittler, er solle das zuerst mit mir besprechen, da ich als Leiter der Komitatseinrichtung zustimmen müsste. Der Ermittler suchte mich auf, und ich sagte klipp und klar nein. Darüber haben wir also gerade gesprochen, als es klingelte ...»

Ferenc Olasz, der Leiter der Kriminalabteilung der Komitatspolizei, übergab Patkós zwei Jungen aus Törökszentmiklós. Über den anderthalb Jahre alten Misi Jancsó sagte Frau Patkós er sei «unglaublich hübsch» gewesen, der elfjährige József Stern hingegen habe ein düsteres, gequältes Gesicht gehabt.

«Er war so ängstlich, als ob man ihn gerade aus einem Todeslager geholt hätte. Später haben wir erfahren, dass es ja auch fast so gewesen ist. Aber er selber war durch nichts zu bewegen, etwas zu erzählen. Er verhielt sich, als wäre er stumm. Wir haben ihn mehrmals gefragt, ob er zu Abend gegessen hat und ob er essen will, aber er zuckte immer nur mit den Schultern. Er nahm den Stift in die Hand und unterschrieb wortlos das Papier, in dem es um Misi ging: ‹Übergeben von József Stern.› Von da an hat er weder uns noch seinen Neffen beachtet, auch im Schlafsaal redete er mit keinem; in den zwei Tagen, die er im Heim war, redete nur sein angsterfüllter Blick. Später haben wir gehört, dass er erst im Juli aus dem Erziehungsheim in Püspökladány entlassen worden war: Die Mutter hatte das Jugendamt so lange angefleht, bis man einwilligte. Also, das haben wir überhaupt nicht mehr verstanden. Wenn Borbála gewusst hat, dass in dem Haus jeden dritten Tag jemand umgebracht wurde, weshalb hat sie dann ihren Sohn dahaben wollen, der die Morde ja hätte mitbekommen und ausplaudern können? Aber um auf Misi zurückzukommen: Der war so bezaubernd freundlich und verspielt. Ein unglaublich schöner, blonder Bub mit blauen Augen und rosa Haut. Als er zu uns kam, hatte er einen hübschen hellblauen Strampler an, und als wir ihn auszogen, sahen wir, dass sein Körper gepflegt war, die Mutter muss ihn ordentlich gebadet haben, auch Babypuder war er gewohnt. Nach drei Tagen wurde er ebenfalls abgeholt, aber er kam noch ein- oder zweimal zurück: Angeblich brachte man die Mutter so zur

Aussage. Irgendwann kam ein vornehmer Mann mit großem Firmenwagen, irgendein Fabrikdirektor, der von Budapest die Erlaubnis hatte, den Kleinen mitzunehmen. So hübsch wie der Junge war, ist er bestimmt adoptiert worden, hat einen Namen bekommen, es ist ihm gut ergangen, und inzwischen besucht er wohl schon das Gymnasium …»

Kurz nach der Wagenkolonne mit den leuchtenden Scheinwerfern und Sirenen fuhr auch der klapprige blaue Škoda über die Landstraße von Törökszentmiklós nach Szolnok. Tinka hätte glücklich sein können, dass er endlich wieder zu Hause schlafen würde, dennoch ärgerte er sich die ganze Fahrt über. Nicht nur über Piroska Jancsó, die mit Handschellen auf der Rückbank saß, sondern auch über Farkas neben ihr, der ihr einfach nicht beikommen konnte.

«Piri kaute wahrscheinlich nur aus Nervosität an ihrer zur Faust geballten Hand herum, aber Farkas hatte Angst, dass sie sich ernsthafter verletzen könnte, zum Beispiel, indem sie sich in die Schlagader biss. Alle drei Minuten sagte er: ‹Feri, mach doch mal für einen Augenblick die Innenbeleuchtung an.› Als hätte es nicht schon gereicht, dass der Generator schlecht funktionierte und ich die Straße kaum sah, jetzt musste ich auch noch mit Innenbeleuchtung fahren. Dem Mädchen wäre ein Unfall natürlich gerade recht gekommen, je schlimmer, desto besser, damit wir gleich alle draufgehen. Ich habe zu Farkas gesagt, dass er ihr bestimmt nur deshalb keine scheuert, weil sie ihm leidtut, weil er gar nicht will, dass sie an den Galgen kommt, sondern lieber mit ihr zusammen krepieren würde. Da fuhr er mich an, dass er die Verantwortung trägt, ich hätte ihm nichts zu sagen, ich solle fahren und machen, was er mir sagt. Wir konnten einander nur noch schwer ertragen, kein Wunder nach der ganzen Misere.

Am Abend hatten wir sogar heimlich losfahren müssen: Ich parkte im Hof der Polizei, den wir dann durch die Hinterausfahrt verließen. Das heißt, wir mussten Piri aus der Stadt schmuggeln, damit sie sie nicht lynchten. Unterwegs habe ich ein paar Mal ihr Gesicht im Rückspiegel beobachtet und gedacht, was für eine seltsame Frau ich hier eigentlich durch die Gegend kutschiere. Sie war wohl eine Verbrecherin, wie sie die Welt noch nicht gesehen hat. Aber ehrlich gesagt, mich juckte das nicht mehr besonders. So müde und erschöpft, wie ich war, hätte meinetwegen auch ein Sack Kartoffeln auf dem Rücksitz liegen können. Das Einzige, was mir vielleicht ein bisschen an die Nieren ging, war, dass das Auto, in dem ihr Sohn weggebracht wurde, ein paar Minuten vorher dieselbe Straße langgefahren war. Sie, die Mutter, folgte ihm in Handschellen und würde ihn bestimmt nicht aufwachsen sehen. Da habe ich aber auch gleich an meine eigene kleine Tochter denken müssen und daran, dass ich so schnell wie möglich zu Hause sein wollte.»

Tinka hatte jedoch kein Glück, der Motor des Škoda machte unterwegs zweimal schlapp. Einmal auf der Landstraße, auf offener Strecke, und dann noch einmal in der Stadt, kurz vor der Komitatspolizeibehörde. Farkas versuchte erst allein, den Wagen anzuschieben, damit der Motor im Rollen zündete, dann ließ er auch Piri, natürlich an ihn gekettet, auf der dunklen Landstraße aussteigen. Zu zweit schafften sie es, dem Auto so viel Schwung zu geben, dass es ansprang. Das auf der Straße in Szolnok zu wiederholen, erschien Farkas jedoch nicht ratsam, diesmal stieg Tinka aus, Piri blieb im Auto. Jetzt versuchten sie gar nicht mehr, den Motor anzubekommen, Tinka hielt das Lenkrad mit einer Hand, und sie schoben den Wagen, in dem eine Verbrecherin saß, wie sie die Welt noch nicht gesehen hat, schön leise bis zur Polizei.

Als die Angehörigen der verschwundenen Mädchen am nächsten Tag auf dem grasgesäumten Weg zwischen den Krankenhausgebäuden zum Seziersaal gingen, hatten sie mit dem Verstand bereits akzeptiert, dass ihre Töchter tot waren. Es war Mittagszeit, die Sonne strahlte, und auf der Straße in Szolnok hatten sie Dutzende Mädchen in Schulkitteln und Ranzen gesehen, Bilder, die sie an ihre lebenden Kinder erinnerten, die zu Hause auf sie warteten. Frau Dobos erzählte später ganz offen, dass sie kurz sogar an das Letscho habe denken müssen, das sie für Puki und Kati gekocht habe, und dass sie sich Sorgen gemacht habe, ob die beiden auch ordentlich zu Mittag aßen; Frau Kalocsai hielt unwillkürlich vor dem Schaufenster eines Warenhauses inne, da Marikas jüngere Schwester einen Wintermantel brauchte, und Frau Sütő sagte, man habe auch darüber gesprochen, wer wohl die Transportkosten der Leichname übernehmen werde.

Im Seziersaal kam es dann zu der letzten tragischen Wende, die bei diesem Verbrechen noch möglich war. Als Pintér und Dobos die in den Zinnwannen liegenden, bereits sezierten Leichen erblickten, sagten beide entschieden, sie können nicht die geringste Ähnlichkeit mit ihren Töchtern feststellen, ja sie seien sich sogar sicher, dass es sich bei den Leichen nicht um Kati und Marika handele. Sie begründeten dies damit, dass bestimmte, eindeutige Erkennungsmerkmale fehlten, obwohl die Leichen in mehr oder weniger unversehrtem Zustand waren. Sütő und Kalocsai bezweifelten dann, vielleicht von sich aus, vielleicht durch Pintér und Dobos beeinflusst, dass sie mit den Leichnamen beziehungsweise deren zusammengesammelten Überresten in irgendeiner Beziehung stünden. Kalocsai versuchte das zunächst mit der Größe der Knochen zu begründen, dann wollte er Marikas Haare sehen. Alle fünf Leichen waren kahl, und aus den danebenstehenden

Blechbehältern holte man nur ein paar verfilzte Haarknäuel heraus. Die Eltern sahen ihre Vermutung bestätigt. Am Ende der Leichenschau waren die Trauernden zu Hoffenden geworden, die zwar verzweifelt und voller Vorwürfe waren, nun aber von der Prosektur in eine Welt hinaustraten, in der sie mit Gottes Hilfe vielleicht irgendwann ihre entführten Kinder wiederfinden würden.

Es ist nicht ausgeschlossen, dass sie alle einem aus psychologischer Sicht verständlichen Selbstbetrug auferlegen waren, doch immerhin scheint ihre Verwirrung nach dem von Dr. Endre Kelemen eingereichten Gutachten nicht ganz unbegründet:

«Am 3. September 1954 wurden aus dem nicht mehr in Benutzung befindlichen Brunnen des Hauses von Borbála Jancsó fünf Leichen geholt, alle in verschiedenen Stadien der Verwesung. Die Leichen wurden vom Schauplatz in die Leichenkammer des Krankenhauses in Szolnok gebracht, wo sie am 4. September von Stabsarzt Dr. Vilmos Földes und den Rechtsmedizinern Dr. Vilmos Wintner und Dr. István Bézy obduziert wurden. Ich konnte nur noch die bereits sezierten Körper untersuchen. Die Feststellungen und Beobachtungen, die ich bei der Sektion machte, wichen in mehrerer Hinsicht von denen meiner Kollegen ab, die die Sektion vor mir durchgeführt hatten. Zum Beispiel scheint der Verdacht begründet, dass die Leichen von Kati Pintér und Irén Sipos verwechselt wurden.»

Über die Frage, ob die Opfer als Jungfrauen gestorben waren, konnten sich die Fachleute ebenfalls nicht einigen. Die Ermittler hatten es als Tatsache akzeptiert, dass Piroska Jancsó den Mädchen mit einem auch als Nudelholz verwendeten Besenstiel die Unschuld genommen hatte, und über

Irén Sipos war bekannt, dass sie seit Jahren regelmäßigen Geschlechtsverkehr hatte. Dr. Vilmos Földes beharrt jedoch bis heute auf seiner Feststellung, dass die Hymen der Opfer intakt gewesen seien.

All das interessierte die Eltern nicht, nach der Leichenschau wollte niemand mehr die Leichname nach Hause transportieren lassen, sodass die Beisetzung Aufgabe der Polizei wurde, die diese so schnell wie möglich erledigt wissen wollte.

Am 7. September, dem Tag der heiligen Regina, vier Tage nach der Freilegung des Brunnens, nahm die Erde des Friedhofs von Szolnok die fünf Särge auf. Die Grube war von einer großen Menge Fremder umringt, die Angehörigen der Opfer blieben hinter weiter entfernt gelegenen Grabsteinen stehen. Vielleicht hatten sie bereits die Adressen der Wahrsagerinnen bei sich, die jeder von ihnen in den kommenden Tagen besuchen und von denen sie Antworten erhalten würden, die ihnen Hoffnungen machten; Dobos wäre vielleicht am liebsten schon an diesem Nachmittag los; er irrte dann – unter den Augen der ihn stets beschattenden Polizisten – wochenlang herum und versuchte, alle sowjetischen Kasernen des Landes auszukundschaften, bevor man ihn zusammengebrochen in die Nervenklinik einwies. Blumen gab es, von der Polizei und von Frau Pál, die nicht an der Leichenschau teilgenommen hatte. Nun kam sie, um den Blumenstrauß, den sie um die zwanzig Forint gekauft hatte, die Irén Sipos zurückbekommen hätte, auf das frische Grab zu legen. Als sich die Menschenmenge aufgelöst hatte, begleiteten die Polizisten in Zivil die beiden Gerüchtemacher, die sie während der Zeremonie festgenommen hatten, durchs Friedhofstor, das sofort geschlossen wurde.

ZWEITER TEIL

Sich am Eis wärmen
FRIEDRICH HÖLDERLIN

ICH VERLIESS DAS KRIMINALMUSEUM und dachte nach, ob ich wen kannte, der aus Törökszentmiklós kam.

Zuerst fiel mir das Gesicht einer Nonne ein. Sie war mir in Erinnerung geblieben, dabei war damals sie gar nicht der Grund meines Besuches gewesen, sondern ein schönes, altes Gebäude in der Nähe von Jászberény: ein zu einem Altersheim umgebautes Kloster für Nonnen. Im Krankensaal der bettlägerigen Patienten wurde regelmäßig Messe gehalten, und am Sonntag, als ich das Kloster besuchte, wurde sogar die heilige Kommunion erteilt: Der Priester ging mit den Hostien an jedes einzelne Bett. Später – auf dem Altar rauchten noch die ausgeblasenen Kerzen – brachten die Pflegerinnen das Frühstück, stellten Becher und Kaffeekannen auf den Tisch. Es war ein trauriges Bild, dennoch kam es mir vor wie der fröhliche Morgen eines jungen Ehepaares. Im Saal gab es eine Patientin, die gefüttert werden musste, eben die Nonne, an deren Gesicht ich mich jetzt erinnerte. Die Sonne schien auf ihr Kopfkissen, und ich sah, dass sie blind war. Ich wusste bereits, dass die Nonnen hier aus verschiedenen Orden im ganzen Land kamen. Ich fragte die Hausmeisterin, welchem Orden die Blinde angehört habe. «Sie war bei den Barmherzigen Schwestern und hat in der Elementarschule in Törökszentmiklós gearbeitet», sagte sie. Ich glaube, damals prägte sich mir der Name Törökszentmiklós ein.

Ich fragte, ob sie sich an ihre ehemalige Schülerin Piroska Jancsó erinnere, die das einzige protestantische Mädchen in der Schule auf dem Rózsaplatz gewesen war.

Sie erzählte, wie sie sich gekümmert hatten, dass Piroska stets etwas anzuziehen hatte, dass sie auch Essen von den Nonnen bekommen hatte, aber was für ein Kind und wie sie als Schülerin war, ob sie Streiche ausheckte, daran konnte sie sich nicht erinnern. Jahre später, als der Orden bereits aufgelöst worden war, arbeitete sie sogar ein paar Monate lang mit Piroska zusammen im staatlichen Landwirtschaftsbetrieb auf den Baumwollfeldern von Szenttamás. Das Mädchen war damals vielleicht vierzehn Jahre alt und sie fast sechzig.

Sie wusste, dass sie ein verlottertes Mädchen war und trotz ihrer Jugend schon eine Geschlechtskrankheit hatte – einmal wurde sie auf dem Feld von der Polizei abgeholt, weil sie nicht zum Behandlungstermin erschienen war –, doch dann kam ein Tag, an dem die Nonne das Gefühl hatte, allein dieses Mädchen könne ihr helfen. Wie es sich herausstellte, hatte sie selbst nämlich eine noch schlimmere Krankheit. Sie hatte sie im Krieg bekommen, als die Armee durchs Land gezogen war, jahrelang hatte sie jedoch nichts davon bemerkt. Nun aber, als sie gemeinsam in Szenttamás waren, traten plötzlich starke Symptome auf, und das Mädchen sagte ihr gleich, um welche Krankheit es sich handelte. Die Nonne war überzeugt, das junge Gör würde die Sache vor den anderen Frauen ausplaudern, aber sie bewahrte das Geheimnis für sich und begleitete sie sogar zur Behandlung. Es war ein schöner Frühlingstag, an dem sie gemeinsam die Landstraße Richtung Stadt gingen, Piroska lachte auf dem ganzen Weg und versicherte der Nonne immer wieder, dass sie keinen Grund habe, sich zu schämen, und man sie bestimmt heilen könne. Leider sei es für Heilung jedoch zu spät gewesen, man konnte höchstens an Linderung der Beschwerden denken, und nun, als alte Frau, liege sie hier im Hospiz. Dabei habe das Mädchen alles für sie getan. Als Piroska selbst schon gar nicht mehr zu Behandlungen musste, habe sie den anderen gegenüber behauptet, sie sei die Kranke und die Frau begleite sie nur. Sie habe keine Angst gehabt, sich anzustecken, habe in der Gemeinschaftsunterkunft neben ihr geschlafen, sei also eine gute Seele gewesen, an die sie mit Dankbarkeit denke. Natürlich wisse sie auch, dass sie getrunken habe, wisse es nur zu gut, schließlich habe Piroska sie nach der ersten Behandlung überredet, in eine Stehkneipe zu gehen.

Die Nonne lächelte, denn selbst hier, im Hospiz, erheiterte sie der Gedanke daran, wie sie zusammen am Tresen standen und sie zum ersten Mal in ihrem Leben einen doppelten Rum trank, «ums Herz gegen die Angst zu stärken», wie das Mädchen ihr erklärte; und wie es sie danach schüttelte, worüber Piri nur lachte und selbst, obwohl so ein dünnes Ding, noch einen Doppelten hinunterkippte, bevor sie die Hand der Nonne nahm und sie weiterliefen.

«Ich habe gehofft», sagte die Nonne, «dass sie irgendwann auch diese Schwäche überwindet, glücklich wird, einen guten Mann findet und hübsche Kinder bekommt …»

Als ich mich verabschiedet hatte, kniete der Priester, der mir zuvor die Kommunion erteilt hatte, noch auf dem Hof neben seinem Fahrrad und flickte den Reifen. Die Heimleiterin fing mich noch vor dem Tor ab.

«Schreiben Sie, wenn möglich, nicht darüber. Nein, schreiben Sie auf keinen Fall darüber! Sie glauben doch wohl nicht, dass Sie darüber schreiben dürfen?»

Dann wandte sie sich ab und lief bis zum Auto voraus. Trotzdem wunderte ich mich keineswegs, als sie mich angesichts des verhangenen Himmels fragte, ob ich den Priester nicht nach Jászberény mitnehmen könne. Sie war eine kleine Frau, die sich darauf verstand, über die Köpfe von Leuten hinwegzuschauen, die größer waren als sie.

Seitdem sind zwanzig Jahre vergangen.

Das Kloster habe ich nie wieder besucht. Ich muss jedoch bis heute immer wieder daran denken.

Und noch öfter erinnerte ich mich an das Bild der langen, fröhlichen Spaziergänge nach Törökszentmiklós: die sonnenbeschienene Straße neben den Baumwollfeldern, auf der die alte Nonne und ihre Wohltäterin, das trinkende Mädchen, gemeinsam zur Betreuungsstation für Geschlechtskrankheiten gehen.

Im Bus auf dem Weg zurück nach Buda kam mir ein Lehrer in den Sinn, den ich flüchtig kennengelernt hatte, der mir nun aber mit einem Mal als immer wichtiger erschien. Ich wusste, dass er Latein unterrichtete, Orgel spielte und ein bisschen schielte. Zu Hause angekommen, suchte ich sofort seinen Namen im Telefonbuch und rief an, aber man sagte mir, er sei im Krankenhaus und würde erst in der kommenden Woche entlassen. Da fiel mir ein, dass er nicht rauchte, ja geradewegs allergisch gegen Zigarettenqualm war.

Einige Monate zuvor, nach einem Konzert, hatte man uns einander vorgestellt; wir saßen in einer größeren Gesellschaft in einer Konditorei, und während unserer Unterhaltung kamen wir auf seinen Geburtsort zu sprechen, und dass es in dieser Kleinstadt so viele «skandalöse Ereignisse» gegeben habe. Er erzählte von den fünfziger Jahren, in denen man die Möbel seiner Eltern, einfacher Bauern, beschlagnahmt hatte, vor allem sprach er jedoch vom Tag der Deportation, den er als unvergleichbar schrecklicher wahrgenommen hatte, an dem er als ganz kleiner Junge mitansehen musste, wie alte Leute mit dem gelben Stern zum Bahnhof getrieben wurden. Aber das, fügte er schließlich an, das sei nicht einmal das Schlimmste gewesen, er hätte nämlich etwas noch Unfassbareres gesehen: ein Mädchen, das sich, obwohl christlich, gefreut hätte, wenn die Gendarmen sie mitgenommen hätten, so heruntergekommen sei sie gewesen, und zudem völlig verrückt.

Ich nahm mir vor, ihn vor meiner Reise noch einmal anzurufen, da ich mir sicher war, von ihm einige Hinweise bekommen zu können.

In den nächsten Tagen las ich die Berichte und verfügbaren Akten über das Verbrechen.

Der Verfasser der Studie *Der Vampir von Törökszentmiklós* schrieb: «In den Jahren 1953 und 1954 kam es in Törökszentmiklós zu einer Serie von Ereignissen, die an Grausamkeit in der Geschichte der Verbrechen beispiellos sind.» Die *Polizeirundschau* schrieb: «Ab Juni 1954 wuchs die Besorgnis der Eltern erheblich, und das nicht nur in der Stadt, sondern auch in der Umgebung. Am Ende trauten sich die Eltern gar nicht mehr, ihre Kinder allein auf die Straße zu lassen.»

In den Akten fand ich viele Namen und Adressen, die ich mir notierte: eine lange Liste der offiziellen Personen, die am Prozess beteiligt waren, der zur Verhandlung geladenen Geschädigten, der Zeugen. Im Herbst 1954 hatten die meisten in Törökszentmiklós oder Szolnok gewohnt, und selbst wenn einige von ihnen im Laufe der vergangenen vierzehn Jahre in eine andere Stadt oder Straße gezogen waren oder sich der Name der Straße geändert hatte, lieferte die alte Adresse einen Anhaltspunkt. Da war zum Beispiel eine der wichtigen Zeuginnen, Marika Fekete, die damals zwölf Jahre alt gewesen war. Sie lebte gewiss nicht mehr in der Mátyás-Rákosi-Straße, da es auf dem Stadtplan gar keine Straße mit diesem Namen mehr gab. Das Bauernhaus mit der Nummer 154 stand jedoch vermutlich noch. Die meisten der Geschädigten, aber auch die Zeugen, welche die wirklichen, privaten Details kennen mussten, waren, wie Marika Feketes Eltern, Bauern. Sie musste ich ansprechen, ihre Sympathie, ihr Vertrauen musste ich erlangen. Dazu brauchte ich einen Freund, den sie alle gut kannten und respektierten. Zum Beispiel jemanden, dessen Familie selbst die Jahre der wegen Hundegebell verordneten Geldbußen und der Möbelbeschlagnahmungen gemeinsam mit ihnen durchgemacht hatte.

Davon abgesehen war ich im wahrsten Sinne des Wortes reisefertig: In neubesohlten Stiefeln, frisch gekaufter Pelzmütze und mit aufgeschlagenem Fahrplan wartete ich darauf, dass dieser Mann, den ich zu meinem Gönner ausersehen hatte, nach Hause kam. Am 18. Dezember, einem Mittwochnachmittag, saß ich im Schaukelstuhl – in letzter Zeit stellte ich mir häufig Piroska darin vor – und wählte endlich seine Nummer.

Zu meiner Überraschung entzog sich der Lehrer sogar dem Telefongespräch; er sagte, er gebe gerade eine Nachhilfestunde, das Mädchen müsse noch vor Einbruch der Dunkelheit wieder heimkommen, und er fahre mit dem Abendzug nach Veszprém.

«Davon abgesehen», sagte er und ich spürte durch die Leitung seine Verschlossenheit, «ist das sowieso eine unersprießliche Angelegenheit. Es reicht, wenn ich Ihnen das erzähle: Es war schon so weit gekommen, dass eine alte Frau auf dem Weg zum Markt das Küchenmesser mitnahm. An der einen Hand hielt sie ihre Enkelin und in der anderen das Messer. Ich war damals Organist in der Kirche am Rózsaplatz und sah von der Empore aus die Mütter, wie sie sich mit Hacke,

Stock oder zumindest Regenschirm in der Hand hinknieten, Sie können mir glauben, das war kein schöner Anblick. Verlangen Sie nicht von mir, darüber zu sprechen, mich daran zu erinnern.»

Die Bevölkerung wurde täglich durch die Lautsprecher gewarnt: «Wir bitten Sie, darauf zu achten, dass sich Minderjährige nach Einbruch der Dunkelheit nur in Begleitung von erwachsenen Verwandten auf der Straße aufhalten.»

Aus den Berichten wurde deutlich, dass die Angst bis zum 2. September anhielt. An diesem Tag wurde Piroska Jancsó, die man des Mordes der elf- bis dreizehnjährigen Mädchen beschuldigte, in polizeilichen Gewahrsam genommen.

Ich saß im leeren Zugabteil und lehnte den Kopf gegen den weißen Schonbezug der Plüschkopfstütze, und von der Hitze und der plötzlichen Ruhe fielen mir die Augen zu. Ich war zufrieden, wie ein Philologe auf der Fahrt nach Oxford, der, nachdem er viel darüber gelesen hat, endlich das Christ Church College, den normannischen Chor von St. Peter-in-the-East oder die an Schätzen reiche Universitätsbibliothek erblicken würde. Genauso sehnte ich mich nach der Elementarschule am unteren Ende von Törökszentmiklós, nach der Empore der Kirche auf dem Rózsaplatz und nach den spärlich bestückten Regalen der örtlichen Volksbibliothek.

Ich öffnete die Augen, und zum ersten Mal in meinem Leben betrachtete ich eingehend eine dieser Fotografien, die oft die Zugabteile schmücken. Das Foto hing mir unmittelbar gegenüber. Es zeigte das Schwimmbecken des Strandbades in Szolnok, mit Mädchen und Jungen, die bei strahlendem Sonnenschein im Wasser Ball spielten. Keines der Gesichter war zu erkennen. Ich wusste auch nicht, ob Piroska als Mädchen aus so ärmlichen Verhältnissen jemals ins Freibad gegangen war, aber ich hätte das Bild gerne mit der Lupe betrachtet. Ich hatte das Gefühl, das Foto sei eine Möglichkeit, ihr bereits hier im Zugabteil näher zu kommen, als würde die Entfernung zwischen uns mit jeder Bahnstation, an der wir vorbeifuhren, schwinden und sie am nächsten Morgen, wenn ich in ihrer Geburtsstadt erwachte, fast schon zum Greifen nah sein, so wie eine entfernte Cousine, der die Eltern an tumultuösen Festtagen das Bett neben dem kleinen Jungen der Gastgeber hatten herrichten müssen.

Der Schnellzug ließ währenddessen einen Ort nach dem anderen hinter sich. An den Bahnhofsfassaden leuchteten die Ortsnamen auf, um schnell wieder in der Dunkelheit zu verschwinden: Gyömrő, Mende, Sülysáp, Szecső, Nagykáta und Újszász. Wir waren bereits hinter Szolnok, als mir angesichts des Nebels draußen klarwurde, dass ich erstmal nichts von der Stadt sehen würde, in der ich bald ankäme. Dadurch wurde auch ich von einem grauen Gefühl erfasst, und zum ersten Mal verspürte ich das Bedürfnis, mir eine Zigarette anzuzünden und mir dann wie jeder gewöhnliche Reisende zerstreut etwas zum Lesen aus der Tasche zu holen.

Ich hatte von zu Hause eine Wochenillustrierte mitgenommen, in der mir Fellinis Name ins Auge gestochen war. Er drehte damals *Satyricon* und gab dazu ein Interview. Ich hätte es vielleicht sowieso gelesen, aber vor allem war mir das Wort «Museum» ins Auge gesprungen, da am Anfang meiner Reise ja ein Museumsbesuch gestanden hatte. Nun erfuhr ich jedoch, dass es sich hier um ein Museum ganz anderer Art handelte.

«In den Kapitolinischen Museen», sagte Fellini, «habe ich einen Marmorkopf gesehen, der mich an das leidende kleine Gesicht meiner verstorbenen Nichte erinnerte, die auf dem Land gelebt hat. Sie hieß Jole, hatte rote Haare, und ich hatte sie immer nur gesehen, wie sie krank im Bett lag. Für einen Augenblick kam es mir so vor, als bestünde jetzt eine geheimnisvolle, ferne Verbindung zwischen uns. Ich streichelte das steinerne Haar der Skulptur: ‹Wirst du mir helfen, meine liebe kleine Nichte?› An ihrem Hals stand der Name Salonina. Dann erfuhr ich: Salonina war für ihre Leidenschaft für Blutbäder und Kreuzigungen bekannt, und auch dafür, dass es ihre größte Freude war, ihren Opfern eigenhändig die Herzen herauszureißen.»

Das einzige Taxi im Ort brachte mich vom Bahnhof zum Hotel, sodass ich außer der scheinwerferbeleuchteten Schneespur, den Straßenlaternen und den Häuserwänden nichts von der Stadt sah.

«Kommt etwa Ihre große Liebe von hier?», fragte mich der Fahrer und zwinkerte mir zu.

Dabei interessierte mich damals noch vor allem der Ort. Ich drückte mich gegen die Scheibe – das, was mir Törökszentmiklós bedeutete, fand ich jedoch auf den ersten Blick nur in den Kirchen. Sie sahen aus wie riesige Skulpturen von Wildpferden.

Der Fahrer hielt nicht, fuhr nicht einmal langsamer, und ich sah ein, dass mir für meinen ersten Eindruck keine fünf Minuten blieben. Zugegeben, ich bat den Fahrer auch gar nicht anzuhalten. Vielleicht sehnte ich mich danach, nicht mehr zu wissen als ein Kind, das mit verbundenen Augen von einem Polizisten durch das Haus geführt wird, in dem alle ermordet worden sind. Dabei, das möchte ich noch einmal betonen, reizte mich damals noch in erster Linie die Stadt. Der Tatort, wie man als Ermittler sagen würde.

Es war erst halb neun, aber der Fahrer sagte entschieden, er werde nach Hause gehen und sich schlafen legen, da er früh am Morgen einen Altwarenhändler zum Markt nach Cegléd fahren werde.

«Versuchen Sie gar nicht erst, mich anzurufen», sagte er, «mein Anschluss funktioniert seit heute Mittag nicht ...!»

Mit diesen Worten verschwand er im Nebel.

Seit Herbst wurde das Hotel saniert, in Betrieb war nur ein kleines Nebengebäude, wo es nicht einmal ein freies Sofa gab, geschweige denn ein Zimmer.

«Im Augenblick kann ich Ihnen nicht einmal ein Zimmer in einer Privatunterkunft vermitteln», sagte der Pförtner. «Ich kann Ihnen nicht helfen.»

Auch Geld half nicht: Offenbar konnte der Pförtner wirklich nichts für mich tun.

«Sehen Sie, mein Herr», sagte er dann, «halten Sie mich bitte nicht für verrückt, aber ich kann Ihnen nur einen Rat geben: Wenn Sie nicht im Bahnhofswartesaal übernachten wollen, dann versuchen Sie es bei der freiwilligen Feuerwehr. Dort haben sie vielleicht ein freies Bett, sie haben nämlich vier, meistens sind sie aber nur zu dritt. Gehen Sie durch den Park, das Gebäude ist im Hof des Rathauses. Ist nicht weit, ein leichter Weg. Wenn es recht ist, das ist, was ich Ihnen raten kann.»

Ich fand hin, öffnete die Tür zur Wachstube, es war dunkel, ich sah jedoch schon beim roten Licht des Heizstrahlers, dass in allen vier Betten jemand schlief. Mir schmerzten die Ohren vor Kälte und nun brannten sie durch das bisschen Wärme. Mein Gruß hatte zwei der Männer geweckt, der eine drehte sich jedoch gleich wieder auf den Bauch. Der andere stützte sich auf die Ellenbogen, machte aber kein Licht an. Ich sehe doch selbst, was los sei, sagte er. Dann legte er sich wieder hin und zog die Decke über die Ohren.

Ich lief erneut durch den Park, diesmal zur Kreispolizei.

Vielleicht würde man dort etwas für mich tun können. Womöglich würde ja mein Journalistenausweis helfen.

Tatsächlich betrat ich ohne weiteres das Gebäude, doch dann ließ man mich weder dort übernachten – worum ich bat – noch einfach so wieder gehen.

Über den Gang zu laufen war ja noch ein Erlebnis. Man sah, dass die Bänke neu waren und kaum dieselben sein konnten, auf denen Piroska gesessen, sich an *Robinson Crusoe* erfreut und die durch die dünnen Bürotüren dringenden Diskussionen mitangehört hatte, die Auseinandersetzungen der erschöpften und gereizten Ermittler, die Hoffnungen und Misserfolge der Offiziere, die von der Komitatspolizeibehörde geschickt worden waren. Aus den Berichten wusste ich, dass sich die «heimlich» arbeitenden Prostituierten nach dem Verschwinden des vierten Mädchens täglich bei der Polizei melden und Rechenschaft darüber ablegen mussten, wie sie ihre Zeit verbracht hatten, ebenso, wie alle anderen als unzuverlässig eingestuften Personen: Homosexuelle und wegen Sexualverbrechen Vorbestrafte. «Dass die Ermittler derart unvorsichtig waren, half Piroska Jancsó jedoch sogar: Sie wusste über die geplanten Aktionen im Voraus Bescheid.»

Der diensthabende Unterleutnant studierte, gemeinsam mit einem Wachtmeister, lange meine Ausweise, prüfte, ob sie echt waren, und notierte mit langsamer, schwerfälliger Hand meine persönlichen Daten. Offenbar war mein Besuch selbst *der* Kriminalfall dieser Nacht – schließlich konnte ich nicht einmal die Frage, weshalb ich aus Budapest angereist war, überzeugend beantworten. Wie die beiden mich ansahen, erschien es mir ratsamer, den wahren Grund zu verschweigen.

«Die LPG …», murmelte ich.

«Haben Sie dort Ihr Kommen angekündigt?»

Ich schwieg.

«Und weshalb sind Sie noch hierhergekommen?»

«Ich wollte auch das Schloss sehen. Das Almásyschloss in Szenttamás …»

«In Szenttamás gibt es nur ein volkseigenes Gut, keine LPG!»

Ich dachte, wenn ich ein bisschen etwas durchscheinen ließe, werden sie mich als einen neugierigen Journalisten akzeptieren, gewissermaßen als notwendiges Übel, doch zumindest als glaubwürdige Figur.

«Aber in den fünfziger Jahren ist dort viel passiert! Man hat zum Beispiel Baumwolle angebaut … Baumwolle, hier in Ungarn!», sagte ich, quasi im Tonfall des Feindes.

«Und davon sind Sie noch im Jahr 1968 so schmerzlich berührt?»

Ich war aufs Glatteis geraten, hielt mich aber noch auf den Beinen.

«Auf dem Weg hierher habe ich vor der Apotheke aufs Thermometer gesehen: Es sind minus zehn Grad. Geben Sie mir doch eine Adresse, wo ich unterkommen kann.»

«Ist das unsere Pflicht?»

Sie vertieften sich erneut in meine Ausweise.

Die Zeit verging, und ich hatte nicht die geringste Ahnung, wo ich übernachten sollte.

Schließlich brach die verzweifelte Frage aus mir hervor, mit welchem Recht man mich hier festhalte, ich hätte doch nichts verbrochen und sei von selbst gekommen, um sie um Hilfe zu bitten. Sie antworteten, vor kurzem sei ein Mann genau wie ich zur Polizei gekommen, habe sich erkundigt, wo der Lebensmittelladen sei, und dann habe er noch in derselben Nacht dort eingebrochen und ihn ausgeraubt. Ich solle also keinen Aufstand machen, sondern aufpassen, was ich sage. Sie wüssten genau, wie in solchen Fällen zu verfahren sei.

Ich dachte schon, ich hätte mir durch meine Gereiztheit mein eigenes Schneegrab geschaufelt, und man würde mich nun ohne den kleinsten Hinweis in die Nacht hinausschicken. Dann rief mir der Wachtmeister aber doch noch was hinterher, ziemlich herablassend, aber immerhin nannte er mir eine Adresse.

Ich war wieder draußen, man konnte die Hand vor Augen nicht sehen, so dicht war der Nebel; ich versuchte den Namen der Straße beim Schein eines Streichholzes zu suchen. Sie lag in der Nähe, sodass ich sie ziemlich schnell fand, dafür aber war sie unvorstellbar lang: Noch nie im Leben war ich in einer Kleinstadt eine so lange Straße entlanggelaufen. Die Straße der Märtyrer, obgleich pfeilgerade, da die Häuserreihen einst mit dem Lineal gezogen worden waren, hätte man selbst im Sommer als endlos lang empfunden. Immerhin war ich auf die Entfernung bereits durch die Hausnummer vorbereitet, die über zweihundert lag.

Ich fror sehr, hatte jedoch keinen Augenblick das Gefühl, dass die Reise umsonst sei und ich nun für nichts und wieder nichts über den gefrorenen Schnee durch diese fremde Nacht schlitterte. Mehr als je zuvor wollte es mir scheinen, als könnte jedes Kissen, auf das ich in einem warmen Zimmer meinen Kopf legen würde, ihr Gesicht sein, das sich an das meine schmiegte: Inmitten des Unbekannten und der Aussichtslosigkeit war dieses Gesicht die einzige Wärmequelle, der kleine, heiße Ofen, den ich die lange Straße entlang in mir trug.

Ich erreichte die verfallene Synagoge und suchte am Eckhaus gegenüber nach der Klingel. Ich fand sie nicht. Ich musste mich strecken und springen, um an das hohe Fenster klopfen zu können. Die Läden öffneten sich jedoch nicht, kein Licht wurde angeschaltet. Daraufhin klopfte ich, auf den Fundamentvorsprung steigend, an dem Fenster, das nach der anderen Straße ging. Das Zimmer wurde hell, und ein Mann rief, was ich wolle. Ich wusste, dass die Person, bei der ich Unterkunft zu finden hoffte, eine Frau war, zudem unverheiratet, da man sie unter ihrem Mädchennamen kannte. Ich bat um Verzeihung und sagte, die Polizei habe mich geschickt, und nannte den Namen derjenigen, die ich suchte.

«Sie wohnt im Hof», sagte der Mann, «von hier aus werden Sie sie kaum wachkriegen. Ich muss Ihnen das Tor öffnen.»

Er sperrte mir auf, schloss das Tor hinter mir wieder und ließ mich allein auf dem verschneiten Hof vor einer weißen Tür stehen.

«Schnell», sagte die Alte, kaum dass sie die Tür geöffnet hatte, «sonst erkälte ich mich noch!» Und schon schob sie den Riegel zu.

Im selben Augenblick stieg mir ein Geruch in die Nase, der mich fürchten ließ, in Ohnmacht zu fallen. Es war sehr warm, auf dem Doppelbett lagen dicke Kissen und Daunenbetten, aus dem krachenden Ofen strömte Hitze, aber es herrschte ein Gestank, ein solch unerträglicher Gestank, dass meine Übelkeit gar nicht nachlassen wollte. Das große Bett und alle Möbel dünsteten diesen süßlichen, abgestandenen, ekelerregenden Geruch aus. In diesem Zimmer, in dem sich der Gestank einer Gruft mit dem eines Hühnerstalls mischte, hing überdies noch der Geruch von saurer Milch, der aus den Wadenwickeln der rosawangigen Alten aufstieg. Das war beinah schon eine Wohltat. Aber was heißt schon unerträglich?, dachte ich. Ich musste es ja ertragen – ich war angekommen.

Sie richtete mir die andere Hälfte des Doppelbettes her und

legte sich hin. Ich schaltete die Lampe aus, um mich im Dunkeln auszuziehen, aber der Ofen tauchte das Zimmer auch so in rötliches Dämmerlicht. Ich kroch unter die gewölbte Daunendecke, atmete den nun direkt neben mir aufsteigenden, allmählich vertrauten Geruch ein, der an faulendes Fleisch erinnerte, und stieß unwillkürlich einen Seufzer aus. Ich spürte, wie meine Füße unter der Decke wärmer wurden. Durchs Fenster waren die Ecke der Synagoge und eine Jugendstilvilla zu sehen: Womöglich ein ehemaliges Kantorenhaus.

«Hier ist es sehr still», sagte ich, um meiner aufsteigenden Angst etwas entgegenzusetzen.

«Während des Krieges war es dafür umso lauter! Es wurde so viel gehämmert, dass man kein Auge zutun konnte. Kaum hatten sie den einen Panzer vom Hof der Synagoge weggebracht, brachten sie schon den nächsten. Die Reparaturen liefen Tag und Nacht.»

«In der Synagoge?»

«Ja. Da war die Werkstatt. Die Juden hatte man da ja sowieso schon verschleppt.»

Ich sagte nichts mehr, und sie schlief ein. Sie schnarchte nicht, man hörte nicht einmal ihr Atmen, nur dieser Geruch strömte von ihr aus, ein erstickender, süßlicher Gestank, als müsste ich das Lager mit einer verwesenden Leiche teilen. Dann gewöhnte ich mich auch daran, wie Faulkners Miss Emily, die zwanzig Jahre lang neben der sich zersetzenden Leiche ihres ehemaligen Verehrers schlief. Nur verhielt es sich hier gerade andersherum: Der Bräutigam lebte, und die Braut stank.

Mit der Zeit gewöhnt man sich ja an alles, so gewöhnte ich mich auch an diesen Geruch, ich nahm ihn im Grunde gar nicht mehr wahr, es gab ihn nur noch in meinem Bewusstsein. Und da kam mir zum ersten Mal wieder das Foto in den

Sinn, das in dem Album im Museum nach Piroskas Porträt eingeklebt war und das ich damals schnell überblättert hatte, um mir das dritte anzusehen, den Hof der Jancsós, wo im Schatten eines Maulbeerbaums eine junge Frau auf einer Decke am Boden lag, während ihr von der knienden Stenotypistin der Polizei eine Drahtschlinge um den Hals gelegt wurde. Die Liegende war Frau Benedek, die Einundzwanzigjährige aus Pusztakengyel, die tatsächlich ja von diesem Draht aus dem Schlaf aufgeschreckt worden war und sich ihn im letzten Augenblick hatte vom Hals reißen können. Das war mitten in der Nacht geschehen, diese Aufnahme wurde jedoch am Tag, bei blendendem Sonnenschein gemacht, und sie wirkte überhaupt nicht furchterregend, da man den Draht gar nicht sah: Wenn man nicht wusste, was das Bild darstellen sollte, hätte man es für ein Foto von zwei Freundinnen gehalten, die sich unterhielten. Eine Gartenidylle.

Das Bild, an das ich nun denken musste, war das zweite im Fotoalbum, das von den mit Schimmelpilzen übersäten, verseiften Körpern der vier erdrosselten Mädchen. Im Museum hatte ich es mir nur einige Sekunden lang angesehen, aber jetzt, als ich es mir wieder vor Augen rief, fiel mir ein, dass es mir vom ersten Moment an bekannt vorgekommen war. Als hätte ich es schon einmal eingehend betrachtet, mich nur nicht mehr erinnern konnte, wo. Jetzt wusste ich plötzlich wieder, dass ich dieses andere Foto in einem Dokumentarbildband gesehen hatte: Darauf waren die ausgestreckten Körper der vier Goebbels-Kinder zu sehen gewesen. Ihre Mutter, also der Mensch, der sie am meisten geliebt hatte, hatte sie umgebracht: Dieser Mord war in all seinem Grauen ebenso ein Liebesmord wie die, die Piroska verübt hatte! Das Bild im Album des Kriminalmuseums war jedoch nicht vollständig, da hier das fünfte Opfer fehlte: das Mädchen, das zuerst verschwunden war und von dem man nur noch einzelne Körperteile fand.

Bei dem Gedanken, am nächsten Morgen die Familie dieses Kindes aufzusuchen und zu befragen, und dann der Reihe nach die Familien der anderen Mädchen, mich in die unwegsame Gegend der Einödhöfe zu begeben und jene herumstreunende, halbverrückte Frau aufzuspüren, die eine wichtige Zeugin gewesen war, übermannte mich der jaulende Wunsch, mich selbst aufzugeben, mich zu verstecken, ich fiel in einen dumpfen Erschöpfungszustand und schlief ein.

Als ich aufwachte, war heller Tag, von der alten Frau bemerkte ich nur noch den aus dem zurückgeschlagenen Daunenbett aufsteigenden Geruch. Sie lag nicht mehr neben mir, sondern hatte bereits Frühstück zubereitet: Auf dem Nachtschrank stand eine Tasse Tee. Ich war überrascht. Die Tasse war offenbar aus Herender Porzellan, und darin dampfte Lipton-Tee. Diese Marke gab es in Ungarn damals noch nicht zu kaufen, der Tee konnte nur aus einem Paket aus dem Westen stammen. Mir fiel auf, dass auch der Name der Alten – zwei s und ein y – auf eine adlige Abstammung hinwies. Dies hatte plötzlich eine ausgesprochen beruhigende Wirkung auf mich. Es bedeutete, dass der Geruch nicht aus der Welt Piroskas stammte. Wobei es natürlich sein konnte, dass diese einst sogar auf dem ehemaligen Gut der Familie der Alten gearbeitet hatte. Auf dem späteren Baumwollfeld. Jetzt fielen mir auch die von einer verklebten Staubschicht überzogenen Möbel auf: ein Empire-Stuhl und eine Biedermeier-Kommode. Ich griff gerade nach der Tasse, als die alte Frau mit einer Waschschüssel voll warmem Wasser hereinkam. Ich trank den Tee aus und stand rasch auf. Der Ofen – ein teurer Ofen aus alten Zeiten – war immer noch warm. Ich zog mein Pyjamahemd aus, bespritzte den Oberkörper mit Wasser und holte die Zahnbürste heraus. Währenddessen fragte ich die Frau, um das Notwendige so schnell wie möglich hinter mich zu bringen, wie viel ich ihr schulde.

«Zweihundert Forint», sagte sie.

«Zweihundert?!»

Am liebsten hätte ich sie geohrfeigt. Stattdessen streckte ich ihr vor Wut unwillkürlich meine schwarze Zunge heraus.

Sie fiel beinah in Ohnmacht.

«Sind … sind Sie …», stammelte sie, «sind Sie krank?»

«Na, was sagen Sie dazu?!»

Blitzschnell entriss sie mir die Schüssel.

«Putzen Sie bloß nicht die Zähne!», rief sie und blickte entsetzt auf meinen geschlossenen Mund.

Mit gleichgültiger Miene holte ich meine Brieftasche hervor und legte einen Hunderter aufs Bett. Ich verspürte große Lust, ihn abzulecken. Währenddessen hatte sie mit einem Stück Zeitungspapier den Henkel der Tasse ergriffen und sie in den Ofen geworfen.

Eine schöne Revanche für den Gestank!

Ich zog mich an, setzte die Pelzmütze auf, ging zur Tür und wartete. Sie hielt den Hunderter in der Hand. Interessanterweise hatte sie vor dem keine Angst. Ich erwartete, dass sie nach dem zweiten fragte. Vielleicht wollte sie tatsächlich etwas sagen, aber es reichte, dass ich mir kurz über den Mundwinkel leckte, und schon verstummte sie. Sie öffnete die Tür so schnell wie in der Nacht, und ich huschte ebenso schnell auf den verschneiten Hof. Jetzt war es hell, doch als ich vom Gartentor aus zurückblickte, war die weiße Tapetentür schon wieder mit der weißen Wand verschmolzen.

Was für ein Glück, dass diese Unterkunft bei der Polizei registriert war.

Die Straße war von frischem Schnee bedeckt, der vielleicht erst in den Morgenstunden gefallen und nicht mehr gefroren war. Das Wetter war mild und klar. Ich nahm nicht den Weg, auf dem ich in der Nacht gekommen war, sondern bog in eine Querstraße ein, da ich aus dem Stadtplan wusste, dass die Straße der Roten Armee, wo die Jancsós gewohnt hatten, parallel zur Straße der Märtyrer verlief. Zuerst stapfte ich durch den hohen Schnee direkt neben den Häusern, dann entschied ich mich für die Straße, wo ein Traktor oder eine Zugmaschine bereits einen Pfad gebahnt hatte. Aber was für ein wackliger Pfad das war! Zuweilen kam es mir vor, als ginge ich nicht etwa in der Mitte der Straße, sondern durch einen breiten, holprigen Graben. An der zweiten Ecke bog ich auf die Straße der Roten Armee ein und lief auf der Seite mit den ungeraden Hausnummern weiter, wobei ich die kleinen Blechschilder, auf denen diese geschrieben standen, mit zunehmender Spannung betrachtete. Die letzte der ununterbrochen fortlaufenden Nummern war die 169. Dann folgte ein leeres Grundstück. Das nächste Schild gehörte bereits zum Haus Nummer 173. Ich wandte mich um und betrachtete die Stelle, an der das Haus gestanden hatte.

Das Grundstück wirkte so winzig, als hätte nie ein Haus darauf stehen können. Dabei war das Modell im Kriminalmuseum das eines einfachen, aber durchaus komfortablen Bauernhauses gewesen. Ein Haus wie seine Nachbarn auf dieser oder der anderen Straßenseite. Dennoch wirkte das Grundstück wie eine unmöglich schmale Lücke, wie die im Mund eines Mädchens, dem gerade ein Zahn gezogen worden war. Vielleicht kam dieser Eindruck daher, weil die niedrige Ziegelreihe, die das Grundstück von der Straße trennte, so rot leuchtete wie das Lachen eines Kindes.

Ich hörte, wie hinter mir ein Lastwagen hielt, also wandte ich mich um.

«Sagen Sie bitte: Hier hat sie doch gewohnt, oder?»

Der Fahrer antwortete mir durchs offene Fenster:

«Ja.»

Er sagte etwas zu seinem Beifahrer, stieg aus und kam zu mir.

«'ne Freundin von ihr wohnt noch in der Nähe. Mein Kollege weiß, wie sie heißt. Was war noch mal der Name?», rief er in Richtung Wagen.

Ich stieg in den Lastwagen, gab seinem Kollegen die Hand, und wir schaukelten über die unebene Straße, als führen wir durch eine riesige, schlecht geschnitzte Holzschüssel. In diesem Moment, in dem ich selbst ja nicht mit dem Schnee, den Schlaglöchern und einem widerspenstigen Lenkrad zu kämpfen hatte, sondern einfach aus dem warmen Fahrerhaus hinausblicken konnte, verstand ich das fast schon moralische Elend dieser endlos langen Straße. Man hatte den Eindruck, dass es eine jener Straßen war, in der die steckbrieflich beschriebenen Schuhe eines verschollenen Reisenden Jahr für Jahr am Nikolaustag ins Fenster gestellt werden können, bis sich endlich einmal ein vor Kälte ermatteter Ermittler her verirrt; eine Straße, in der der Polizeihund, der bereits seit Stunden über den stillen, nie endenden, ihm unter die Nägel fahrenden Fußweg hetzt, plötzlich einen Nervenzusammenbruch bekommt; eine Straße, in der der mit Taschenspiegeln und Kämmen handelnde Hausierer schon lange verwest ist, bis man am Ende wenigstens noch einen seiner Knochen unter dem im Scheinwerferlicht glänzenden Misthaufen findet.

Der Mann im Lastwagen kannte zwar Ilka Czinkes aktuelle Adresse nicht genau, konnte mir aber zumindest sagen, wo der Hof ihrer Familie lag. Sie war im Übrigen nicht Piroskas Freundin gewesen, ganz im Gegenteil, aber auf jeden Fall war sie ein Mädchen in ihrem Alter, und sie hatte sie gut gekannt. In den Akten stand: «Am 27. August erschien Frau D. Németh, geborene Ilona Czinke, in der Polizeibehörde von Törökszentmiklós und sagte aus, dass Piroska Jancsó an der Ermordung der verschwundenen Kinder beteiligt sei und sich deren Kleidung in ihrer Wohnung befinde. Ilona Czinke ist nur eingeschränkt zurechnungsfähig, weshalb die Ermittler dieser Aussage keine Bedeutung beimaßen. Sie gingen nicht zum Haus der Jancsós, und Piroska Jancsó wurde lediglich als Zeugin vorgeladen und der Anzeigenden gegenübergestellt.»

Ilka Czinke war also wichtig für mich, gleichzeitig verlockte mich auch die unerwartete Möglichkeit, mit dem Wagen direkt nach Mezőtúr zu kommen, wo die Eltern von Marika Dobos wohnten, dem vierten Opfer. Gyula Dobos war der einzige Studierte unter den Angehörigen, weshalb ich mir erhoffte, von ihm mehr und leichter etwas zu erfahren als von den Sütős. Außerdem war gerade seine Tochter unter den seltsamsten Umständen und dem Zusammenspiel unwahrscheinlicher Zufälle verschwunden. Schließlich entschied ich mich aber für eine dritte Möglichkeit: Ich fragte den Fahrer, ob er nicht kurz zur ehemaligen Mátyás-Rákosi-Straße fahren könne, da dort ebenfalls jemand wohne, mit dem ich unbedingt sprechen wolle. Wenn diese Person zu Hause sei, würde ich dort bleiben, wenn nicht, würde ich gern mit ihnen weiter nach Tenyő fahren; das sei in einer Minute entschieden. Der Fahrer war einverstanden, wir holperten über die Querstraße und bogen in die zur Holzschüssel parallel verlaufende, grabenartige Endlosstraße ein. Der Lastwagen keuchte zwar mit röchelndem Motor, aber er kam voran, und schließlich erreichten wir das Haus mit der Nummer 154.

Ich traf nur Frau Fekete zu Hause an. Ich stellte mich vor und sagte, dass ich mit ihrer Tochter sprechen wolle. Mit Marika.

«In was für einer Angelegenheit?»

«Ich bin Journalist …»

«Journalist? Na, so etwas!», sagte sie erfreut.

«Ja», sagte ich mit einem ermunternden Kopfnicken, wobei ich keine Ahnung hatte, worüber sie sich freute.

«Und kommen Sie aus Budapest oder Szolnok?»

«Aus Budapest.»

«Sie fährt gerade heute mit dem Abendzug wieder dahin zurück. Sie ist nur auf einen Tag gekommen, um irgendetwas hier auf dem Rathaus zu klären. Warten Sie doch hier auf sie.»

«Fährt sie mit dem Schnellzug?»

«Ja. Aber setzen Sie sich doch. Wollen Sie eine Reportage machen?»

«Ach was, die Reportage war nur ein Vorwand, um herzukommen!», sagte ich rasch. «Ich habe einen Freund, der hier als Lehrer arbeitet.»

«Marika macht das auch immer so. Sie kann sich ja leicht auf den BARNEVÁL-Geflügelbetrieb berufen. Das ist bei der Konservenzeitung immer ein gutes Thema. Sie schreibt viele schöne Artikel über das Heranwachsen der Tiere.»

Ich küsste ihr die Hand und rannte wieder zum Tor hinaus.

«Sagen Sie der werten Kollegin bitte, dass ich es sehr eilig hatte, aber ich werde sie auf jeden Fall im Zug aufsuchen», rief ich ihr, zum Wagen eilend, zu.

Der Blick, den die Frau mir nachwarf, war immer noch freundlich, nun aber leicht verstört und überrascht. Aber was scherte mich das! Jemand, der gewissermaßen aus dem Jenseits zurückgekehrt war, um zu erzählen, was zwischen ihr und Piroska geschehen war – und dazu noch eine Kollegin!

Ich hatte Marika gefunden, ich hatte sie ganz und gar, als hätte sie schon immer in meiner Feder gelebt.

«Meine Mutter hat mich auf dem Marktplatz gelassen, damit ich auf die drei Sack Kürbis aufpasste, die wir für die Schweine gekauft hatten. Es war halb zwei, der Platz schon leer. Ich stand unter einem Baum, im Schatten. Ich habe auf meinen Bruder mit der Schubkarre gewartet, mit der wollten wir die Kürbisse nach Hause schaffen. Ich trug ein schwarzes Kleid, denn Papa war einen Monat zuvor gestorben. Ich habe sehr geschwitzt und war ziemlich niedergeschlagen: Daheim kümmerte sich zu der Zeit gar niemand um mich.

Ich hatte ihr Kommen gar nicht bemerkt, sie stand plötzlich vor mir und hat mich gefragt, ob ich ihr nicht helfen kann. Sie würde es mir bestimmt irgendwie danken. Sie sagte, sie ist auf dem Weg nach Szolnok, hat jedoch viel Gepäck und schafft es allein nicht, da sie auch ihren Sohn tragen muss. Sie wolle mich nicht kränken, deshalb bietet sie mir kein Geld an, würde mir aber gerne eine kleine Kette schenken. Wenn sie mir gefällt, soll ich sie annehmen und mit ihr gehen. Sie hat noch gesagt, dass sie in Eile ist, weil sie nicht will, dass ihr Sohn wach wird, bevor sie zu Hause ankommen.

Sie ist sehr sympathisch und feinfühlig gewesen – das hätte ich damals nicht so benennen können, es war mehr so ein Gefühl –, trotzdem habe ich gesagt, dass ich erst auf meinen Bruder warten muss. Danach aber käme ich gerne mit und helfe ihr, aber bis dahin muss ich auf die Kürbisse aufpassen.

Sie sah überhaupt nicht wie eine Tagelöhnerin aus, vielmehr wie eine Grundschullehrerin oder Erzieherin, eine saubere, hübsche Erscheinung, ihre Sprache war dezent, etwas zurückhaltend, aber freundlich. Sie legte mir die Kette um den Hals und meinte, dass sie mir sehr gut steht. Sie war wirklich schön, als wäre sie aus Gold. Ich wusste natürlich, dass sie das nicht war, aber trotzdem; es hing ein kleines Herz dran; die Kette gefiel mir, und das Mädchen fand ich auch nett.

Dann kam mein Bruder und wollte nichts davon hören, dass er die Kürbisse allein nach Hause schieben sollte. Die waren wirklich schwer, er war aber bestimmt auch einfach verärgert, dass ich mich vor der Aufgabe drückte und er sich abrackern sollte. Sie hörte sich unseren Streit eine Weile an, dann ließ sie uns stehen und ging still weg. Ich wusste ja, sie hatte es eilig, und mir tat es so leid, dass sie wegen uns so viel Zeit verloren hatte.»

Nachmittag um eins, als ich auf der Straße, die von Tenyő nach Törökszentmiklós führt, an der Ecke der fünften Földvárhalomstraße stand, um ein Fahrzeug anzuhalten, hatte ich dann auch den Bericht von Frau Sütő in der Tasche. Auf dem Czinkehof – denn von dort kam ich – hatte ich lediglich Ilkas Bruder, einen stotternden, schwachsinnigen Jungen, angetroffen, der mir nicht hatte sagen können, wo seine Schwester wäre. Aber immerhin konnte ich ihm die Information entlocken, dass seine Eltern in der Stadt, auf dem großen Marktplatz waren. «Wa- wa- gen», stotterte er. «Und wie viele Pferde sind vor den Wagen gespannt?» «A- A- Ei-» – «Ein Pferd?» – «Ma- Maul- tier.»

Die Straße verlor sich im weißen Horizont, und aus der Ferne drang nicht das leiseste Motorengeräusch zu mir. Dabei wehte kein Wind, und auch die wenigen gefrorenen Maisstängel, die noch auf dem Feld standen, raschelten nicht: Es herrschte durchdringende Stille.

Ich fror, holte dennoch mein Heft hervor und las die eben angefertigten Notizen: «Sie war mit körperlichen Mängeln geboren worden: An ihrer linken Hand fehlten zwei Finger, am rechten Fuß wuchsen keine Nägel. Auf dem Foto wirkte das Gesicht zu schmal, die Augen klein …» Ich zog den Stift raus und fügte hinzu: «wie die einer Meise. Aber sie war nicht hässlich, nein, das war sie nicht, und das sage ich nicht, um anzugeben …» Rasch formulierte ich den etwas konfus notierten Beweis zu einem Satz um: «Bei der Schulaufführung von *Held János*, wo sie den János spielte, hat jeder geglaubt, dass Iluska nach János schmachtete. Sie konnte so schneidig strammstehen wie ein richtiger Husar, und dann salutierte sie mit ihrer kleinen Stummelhand, dass alle nur so staunten! …»

Ich betrachtete die Straße, auf der sich Piroska Sütő im Sommer 1954 – am 9. Juni, morgens um acht – mit einem Korb Eintagsküken und einem Korb Eiern nach Törökszentmiklós aufgemacht hatte … Wobei sie zufällig nicht einmal allein gehen musste: Ihre Cousine Ilka Czinke wollte ebenfalls in die Stadt. Ich blickte zurück auf die zugeschneite Straße, die damals sicher im Schatten der sonnenbeschienenen Baumkronen gelegen hatte, auf den Baum in meiner Nähe, dem der Schnee jetzt unzählige kleine weiße Handschuhe übergestreift hatte und bei dem sie vielleicht auf die Landstraße abgebogen und begleitet vom Zwitschern der Küken im Korb gutgelaunt in die Stadt losgezogen waren. Und genau diese Figur, die ‹eingeschränkt zurechnungsfähige› Augenzeugin, rundete das Bild ab, sie hatte unweigerlich auftauchen müssen, damit sich die Ereignisse so entwickelten, wie sie sich entwickelten, sodass viele Kinderleben und der Frieden eines gesamten Landkreises von Ilkas Aussagen – welche die Polizei nach Belieben als wahr akzeptieren oder als Unsinn abtun konnte – abhingen …

Im nächsten Augenblick ergab sich endlich auch für mich die Möglichkeit, mich von dem Baum zu entfernen und in die Stadt zu kommen: In der Ferne tauchte ein Auto auf.

Ich war gespannt, was für einen Eindruck ich wohl dort am Straßenrand machte, zermürbt von dem, was mir in den letzten vierundzwanzig Stunden widerfahren war, von der Hitze, von Gestank, Frieren und Hunger. Ich war ein mittelgroßer, weder dünner noch dicker Mann um die vierzig, über dessen Erscheinung man von weitem weder Gutes noch Schlechtes hätte sagen können, es war einzig mein Gesicht, das beim Fahrer des Wagens – inzwischen sah ich, dass es sich um einen Pkw handelte – entweder Argwohn oder Vertrauen erwecken konnte. Was hätte ich tun sollen? Ich stellte mich also mitten auf die Landstraße, hob den Arm und gab meinem Gesicht – das sonst gelegentlich wie das eines hübschen jungen Mannes, gelegentlich wie das einer Ratte aussah – den Ausdruck eines Menschen, der zaghaft um Hilfe bittet. Frauen hielten mich in der Regel eher für gutaussehend, wurden jedoch schnell durch meine Augen irritiert, wobei andererseits gerade der feminine Blick, dessen Empfänglichkeit an bunte, fleischfressende Pflanzen erinnerte, bei denen, die mich mochten, die Assoziation des Rattenhaften milderte oder sogar aufhob.

Die Tasche und das glänzende Phonendoskop auf dem Beifahrersitz verrieten gleich, dass dieser Wartburg einem Arzt gehörte. Er öffnete die Tür, ich stieg ein, und nachdem er die Bremse gelöst, aber noch nicht Gas gegeben hatte, gaben wir uns die Hand. Einige Minuten lang fuhren wir, ohne ein Wort zu wechseln, über den glatten Schneeteppich. Währenddessen versuchte ich herauszubekommen, was für ein Mensch er sein mochte. Er war ein gedrungener Mann, der allmählich Bauch ansetzte; wahrscheinlich zwischen dreißig und fünfunddreißig Jahren, seine Arme und Beine waren kurz und dick: Seinen eigenen Sitz hatte er einige Zentimeter näher an das Armaturenbrett herangezogen als den Beifahrersitz, den er wahrscheinlich den Waden seiner Frau angepasst hatte. Sein dichtes Haar, das in bronzefarbenen Locken wuchs, trug er kurz, seine Wimpern waren jedoch lang, und seine Augen waren immer noch die eines gutaussehenden und erfolgreichen Arztes, während sein Gesicht, voll dunkler Muttermale, bereits roh und feist geworden war. Die Augenbrauen zog er aufmerksam hoch, als fühlte er sich von dem Moment, in dem ich eingestiegen war, verantwortlich für mich und fahre daher mit doppelter Vorsicht, und den Ellenbogen drückte er an die Wagentür, damit ich es bequem hatte. Gleichzeitig benahm er sich so ungezwungen, als wäre er allein: Wie er zu seiner eigenen Unterhaltung auf dem Lenkrad trommelte und hin und wieder auf den Lippen herumkaute, ließ auf freundliche Gleichgültigkeit schließen. Ich schätzte ihn als einen Menschen ein, der in guten Zeiten erfrischend und in schlechten grausig unsensibel sein konnte, jemanden, der als Erster einen schönen Schal bemerkt, aber eine Katastrophe, die sich bei seinem Nächsten anbahnt, als Letzter. Er zog eine Packung Kent hervor, und nachdem wir uns beide eine Zigarette angezündet hatten, fragte er unaufdringlich, seit wann ich gewartet hatte und woher ich gerade kam. Ich wollte nicht, dass er mich für einen komischen Kauz hielt, und antwortete daher, ich sei wegen einer Reportage in der Schule in Tenyő gewesen.

«Sind Sie aus Budapest gekommen?»

«Ja.»

«Mit dem Auto?»

Ich nickte.

«Komisch, ich habe auf dem ganzen Weg kein Auto gesehen, das stecken geblieben ist.»

Er schüttelte den Kopf, als tadele er sich für seine Blindheit, doch dann zuckte er lässig die Schultern, um zu zeigen, dass er nicht gedenke, unter der Last seiner Gewissensbisse zu zerbrechen. Sicherlich ahnte er, dass er auch gar keinen Grund dazu hatte, und ich wusste nicht, was ich auf die Schnelle erwidern sollte, wollte aber auch nicht, dass er mich für einen Lügner hielt. So kam es, dass ich der Flunkerei noch eine raffinierte Lüge obenauf setzte.

«Es könnte sein, dass wir einen gemeinsamen Bekannten haben», sagte ich und nannte den Namen des Lehrers.

Er wirkte außerordentlich erfreut.

«Sie kennen Noni?»

«Wir waren vor kurzem zusammen im Konzert.»

«Sagen Sie, wie geht es ihm?»

«Ich glaube, er leidet stark unter der Allergie …»

«Ich weiß, er hat mir eine Karte aus Tapolca geschickt. Nach der Behandlung im Mátragebirge versucht er es jetzt mit einer Kur in der Heilgrotte.»

«Er ist gestern zurückgekommen. Wir haben am Telefon gesprochen, aber nur kurz. Es war gerade eine Nachhilfeschülerin bei ihm …»

«Also das ist wirklich ein interessanter Zufall!», sagte er und lächelte mir, dem sein Freund im Grunde völlig verschlossen war, neugierig und offen zu.

«Sie sind sicherlich schon lange befreundet», sagte ich, «ich kenne ihn erst seit kurzer Zeit. Sie haben mich gerade sogar ein bisschen überrascht: Ich habe noch nie gehört, dass ihn jemand Noni nennt.»

«Das ist eine uralte Geschichte», sagte er. «Ein Scherz aus dem Gymnasium. Nein, sogar noch aus der Zeit davor! Ein Lehrer hat einmal über ihn gesagt, er sei ein richtiger Albino. Wegen der hellen Haut und den fahlen Haaren, wissen Sie. Wir hatten keine Ahnung, was das Wort bedeutet, zogen ihn aber damit auf. ‹Der Albino kommt!›, rief irgendwer eines Morgens, später sagten wir nur noch Bino. ‹Komm, Bino, scher dich zum Teufel, Bino›, wie es eben so ist. Der Name ist an ihm hängengeblieben, er ist ihn einfach nicht losgeworden. Erst später, im Gymnasium, als er angefangen hat, Musik zu machen. Bloß wurde dann, zu seinem Unglück, ausgerechnet Albinoni sein Lieblingskomponist. Da bekam er die Kurzform von Albinoni verpasst. Aber jetzt reicht's an Geschichten aus der Schulzeit, am Ende überfahre ich noch das Schwein da …!», sagte er und wich dem Tier aus.

«Wo soll ich Sie absetzen?»

«Wenn möglich, am großen Marktplatz.»

«Wo Sie möchten!»

Er schwieg eine Weile, und als er wieder sprach, fragte er nicht mehr gleichgültig oder aus Höflichkeit, sondern tatsächlich mitfühlend:

«Aber bevor ich Sie mitgenommen habe, kamen Sie doch von einer der Földvárhalomstraßen, nicht? Waren Sie auf einem der Höfe, um sich aufzuwärmen?»

«Ja, bei Sütős oder wie sie hießen», sagte ich diesmal der Wahrheit entsprechend, da ich vom Czinkehof tatsächlich zu den Sütős zurückgegangen war, weil ich meinen Notizblock auf dem Tisch hatte liegen lassen.

«Ja, klar, die Sütős, ich kenne sie. Noni verbringt die Feiertage übrigens bestimmt auch dieses Jahr mit seiner Familie hier. Sagen Sie ihm, dass ich mich sehr auf ihn freue!»

Ich nickte bereitwillig und rasch.

«Wir verstehen uns immer noch gut, das einzig Schlimme ist, dass man in seiner Gegenwart nicht rauchen darf. Noni lacht nur, wenn ich inmitten der größten Diskussion plötzlich aufspringe, den Mantel anziehe und auf den Hof renne, um eine zu paffen. Jetzt mag er ja noch lachen, aber später? Zu Hause? Wenn die Kinder größer sind? Was, wenn die beiden Jungen heranwachsen?»

Wir hielten an der Ecke des Marktplatzes und verabschiedeten uns mit herzlichem Händedruck.

«Ich hoffe, wir sehen uns mal wieder», sagte er.

«Ich danke Ihnen, es würde mich auch sehr freuen.»

Ich ging über den riesigen Marktplatz, wo wegen des allmählich sinkenden Nebels hier und da schon Glühbirnen, Kerzen oder für Werbezwecke angezündete Wunderkerzen leuchteten, und versuchte, im Getümmel zwischen den Ständen, Tischen und Gespannen das Maultier zu finden. Ich las die Namensschilder auf den Wagen, in der Hoffnung, den Namen von Ilkas Vater zu entdecken, und fragte alle paar Minuten jemanden, ob er nicht ein Maultiergespann auf dem Platz gesehen habe oder die Czinkes kenne.

Ich hatte großen Hunger, blieb jedoch nicht bei den Ständen mit den heißen Leber- und Blutwürsten stehen, sondern begnügte mich mit Sonnenblumenkernen, die ich in meine Tasche schüttete, aus der sie dann wieder langsam schwanden, ähnlich dem Tageslicht auf dem Marktplatz, bis plötzlich ein Zigeuner zu mir sagte: «Schauen Sie, da läuft ein Maultier, wenn Sie sich beeilen, können Sie es noch einholen!» Ich rannte, so schnell ich konnte, dem Gespann hinterher, das gerade vom Marktplatz fuhr. Auf dem Bock saß ein kleiner, unrasierter Bauer, der das Maultier anhielt, als er mein aufgeregtes Winken bemerkte.

«Ich bin Journalist, aus Budapest», sagte ich, um Atem ringend, «ich würde gern mit Ihrer Tochter sprechen. Mit Ilka …»

Das kleine Gesicht, ohnehin schon schrumpelig wie ein Bratapfel, bekam noch ein paar zusätzliche Falten.

«Ilka?», sagte der Mann, die winzigen Augen zusammenziehend. «Weiß der Teufel, wo die ist! Ich werde es Ihnen kaum sagen können! Nicht einmal die Polizei weiß es. Zuletzt war sie Weihnachten zu Hause. Vor einem Jahr! Vielleicht ist sie in Szolnok, sie arbeitet dort auf dem Bau, aber auf welchem und ob sie überhaupt noch dort ist, das kann ich Ihnen nicht sagen. Sie zieht ständig herum, immer weiter, hat keine Adresse, niemand weiß etwas Genaues über sie. Aber wenn es wichtig ist, dann schauen Sie in Szolnok nach, beim Bauunternehmen, und wenn sie nicht da ist, kommen Sie Weihnachten bei uns vorbei. Heiligabend hat es sie noch immer nach Hause verschlagen, vielleicht taucht sie auch dieses Jahr auf.»

«Vielen Dank!», sagte ich wie ein Reporter, der gerade einen Minister interviewt hat und allein schon dafür dankbar ist, empfangen worden zu sein. Ich lüftete meine Pelzmütze, und er gab dem Maultier mit Schwung die Peitsche, doch setzte nur ich mich in Bewegung: Das Tier rührte sich keinen Zentimeter.

Ich ging zu einem Stand mit Grillfleisch und verschlang, gebeugt über einen fettverschmierten, klebrigen Stehtisch, den man in den Schnee gestellt hatte, Wurst, Kirschpaprika und Weißbrot, all das erinnerte mich an herrliche Speisen aller Art, von frühlingshaft zarten Salatblättern bis zu Marzipan.

Als ich satt war und mir eine Zigarette anzündete, leerte sich der Platz allmählich, die Wagen fuhren los, zwischen den Rädern, die über die gefrorenen Schlammrinnen rollten, schaukelten die Sturmlampen. Ich erkundigte mich bei einem Bauern nach dem Weg zur Vörösmartystraße, und da er sowieso in die Richtung fuhr, bot er mir an, mich mitzunehmen. Also setzte ich mich neben ihn auf den Bock. Von dort aus sah ich, das Gesicht hinterm Mantelkragen versteckt, wie der kleine Bauer mit dem Bratapfelgesicht, den ich so gesucht hatte, dem ergeben, aber reglos dastehenden Maultier in der einbrechenden Dunkelheit immer noch vergeblich die Peitsche gab.

Der Wagen setzte mich in einer kurvenreichen Nebenstraße am unteren Stadtende ab, zwischen kleinen, gedrungenen Häusern. In keinem dieser gab es wohl mehr Platz als für ein Zimmer und eine Küche. Hinter der Häuserreihe mit den ungeraden Zahlen kam schon die Weide, und in der Ferne waren ein paar kleine Lichtpunkte zu erkennen: Es waren die Lichter aus den Fenstern verstreut liegender Höfe, die über dem ebenen Schneefeld schwebten. Es war eine Straße wie aus dem Märchenbuch, und dass das, was geschehen war, gerade Mädchen von hier widerfahren war, kam mir vor, als sei es von den Gebrüdern Grimm oder Andersen ersonnen worden: als hätte man von Millionen Linsen zwei ausgesucht, um sie auf einem fremden Stern auszusäen.

In der Vörösmartystraße hatten gleich zwei der verschwundenen Kinder gewohnt, und ich musste zuerst an Kati Pintérs ehemaligem Zuhause vorbei, um sieben Häuser weiter, ebenfalls auf der ungeraden Seite, den Hof der Kalocsais betreten zu können.

Die duldsame Art, wie mich die Frau hereinließ, hatte etwas vom Gehorsam der Armen, in ihrem Gesicht – einem ländlichen, seltenen, an deutsche Heiligenbilder erinnernden Gesicht – lag jedoch stille und hartnäckige Reserviertheit. Mit einem Schritt gingen wir durch die Küche – sie wäre selbst als Vorratskammer zu klein gewesen –, in der ein Mädchen von ungefähr acht Jahren Speckgrieben aß und aus Überraschung oder wegen der Enge den Salzbehälter umstieß, und traten in die kaum geräumigere Stube. Hier lag ein älteres, vielleicht zehn oder zwölf Jahre altes Mädchen mit roten Wangen und

Halswickel im Bett. Sie war etwa so alt wie ihre Schwester, als sie umgebracht worden war. Die Gegenstände, angefangen bei den Betten, die zu groß wirkten, bis hin zum blinden kleinen Spiegel an der Wand, standen, in der nur durch Gewalt vereinbaren Stille des Billigen und des Alten, sorgenvoll im Raum herum, alle auf irgendeine Weise schief, entweder wegen des Bodens, ihrer Beine oder dem zu lockeren Rahmen. Im Grunde genommen war hier nichts wirklich düster – an der Wand hing ein großes Hochzeitsbild und ein Erntekranz mit einem rot-weiß-grünen Band, um den Spiegel herum steckten bunte Postkarten –, und doch war es, als sei das Zimmer vom Kummer alter, erschöpfter Nägel erfüllt.

«Setzen Sie sich doch bitte, wenn Sie keine Angst haben, sich anzustecken», sagte Frau Kalocsai mit einem Blick zu ihrer Tochter. «Sie hat nur eine Mandelentzündung …»

Ich setzte mich, schämte mich jedoch, mein Notizheft herauszuholen oder das Mädchen anzusehen, und ich schaffte es auch nicht, den Grund meines Kommens zu nennen. Die Frau betrachtete die Sporttasche, die ich auf den Boden gestellt hatte, und sah mich an. Ihre grauen Augen hatten den schwachen Glanz eines durchdringenden Blicks, es war jedoch, als schien dieser durch eine dicke Glasscheibe, durch die sein Strahlen gebrochen wurde.

«Kommen Sie etwa», fragte sie vorsichtig, «in offizieller Angelegenheit?»

«Nein. Ich bin Schriftsteller.»

Ihre Miene wurde nicht offener, aber auch nicht verschlossener.

«Wegen Marika?», fragte das Mädchen mit heiserem Sopran.

«Ja, wegen ihr», wandte ich mich an Frau Kalocsai. «Und wegen der anderen.»

«Nach so vielen Jahren?»

«Ich habe erst jetzt davon erfahren. Aber jetzt», das sagte ich mehr zu dem Mädchen, «möchte ich ein großes, dickes Buch darüber schreiben. Über alles, was ich erfahren kann!»

«Wir besitzen fünf Morgen Land, aus dem ehemaligen Gut der Léderers, aber mein Mann arbeitet zusätzlich in Szolnok», sagte die Frau sachlich, als wäre ich doch in ganz anderen, offiziellen Dingen hier.

«Erzähl von Marika, Mama.»

«Sie hat das Kino geliebt. Sonntags saß sie immer in der Zwei-Uhr-Vorstellung, in der ersten oder zweiten Reihe.»

Auch das sagte sie trocken, doch sie beobachtete mich nun irgendwie feindselig und traurig: Als hätte ich auf ihr gelegen, dort im Bett, und sie hätte gerade noch rechtzeitig den Kopf abwenden können, um wenigstens ihren Mund zu schützen. Mir fielen die Minuten vor dem Einschlafen am letzten Abend ein, die Angst, die ich vor diesem Besuch verspürt hatte. Und plötzlich hatte ich ein Gefühl, als bekäme ich Durchfall. Am liebsten wäre ich auf den eisigen Hof hinausgerannt, aber ich traute mich nicht: Ich schämte mich vor dem feindseligen Heiligenbild-Gesicht, vor dem fiebrigen Mädchen mit den roten Wagen, vor dem Kind, das das Salz umgestoßen hatte, vor dem vertrockneten Erntekranz, aber vor allem vor der Frage «Wo ist …?», von der ich im Voraus wusste, dass sie nichts als eine Ohrfeige für ihre Armut gewesen wäre.

Dann geschah jedoch etwas so Überraschendes, dass es mir augenblicklich besser ging.

Das kleinere Mädchen kam herein und hielt eine Waschschüssel im Arm. Sie stellte sich auf die Zehenspitzen, stellte die Schüssel auf den warmen Ofen und sah seine Mutter erwartungsvoll an.

«Das Handtuch?», flüsterte sie.

«Frau Pintér müsste es herüberbringen.»

Stille trat ein, das Kind blickte verstohlen zu mir, dann zu ihrer Schwester.

«Sie kommt bestimmt, vielleicht bügelt sie gerade», sagte die Frau leise.

Da ging das Mädchen still hinaus.

«Warten Sie auf den Arzt?»

«Ja.»

«Wir haben uns vor kurzem getrennt. Er hat mich von den Sütős in die Stadt gebracht.»

Frau Kalocsai taute zwar auch von dieser Bemerkung nicht auf, hatte nun jedoch nichts mehr dagegen, über die Vergangenheit zu sprechen, anstatt in der zerrissenen Stille nur stumm auf das Handtuch zu warten, das die Nachbarin bringen sollte.

«Sie hatte Näherin werden wollen», sagte sie mit ein bisschen Eile, «aber sie hat sich auch bei der Hausarbeit sehr geschickt angestellt. Nicht nur hier bei uns, auch bei der Frau, der sie jeden Tag geholfen hat. Sie hat Wasser aus dem Brunnen geholt, die Enten gefüttert und den Hof gekehrt. Auch am letzten Nachmittag.»

Sie verstummte, die warnende Stille galt diesmal jedoch nicht mir, sondern dem Mädchen, das sie jetzt genauso feindselig und niedergeschlagen ansah wie mich zuvor, als sie vom Kino erzählt hatte: mit der Verzweiflung eines Menschen, der für die von ihm ausgeteilten Prügel von den billigen, alten Gegenständen seine tägliche Strafe erhält.

«Frau Turcsányi hat an jenem Montag den Hühnerstall kalken lassen wollen, aber Marika war in ihrem neuen Kleid zu ihr gegangen: Ich hatte es ihr von dem Geld gekauft, das wir Ende September für die Sonnenblumenkerne bekommen hatten. Sie ist auch nicht lange geblieben, hat nur die üblichen Arbeiten erledigt, und Frau Turcsányi hat sie auch bald wieder nach Hause geschickt. Um halb fünf haben die Nachbarn sie gesehen, wie sie aus dem Fenster schaute. Sie hat wahrscheinlich auf Kati gewartet, ihre Freundin, die vom Feld hätte kommen sollen, mit dem Wagen der Pintérs. Seit einer Woche freuten sie sich auf den Lustigen Markt, wenn sie sich getroffen hätten, hätten sie bestimmt darüber geschwatzt. Kati hat aber an dem Tag auf dem Hof übernachtet, und Marika ist am nächsten Vormittag verschwunden und auch spät am Abend nicht aufgetaucht.»

In dem Moment erlosch das Licht im Haus.

«Das passiert oft», sagte Frau Kalocsai, «sogar im Sommer, und erst recht jetzt im Winter, wenn der Schnee die Leitung zerreißt.»

Vom Bett aus war leises Nesteln und das Klappern einer Streichholzschachtel zu hören: Das Mädchen zündete die Kerze auf dem Nachtschrank an. Wie sie nun im Kerzenlicht dalag, das Gesicht von den glänzenden, blonden geflochtenen Zöpfen gerahmt, konnte ich den Blick nicht mehr von ihr lösen.

«Sie sieht Marika am ähnlichsten», sagte ihre Mutter. «Sie ist jetzt in ihrem Alter. Wenn ich keine Angst hätte, dass sie sich erkältet, würde ich sie bitten, aufzustehen. Dann könnten Sie sie richtig anschauen, wenn Sie sich schon so für alles interessieren, dass Sie extra hergereist sind.»

«Ich erkälte mich schon nicht», sagte das Mädchen, nahm den Umschlag vom Hals, kletterte aus dem Bett und stellte sich hin, die Kerze in der Hand.

Durch das Nachthemd waren die Umrisse eines kleinen, aber gut proportionierten Kinderkörpers zu erkennen. Ihr Kinn wurde wie durch den unsichtbaren Riemen eines imaginären Helmes nach oben gezogen, ihre Augen und Lippen waren ausdrucksvoll, groß und feierlich, als sähe man ihr schönes, ernstes Gesicht unter einem Vergrößerungsglas: Vielleicht lag es daran, dass ihr Schädel im Vergleich zu ihrem Körper etwas groß und schwer war, dass sie aussah wie ein Ring mit einem zu großen Stein.

«Ist gut», sagte die Mutter, «aber jetzt rasch wieder unter die Decke.»

«Aber dann musst du erzählen ...!»

Das Kind legte sich wieder hin, Frau Kalocsai ging zu ihr und löschte den Brillantring aus, indem sie, damit ich mir Notizen machen konnte, die Kerze zu mir herübertrug.

«Es war Herbst, der 12. Oktober, die Glocken wurden da schon früher geläutet, um sieben statt um acht. Nach dem Glockenschlag habe ich mich auf den Weg gemacht, ihre Klassenkameradinnen abgeklappert, ihr Vater ist bei seinem Bruder vorbeigefahren und ihr Bruder zur Großmutter geradelt. Aber sie war nirgends. Um acht bin ich zum Polizeirevier gelaufen und habe gemeldet, dass sie verschwunden ist. Ich hatte sie nur zum Gemüsehändler geschickt, und sie war nicht nach Hause gekommen. Ich habe gedacht, man wird gleich etwas unternehmen, aber mir wurde gesagt: Wir hätten sie ja erst seit zehn Stunden nicht gesehen, eine Fahndung ordnet man frühestens nach vierundzwanzig Stunden an. Wir sollten am besten bis zum Morgen warten, und wenn sie bis dahin nicht aufgetaucht sei, sollten wir es bei der Kreispolizeibehörde melden. Dort wird man dann ein Protokoll aufnehmen.

Was sollten wir machen, wir waren alle müde, also haben wir uns hingelegt und gewartet. Wir wussten, dass sie bestimmt keiner wegen Geld erschlagen hat, sie hatte ja nur vier Forint dabei. Wenn ihr etwas zugestoßen war, dann aus einem anderen Grund. Sie ist ziemlich weit entwickelt gewesen, konnte auch recht kokett sein, sie fand sich hübsch, aber um deshalb auf sich aufzupassen – nein, da war sie noch ein Kind. Wir haben überlegt: Ist ihr etwas passiert, was sie sich nicht zu erzählen traut, hat sich deshalb versteckt, oder ist sie ausgerissen? Wir haben gehofft, dass sie in der Nacht doch nach Hause geschlichen kommt. Es war kalt geworden, und sie war sommerlich angezogen. Wir haben auch das Tor nicht zugeschlossen, damit sie nicht hätte klopfen müssen, haben ihr das Bett gemacht, damit sie, wenn sie nach Hause kommt, unbemerkt herein und sich hinlegen kann. Mein Mann hat sogar seinen Gürtel versteckt, damit Marika ihn ja nicht sieht, Prügel fürchtet, erschreckt und wieder wegläuft. Aber sie ist nicht wiedergekommen.»

Die Frau verstummte und lauschte den Schritten, die unter dem Fenster im Schnee knirschten. Sie hoffte sicherlich, es wäre Frau Pintér. Am Tor war jedoch kein Geräusch zu vernehmen, und die Schritte entfernten sich.

In der Stille dachte ich an meine Wohnung in Budapest, in der mich in dieser Nacht auch niemand erwarten würde. Ich wäre gerne für immer hier im Schein der Kerze geblieben, um der Erzählung Frau Kalocsais und dem aus der Dunkelheit zu uns dringenden schweren Atmen des Mädchens mit der verstopften Nase zu lauschen. Aber das hätte nur das andere Mädchen verstanden, dessen Heimkehr man vergeblich erwartete.

«Am nächsten Morgen bin ich», fuhr Frau Kalocsai fort, «auf dem Weg zur Polizei beim Gemüseladen vorbei, ich habe gehofft, vielleicht etwas zu erfahren. So kam es dann auch, ein Schüler hat sich erinnert, dass Marika mit dem Jancsó-Mädchen angestanden hatte, aber, noch bevor sie drankam, mit der wegging.

Bei der Polizei hat man den Fahndungsbrief ausgefüllt

und mich mit der Kopie zum Rathaus geschickt. Und schon auf dem Nachhauseweg habe ich gehört, wie Marikas Name durch die Lautsprecher tönte und die Bevölkerung gebeten wurde, sich zu melden, wenn jemand sie gesehen hatte oder etwas über sie wusste.

Am Nachmittag kam dann ein Ermittler in unsere Straße. Er fragte die Nachbarn aus, ob das Kind nicht mit einem Jungen befreundet war, mit dem sie ausgerissen wäre oder wegen dem sie sich grämte, ob wir sie nicht schlugen, ob sie sich vielleicht aus Kummer umgebracht oder versteckt haben könnte. Wie er sich so von Haus zu Haus durchfragte, meinte auf einmal jemand, dass sich Marika am Tag vor ihrem Verschwinden, also am Montag gegen fünf Uhr nachmittags von unserem Fenster aus mit einem älteren Mädchen unterhalten hat. Die Beschreibung passte auf Piros Jancsó.

Es goss in Strömen, also band ich ein großes Kopftuch um und trieb für den Detektiv einen Regenschirm auf, damit er nicht völlig durchnässt bei den Jancsós ankommt – aber ich bin umsonst zu ihm gelaufen, er hat gar nicht kommen wollen. Er sagte, ohne Befehl kann er keine Hausdurchsuchung durchführen, er hat dazu keine Berechtigung, das wäre Hausfriedensbruch, und er darf das Gesetz nicht verletzen. Er braucht den Befehl. Ich als Mutter kann aber natürlich auch von mir aus hingehen.

Ich habe den Schirm zurückgebracht, weil ich ihn vor Aufregung gar nicht halten konnte, außerdem wehte der Wind, und ich hatte Angst, mit dem Ding nicht rennen zu können. Die Straße stand schon unter Wasser, alles rutschte und verschwamm, man hat gar nicht richtig gesehen, wo der Graben anfing, aber ich habe nicht auf meine Schritte geachtet. Ich habe nur geschaut, ob in der Ferne was passiert, ob mir nicht Marika entgegenkommt, ich habe gehofft, sie plötzlich zu sehen, wie sie irgendwo dahinten gerannt kommt, von irgendwoher durchs knöchelhohe Wasser zu mir läuft. Ich weiß bis heute nicht, ob ich sie geohrfeigt oder geküsst hätte.

Piros saß auf einem umgestülpten Waschtopf und las *Gullivers Reisen*. Sie war nicht besonders freundlich, aber auch nicht direkt garstig. Am ehesten vielleicht gleichgültig. Aber ich habe gespürt, dass diese Gleichgültigkeit gespielt war und sie sich insgeheim sehr für mich interessiert hat. Nicht dass sie sich vor mir gefürchtet hätte und das verstecken wollte. Angst hatte sie kein bisschen, das habe ich gesehen. Es war eher Neugier, die sie verbarg. Sie hat mich eingeladen, mich zu setzen, was ich nicht tat, nicht einmal in der Kirche hätte ich Ruhe gefunden. Ich habe auch in die Stube und die Kammer einen Blick werfen wollen, deshalb bin ich auf und ab gegangen, und sie hat auf dem Topf gesessen und mich beobachtet. Sie hatte keine Angst, hat mich nur angesehen, als wären sogar meine Haarnadel oder Schuhbänder spannend für sie, als hätte das alles etwas Seltsames an sich, etwas, das sie so noch nie gesehen hat. Sie hat mich angeschaut, wie Marika sich die Rechenaufgaben im karierten Heft angeschaut hat, wenn ihr die Lösung einfach nicht einfallen wollte. Das machte Piros so lange, bis sie am Ende schielte: Sie hat die Augen so sehr auf meine Nase geheftet, wie es Kinder mit ihrer eigenen Nasenspitze machen, wenn sich eine Fliege draufsetzt. Ich hatte mir gerade ihren Sohn angesehen, dann zu ihr geblickt und bemerkt, wie sie mich anstarrte. Das Kind lag auf dem Sofa, strampelte und hat mich sogar angelacht, aber ich habe nicht zurücklachen können. Dabei war es ein lieber kleiner Junge mit blonden Haaren und blauen Augen, einer, bei dem man ausruft: ‹Was für ein Engel!› Piros sagte, ich soll ihr bitte nicht böse sein, sie muss ihm nun den Milchgrieß anrühren, aber wir können uns trotzdem unterhalten, ich soll so lange bleiben, wie mir danach ist. Auf meine Frage, wohin sie und Marika vom Gemüseladen denn gegangen sind, hat sie geantwortet: Marika hätte sich im Kiosk an der Ecke einen Lutscher kaufen wollen, und sie ist heimgegangen, weil der Schuh sie am großen Zeh gedrückt hat, sie kaum mehr stehen konnte. Während sie erzählte, ging sie im Haus hin und her, ließ die Türen offen, sodass ich sehen konnte, dass sie nichts verheimlichte. In der Stube lag nur ein Haufen Stroh und Äste, wahrscheinlich von ihrer Mutter zum Verfeuern gesammelt, und in der Kammer sah ich bloß nackte Regalbretter.

Ich habe gewusst, dass sie von der Hand in den Mund lebten. Selbst wenn sie etwas verdienten, sie haben es für Alkohol, Kuchen oder Kino verpulvert. Ich stand noch eine Weile da, habe ihr zugesehen, wie sie ihren Sohn auf den Schoß nimmt, den Brei kostet, pustet und den Kleinen füttert. Von dem Moment an hätte sie nicht einmal bemerkt, wenn ich eine Krone auf dem Kopf gehabt hätte, zu schweigen von einer Haarnadel. Sie hat nur noch auf den Löffel und den Mund des Kindes geachtet. Sie war so vertieft, dass sie mich ganz vergessen hat, und ich habe ihr zugesehen und sie beneidet, ja, habe ich gedacht, eine Mutter kann doch auch so ruhig und glücklich sein.

Am Sonntag fand der Lustige Markt statt, wie angekündigt. Ich bin hin, bin herumgelaufen, habe mich immer wieder gebückt, habe gehofft, zwischen den Beinen der Leute plötzlich den roten Rock zu entdecken, den sie anhatte, als sie verschwunden ist. Es war schon dunkel, die Lichter des Karussells haben geleuchtet, aber ich habe nicht nach Hause gehen können. Ich bin herumgeirrt und habe nervös überall gesucht. Zwischen den Fahrten habe ich sogar den Mann am Karussell durch seinen Lautsprecher ausrufen lassen, dass die Eltern von Marika Kalocsai beim Karussell auf sie warten. Ich habe ihm gut fünfmal drei Forint dafür gegeben, aber das war auch nur herausgeschmissenes Geld.

Später schöpften wir noch zweimal Hoffnung, sie wiederzusehen. Einmal kam die Nachricht, dass ins Kinderheim von Hajdúnánás ein Mädchen eingeliefert worden ist, das in Törökszentmiklós wohnte und ausgerissen ist. Ich wollte gleich hinfahren, aber die Polizei hat mich zurückgehalten. Sie haben gesagt, sie würden anrufen, und wenn es tatsächlich Marika ist, dann schicken sie gleich ein Auto, um sie abzuholen. Sie haben dann auch wirklich in Hajdúnánás angerufen, aber die Ermittler haben da schon gewusst, dass sie es nicht war, dass das Kind auch gar nicht aus Törökszentmiklós, sondern aus Túrkeve stammte und Piri Kovács hieß. Das andere Mal war es schon Frühling. Ich habe einen Brief von einer Frau Kozák aus Budapest bekommen, die mir schrieb, dass sich auf einer Baustelle, wo ihr Mann Bauleiter war, ein Mädchen aus Törökszentmiklós gemeldet hätte. Sie hat mir sie beschrieben und gesagt, das Mädchen gebe vor, anders zu heißen, aber vielleicht ist es ja doch Marika. Wieder hat die Polizei sich gekümmert und hat angerufen, und wieder hat sich herausgestellt, dass es ein anderes Kind war.

Später, als ein Mädchen nach dem anderen verschwand, hat man so manches erzählt. Es gab Leute, die auf die Juden in der Gegend schimpften, weil sie angeblich das Kinderblut für ihre Kirche brauchten, die sie gerade renovierten. Manche haben gedacht, vielleicht nehmen die Russen sie für die Weltraumforschung: dass man sie in einen Sputnik gesetzt und in den Weltraum geschossen hat. Man erzählte, dass viele Tote durch die Luft kreisen, erfroren und verhungert sind, weil sie nicht zurückkommen konnten. Wer weiß, hieß es, ich brauche vielleicht Marika nicht auf den Jahrmärkten suchen, zwischen den Schießbuden und Karussells, auf den Rücken der Holzpferde, Kamele und Elefanten – sondern viel, viel weiter weg. Vielleicht ist sie dort oben, wo sie nicht mal winken kann. Wer weiß, vielleicht fährt sie mit dem Himmelskarussell?»

Was ist der Grund dafür, dass auf dem sogenannten Ehrengrab am Friedhof von Szolnok nur Unkraut wächst, und dass die Namen der Verstorbenen auf den fünf vermoderten Grabhölzern kaum lesbar sind:

«… lebte 12 Jahre … 13 Jahre … 17 Jahre … 13 Jahre … 13 Jahre …»?

Nach Ansicht der Eltern verbirgt sich hinter den langsam verschwindenden Namen eine Lüge: Sie glauben nämlich gar nicht, dass hier ihre Kinder bestattet sind.

Kálmán Mikszáth, der für den *Pesti Napló* über den Prozess von Tiszaeszlár berichtete, schrieb in seinem Artikel *Die blauen Augen*: «Der Mutter, die ihre tote Tochter nicht erkennt, kann man nicht widersprechen.»

Wenn man das nicht kann, wer wüsste dann, wo die fünf Kinder sind? Und die anderen …?

In klaren Nächten sind die am Himmel wandernden Kugeln, die leuchtenden Satelliten, gut zu beobachten. Wir wissen, dass keine Menschen darin sitzen, und auf die Idee, es könnten tote Mädchen in ihnen durchs Weltall reisen, kommt erst recht niemand. Für manche Menschen in Törökszentmiklós ist jedoch selbst dieser Gedanke nicht abwegig. Auch für sie ist das zwar ein Schreckensbild, aber den Friedhof, auf dem nach offiziellen Angaben ihre Kinder liegen, suchen sie nie auf. Sie sind überzeugt, dass diese Gräber nichts mit ihren Kindern zu tun haben.

Eines ist sicher: Der Leichnam von einem der fünf Opfer, deren Ermordung Piroska Jancsó gestanden hatte, wurde nie von irgendjemandem als der von Irén Sipos identifiziert.

In der Stille war das Quietschen des kleinen Gartentors deutlich zu vernehmen. Ein paar Augenblicke später stand der Arzt mit einer Taschenlampe in der Hand in der Tür.

«Das kann nicht sein!», sagte er überrascht.

Mein Gesicht wurde durch die Kerze beleuchtet, das seine sah ich in der Dunkelheit nicht, aber seine Stimme verriet, wie sehr ihn das Treffen in Verlegenheit brachte.

«Zu Weihnachten hätten Sie es sowieso erfahren …»

Vielleicht, um die Peinlichkeit der Lage schnellstmöglich zu überwinden, oder weil es seine Gewohnheit war, nahm er sofort die joviale Rolle des Onkel Doktor ein, der einen seiner kleinen Patienten besucht. Er leuchtete mit der Taschenlampe zur Glühbirne und begann zu zählen:

«Uno … due … tre … quattro …», murmelte er wie ein Zauberer. «Macht nichts, wir werden den Versuch wiederholen. Diesmal geben wir ihr eine größere Chance und zählen bis zehn.»

Bei acht leuchtete die Birne auf, und der Arzt stieß zusammen mit den Mädchen einen Freudenschrei aus.

«Accidenti! Na, was sagt ihr? Ecco!»

Während der Untersuchung wandte ich mich ab, aber in dem von Postkarten gerahmten kleinen Spiegel an der Wand sah ich die Brust des Mädchens genau. Unter dem hinaufgezogenen Nachthemd blitzten der rosa Busen und die leicht erzitternde Brustwarze hervor.

«Aaa! Sag aaa!», sagte der Arzt, während ich mich weiter der Wand näherte und spürte, dass ich durch den Spiegel Piroskas Haus betreten würde. Da wäre die Veranda, der kleine Stuhl, auf den ich mich fallen lassen würde, und die Fliegen, die fetten schwarzen Fliegen, für die man auf der anderen Seite des Spiegels nur noch ein erschöpftes, gleichgültiges Seufzen übrig hätte.

Ich stand vor dem Spiegel, so dicht, dass ich darin nur noch meine eigenen, zusammengepressten Lippen sah, und las die Aufschriften der Karten: Jean Marais, Mari Törőcsik, Balatonfüred, Illés-Band, Parade auf dem Roten Platz in Moskau.

Der Arzt legte mir die Hand auf den Arm.

«Wohin soll's von hier aus gehen?»

«Nur zum Zug.»

«Ich fahre Sie gerne hin.»

Ich nickte, ging aber dann doch nicht mit, denn in dem Moment traf das Handtuch ein.

«Hier ist die Waschschüssel», sagte das kleinere Mädchen, während die Mutter das weiße Leintuch auseinanderfaltete und dem Arzt hinhielt, als erwartete sie seinen Segen.

Frau Pintér setzte sich und sah mich mit der behaglichen Ruhe der geachteten Nachbarin an.

«Sind Sie vom Stadtrat?»

«Nein, ich erzähl's später», flüsterte ihr Frau Kalocsai zu, was Frau Pintér mit einem heiteren Schulterzucken zur Kenntnis nahm.

«Soll sie es mir doch erzählen, nicht?», sagte sie augenzwinkernd.

«Erzählen Sie dem Herrn Redakteur ruhig alles», sagte der Arzt zu ihr, während er sich die Hände wusch.

«Worüber?»

«Über Kati», sagte das Mädchen, das im Bett lag.

«Ist sie etwa aufgetaucht?»

Ihre schrille Stimme und der fröhliche Ton, die provokante Frage, all das zusammen hatten die Anmutung eines derben Scherzes, Frau Pintér empfand diese Heiterkeit jedoch keineswegs als pietätlos. Kati war für sie längst zu einem Lächeln, einem Lied geworden, zu einem Gesang, den sie im Traum hörte und an den sie sich, wenn sie allein war, vielleicht in ihrem eigenen, krächzenden Trällern erinnerte.

«Sie war ein gutes Mädchen, das gerne gesungen hat», sagte sie zufrieden, und auf die Frage, was ihr Lieblingslied gewesen sei, stimmte sie sogleich an: «Cifra palota, zöld az ablaka ...»

Frau Pintér war bereits älter, sie hätte die Großmutter der Töchter von Frau Kalocsai – auch von Marika – sein können. Die Ursache für den Altersunterschied erfuhr ich erst später, den grundverschiedenen Charakter der beiden Frauen konnte ich jedoch bereits ihren Zügen entnehmen. Das eine Gesicht war wie ein besticktes Kissen. Das andere hart wie die Krümme eines Hirtenstabs. Und genau so reagierten sie auch auf ihr Schicksal. In dem Bericht von Frau Kalocsai vibrierte trotz ihrer Sachlichkeit das Entsetzen einer Frau, die es in eine düstere, fremde Gegend verschlagen hatte, wohingegen man bei Frau Pintér den Eindruck bekam, als durchlebte sie aufs Neue eine womöglich seit dem Tatarensturm, mindestens aber seit der osmanischen Herrschaft bekannte Tragödie, die sie für sich in Hoffnung und Gesang umgewandelt hatte, in ein Gedicht, das in all seiner Traurigkeit doch auch ergreifend schön war. In ihre Vorstellungswelt hätte statt der Rakete, in der Marika durchs Weltall kreiste, eher ein morgenländischer Despot gepasst, der Kati hatte rauben lassen, um sie zu heiraten. Gewiss, bald darauf hatte er sie köpfen lassen, ansonsten hätte sie sicherlich schon einen Brief nach Hause geschickt. Aber was zählte das schon, wenn sie durch ihre Schönheit und Freundlichkeit sogar einen Sultan bezaubert hatte?

«Erzählen Sie ruhig alles», sagte der Arzt erneut, während er seinen Pelzmantel anzog. Ihm stand jedoch trotz aller Hilfsbereitschaft auch beim Abschied noch die Frage ins Gesicht geschrieben, ob Noni mit dem, was ich hier tat, auch einverstanden wäre. Er hielt meine Hand ein bisschen länger als üblich, als wartete er bis zum letzten Augenblick auf Antwort. Dann verabschiedete er sich rasch, winkte den Kindern zu und eilte hinaus.

Als ich an der Hauptstraße ankam, war es schon so spät, dass ich zum Bahnhof hätte rennen müssen. Ich wusste jedoch nicht einmal, in welche Richtung ich gehen sollte, da die Stadt wieder im Nebel versunken war. Ich lief blindlings los, quer über die Straße, und bemerkte das Auto gar nicht. Es fuhr sehr langsam, und die Stoßstange verpasste mir nicht mehr als einen Schubs. Kaum merklich, als wäre ich in der Dunkelheit mit dem Bein an eine Wasserkanne gestoßen. Doch die beiden leuchtenden Glasaugen ließen mich erstarren.

Ich war mit dem Taxi zusammengestoßen, das vom Markt aus Cegléd kam.

Das Dach war vollgepackt, am Steuer saß der Fahrer, den ich bereits kannte, und auf dem Rücksitz ein in der Art eines Oberstuhlrichters gekleideter Mann in tailliertem Pelzmantel. Der Fahrer sagte etwas zu ihm, woraufhin der Altwarenhändler die Tür öffnete, die Anzüge, die er nicht hatte verkaufen können, auf seine Seite zog und mir die Hand gab.

«Korpácsi», sagte er mit dem Phlegma eines Mannes von Welt.

Der Name erweckte einen glücklichen Verdacht in mir.

«Haben Sie neben den Jancsós gewohnt?»

«Ich war ihr unmittelbarer Nachbar.»

«Sind Sie Évingers Schwiegersohn?»

Bei dieser Frage wurde er schon etwas lebhafter.

«Ja, aber wie kommen Sie darauf?»

«Aus den Gerichtsakten. Seit zwei Wochen trage ich Ihren Namen in einem Notizheft bei mir. Ich würde Sie auf jeden Fall gern näher kennenlernen.»

«Das wäre mir eine Freude.»

«Ich muss jetzt den Schnellzug nach Budapest erreichen, aber wenn Sie mir Ihre Adresse geben, könnte ich Ihnen schreiben, wann ich wiederkomme.»

«Wieso bleiben Sie denn nicht einfach?»

«Ich treffe noch eine wichtige Zeugin. Sie heißt Mária Fekete. Sie wissen vielleicht, wer das ist.»

«Ja sicher. Eines der Kinder, die diese Hexe hat ermorden wollen. Feri», sagte er zum Fahrer, «wir bringen zuerst den Genossen zum Bahnhof.»

Er zog eine Visitenkarte heraus und überreichte sie mir.

«Schreiben Sie mir. Sind Sie eigentlich Journalist?»

«Ja, aber Piroska interessiert mich eher als Schriftsteller.»

«Weil sie so eine seltsame Gestalt war?»

«Ja. Aber mich interessiert auch ihre äußere Erscheinung.»

«Sie interessiert Sie als Frau?»

«Auch das.»

«Ich habe sie leider nie heimlich beobachtet.»

«Das macht nichts, mich interessiert jedes kleinste Detail. Es reicht, wenn Sie sie mal gesehen haben, wie sie ihre Haare kämmte. Schließlich konnten Sie auf den Hof sehen. Es kam doch sicherlich vor, dass sie den Spiegel auf der Veranda aufgestellt hat …»

«Manchmal hat sie sich sogar dort gewaschen.»

«Wenn Sie sich an solche Sachen erinnern könnten …»

«Wieso sollte ich es nicht können? Sie war schön, aber weiß wie eine Raupe.»

«Erinnern Sie sich an ihre Fingernägel? Hat sie darauf herumgekaut?»

«Als Kind bestimmt …»

Diese Antwort gab er mir noch, doch dann verstummte er und blickte entgeistert vor sich hin. Ich hatte den Eindruck, dass er zusammenbricht, wenn ich ihm noch eine einzige Frage stelle. Dabei hatte er gewiss schon einiges erlebt.

«Es würde mich freuen, wenn Sie irgendeinen Gegenstand auftreiben könnten, der an sie erinnert.»

«Wenn es Sie interessiert, ich habe eine Lampe. Jetzt hängt sie über meinem Tisch. Sie hat uns damals geleuchtet, als wir die Leichen fanden. Es ist kein wertvolles Stück, eine einfache Küchenlampe mit rotem Schirm, ich habe sie nur aus einer Art Aberglauben nicht weggeworfen.»

«Würden Sie sie mir verkaufen?»

«Das wurde ich schön öfters gefragt, aber ich habe sie immer behalten. Nicht zuletzt, weil ich allein lebe. Wenn mich mal eine Frau besucht, lässt sie es leichter zu, dass ich das Licht ausschalte. Unter dem Vorwand, dass sie den Anblick zu gruselig findet …»

Inzwischen tat es mir leid, dass ich abreisen und mit dem Altwarenhändler auch den Lampenschirm hinter mir in der Nacht lassen musste. Ich hätte gern einen heimlichen Blick in sein Zimmer geworfen, ihm zugesehen, wie er am Tisch sitzt, den roten Lampenschirm über seinem Kopf, in dem Licht, das die Körper der fünf ermordeten Mädchen angestrahlt hatte, wie er in großer Stille vertieft nachzählt und die Abrechnung nach dem Wochenmarkt erstellt.

DRITTER TEIL

Dans le noir, dans le soir sera sa mémoire
HENRI MICHAUX

EINS

Ich habe es geahnt: Ihre Geschichte zu schreiben ist so schwer wie die einer Heiligen. Als würde man statt mit einem Stift auf Papier den Roman mit einem Griffel ins Holz ritzen müssen. Ein Satz. Noch ein Satz. Aber hunderte und tausende? Und doch wären das die glaubwürdigen Sätze dieses Buches. Es besteht aber nicht aus solchen, und deshalb ist es wie eine auf parfümiertem Papier übermittelte Todesnachricht.

Wie über die Heiligen weiß man auch über sie nur Nebensächliches. Es ist möglich, die Entfernung zu begreifen, in der sich diese Nebensächlichkeiten zu der Person befinden, mit der man sie in Zusammenhang bringt. Aber ist es möglich, sie zu überbrücken?

Ich habe die Pappschachtel gesehen, in der die Kleider eines vor fünfzehn Jahren verschwundenen Mädchens – eines der Opfer – verstauben. Das ist zwar eine ärmliche, aber doch eine Wirklichkeit. Die Sandalen der heiligen Elisabeth existieren gar nicht, obwohl sie in einem Glasschrank aufbewahrt werden. Diese Kleider haben ein wenig von dem Mädchen bewahrt, das sie getragen hat und tot ist. Aber was haben jene Sandalen von der heiligen Elisabeth bewahrt? Auch zur Verbrecherin gehört nichts. Weder die Schnur, mit der sie ihre Opfer fesselte, noch der Regen, der in der Nacht vor ihrer

Hinrichtung fiel, oder die Sonne, die hinter den Bergen aufging. All dies umschreibt sie nicht einmal. Und doch ist der Schriftsteller damit beschäftigt, diese Dinge am Rande auf Hochglanz zu bringen, genau wie ein Diener die Messingklinken einer fremden Wohnung poliert. Ebendies ist seine Aufgabe, und er freut sich auf das Messing.

ZWEI

Es ist Nacht, wir sitzen auf der Veranda eines Bauernhauses. Auf dem vom Mondlicht hellen Tisch vor uns steht ein speckiges Spielbrett, ein Pferderennen. Auf dem Brett kleine, kopflose Zinnpferde. Sie wirft, ich werfe, sie wirft. Wir spielen schweigend und achten darauf, dass der Würfel nicht auf die Tafel, sondern die Tischdecke fällt, wo er weniger Lärm macht. Piri hat mich darum gebeten, damit wir ihre Mutter nicht wecken. Ab und zu berühre ich mit dem Fuß die Eisenplatte in den Backsteinen der Veranda und sehe sie dabei verstohlen an. Sie bemerkt es nicht, zählt ihre Spielschritte. Wieder gewinnt sie, ihr kleines Silberpferd kommt gleich auf die Zielgerade. Da frage ich sie leise:

«Warum tötest du?»

Sie sieht mich gleichmütig, sanft an.

«Weil ich von Wölfen erzogen bin.»

«Aber du bist doch *Piroska*, dein Name ist doch *Rotkäppchen*!»

Jetzt wirft sie nicht, hält nur den schwarzen Würfel in der kleinen Hand, bis diese schwitzt, auch aus ihrer offenen Hand fällt er nicht heraus: Er klebt an der Haut.

Dies ist der Tisch, auf dem ich gern mein erstes Pferderennen-Brett aufgestellt hätte, dies die Stunde, in der wach zu sein ich so sehr wünschte, sie das Mädchen, mit dem ich immer hätte spielen wollen.

Aber erst zwölf Jahre nach ihrem Tod habe ich zum ersten Mal von ihr gehört.

DREI

Im Sommer vor dem ersten Mord, am 22. August 1953, war Piroska Jancsó auf der Post in Szolnok. Es war ein heißer Tag, und an dem Mittag, als sie von Törökszentmiklós kam, hatte sie ihren Badeanzug dabei. Auf der Post schrieb sie, auch im Namen ihrer Mutter, folgenden Brief an das Kinder- und Jugendheim von N., in dem sie sich nach ihrer Tochter und ihrem Halbbruder erkundigte:

«Wir hätten gerne die genauen Adressen der beiden Kinder und möchten, dass Sie uns informieren, wo die Kinder sind. Egal wo sie sind, es kommt nicht in Frage, dass sie für immer dort bleiben, und das gilt für beide Kinder. Nächsten Sommer, wenn wir uns ein bisschen gesammelt haben, holen wir die beiden Kinder nach Hause. Also schreiben Sie uns bitte schnellstmöglich, wo sie sind. Schreiben Sie uns, ob die kleine Piroska nicht krank ist. Und wie geht es Jóska? Geben Sie die Kinder zu Leuten, wo man sie nicht schlägt, sondern liebt, als wären es die eigenen. Schicken Sie uns die genaue Adresse. Und wenn wir sie besuchen und die Kinder sich beklagen, holen wir beide nach Hause. Wir schicken den Kindern einen Kuss, grüßen Sie sie von uns.

PS: Lieben Sie meinen kleinen Blondschopf, diesen Schatz, meine Tochter, als wäre es die Ihre, bis ich sie abholen komme. Ich denke immer nur an sie, ich kann ohne sie kaum Ruhe finden.

Hochachtungsvoll:

Piros Jancsó.»

Laut Poststempel auf dem Umschlag, den man im Heim aufbewahrt hatte, hatte sie den Brief gegen Nachmittag um zwei aufgegeben. Danach ging sie ins Freibad.

Sie stand minutenlang am Eingang, beobachtete die Leute, wie sie Eintrittskarten kauften, wie sie kamen und gingen. Schließlich trat sie selbst an die Kasse. Sie wollte keinen Umkleideschrank, sondern eine eigene Kabine.

Ihr Körper wird in diesem Sommer wahrscheinlich noch mädchenhaft mager gewesen sein: Diejenigen, die sie vor ihrer Festnahme kannten, sagten, sie sei eine dünne, kleine Frau gewesen; im Badeanzug sah man, dass außer ihrem Gesicht und den Beinen alles an ihr blassweiß war.

Als sie aus der Kabine trat, war ihr, als liefe sie zum ersten Mal barfuß. Ein ganz neues Gefühl, dabei war sie das raue Gras unter den Füßen gewohnt. Sie tat einige Schritte, mit der Unsicherheit eines Tieres, das in einen Stachel getreten war, stellte dann aber mit Erleichterung fest: Jetzt Schuhe zu tragen, wäre erst recht seltsam. Sie watete ins Wasser, hob einen Fuß und besah ihn, als untersuchte sie eine gerade verheilende Wunde. Erst danach blickte sie sich um.

Sie beachtete das Gekreische und den Lärm gar nicht, sie gab sich ganz dem Anblick hin, der für sie wie ein unbekanntes Fest war. Es machte ihr fast Mühe, nicht durch seinen Glanz, eher durch seine Sanftheit. Sie begriff, dass sie hier gar nichts tun musste, nur ein Mensch unter vielen war, dass man sie gar nicht bemerkte, dass sie nicht in das Schwimmbecken gehen musste, und es war sogar egal, ob sie schwimmen konnte. All das war aber noch keine Befreiung, nur eine

Erleichterung. Sie hatte das Gefühl, noch ein wenig warten, sich ausruhen und umsehen zu müssen.

Sie suchte sich eine wegen des Mülls unbeliebte Ecke, in die alle ihre Zigarettenkippen warfen, auch die Mülltonne stand da, aber gerade deshalb war der Fleck leer, verlassen und geschützt. Sie hockte sich hin, schlang die Arme um die angezogenen Beine, legte den Kopf auf die Knie und beobachtete die Badenden.

Da kam es ihr einen Moment lang vor, als habe sie etwas falsch gesehen. Es war nur ein Mädchen, das auf dem Weg zur Dusche an ihr vorbeigegangen war. Gleichgültig blickte sie in die andere Richtung. Eine Sekunde später sprang sie jedoch auf, um das Bild einzuholen, und rannte durch eine Gruppe von Jungen, die einem Ball hinterherjagten.

Sie sah es erneut, und diesmal war sie sich sicher, sich nicht zu irren.

Das Mädchen stand bei der Dusche, mit dem Rücken zu Piri. Es war dünn, seine beiden Zöpfe lagen auf den hervorstehenden Schulterblättern. Dann trat es nach vorn, unter den Duschkopf, das Wasser floss über sie, über ihre geschlossenen Augen, ihre kleines, fröstelndes, unbekanntes Gesicht, das jetzt so greifbar nah erschien wie nichts auf der Welt. Einen Apfel vom Baum zu pflücken hätte wesentlich mehr Kraft gekostet.

Abends um zehn Uhr war aus Richtung der sowjetischen Kaserne in Szolnok-Alcsi kurz Maschinengewehrfeuer zu vernehmen. Nach Einschätzung des Befehlshabers, der zum Tor rannte, «hatte die Frau nur noch wenige Minuten zu leben».

Der Oberst fuhr sie mit seinem eigenen Wagen ins Krankenhaus, der Sitz wurde dabei vom Blut durchtränkt. Das stellten die Ermittler der Militärpolizei jedoch erst später fest; im August 1953 wurde der Vorfall von den Zuständigen gar nicht gemeldet, und in die Patientenkartei wurde (auf Wunsch des Militärs) «Verletzungen durch Messerstiche» eingetragen.

Im Grunde war es ein Unfall. Ein im Dienst neuer Wachsoldat wusste nicht, dass Piroska von einem Hauptmann erwartet wurde, sie war von dem Erlebnis im Schwimmbad noch zu benommen, und als er sie aufforderte, stehen zu bleiben, fluchte sie nur kurz. Daraufhin folgte der Soldat seiner Dienstvorschrift: Nach der dritten Aufforderung schoss er.

Die junge Besucherin wurde von vier Kugeln getroffen, ihre Wunden verheilten jedoch beinah von einem Tag auf den anderen, und nach kurzer Zeit durfte sie auch schon nach Hause.

VIER

Als sie im folgenden Sommer in der Tür des Zuges stand, der vor dem Haus von Borbála Karácsonyi gehalten hatte, und dieser einen Gruß zurief, war sie so ausgelassen wie ein Mädchen beim Basketballspiel, das den Ball gerade in den Korb geworfen hat und vom Feld aus ihrer Lehrerin zuwinkt. Um den Eisenbahnwagen glühte die Luft, aber vom Hof wehte der kühle Duft von Waschlauge her. Sie wäre beinah abgesprungen, um beim Aufhängen der Wäsche zu helfen. Doch da schaltete das Streckensignal bereits auf Fahrt um, der Zug fuhr los und sie mit ihm.

Über das, was zwei Stunden zuvor geschehen war, meinte sie später zu Henriett Sóspataki, dass sie es selbst nicht verstehe. Ihre Geständnisse bei der Polizei und vor Gericht änderte sie so oft – zunächst in ihrem eigenen Interesse, dann in dem der Behörden –, dass wir die Wahrheit nie erfahren werden.

In den Akten steht, sie habe die Leiche, wie die anderen, an dem um den Hals gebundenen Draht über die Veranda gezogen, dann die Eisenplatte hochgehoben, die den Brunnen abdeckte, und das Mädchen kopfüber in das Loch fallen lassen, wobei sie darauf achtete, dass die Decke, in die der nackte Körper gewickelt war, nicht mit hinunterfiel. Sie blickte hinterher, aber durch die vierzig mal vierzig Zentimeter breite Öffnung (so groß war die Eisenplatte) konnte man kaum bis zum zehnten Ziegel sehen, dabei lag die Veranda zu der Zeit bereits in strahlendem Sonnenschein. Im Brunnen war es stockfinster, und aus der Tiefe von fünfzehn Metern, wo nun schon vier Leichen im seichten, sandigen Wasser lagen, war nur ein dumpfer Aufprall nach oben gedrungen. Sie ergriff den Eisenring der Platte, zog diese zurück und ging mit der Decke auf dem Arm in die Küche.

Hier schwirrten unzählige Fliegen, und es herrschte auffällige Unordnung.

Das Mädchen hatte, bevor es erschlaffte, am Boden liegend lange um sich getreten und dabei die Waschschüssel unter dem Tisch umgestoßen, sodass viel Seifenwasser ausgekippt war. Rock, Hemd und Schlüpfer lagen im Raum verstreut. Jetzt sammelte sie die Sachen ein, öffnete die rote Handtasche, in der sie sieben Forint fand, wusch den Schlüpfer im restlichen, noch in der Schüssel stehenden Wasser, und legte ihn zum Trocknen auf die Veranda.

Nachdem sie aufgeräumt hatte, wusch sie sich von Kopf bis Fuß und legte sich auf das Sofa, um ein wenig auszuruhen und ein bisschen zu lesen. Nach einer halben Stunde, in der sie *Robinson Crusoe* beendet hatte, stand sie auf, zog den inzwischen trockenen Schlüpfer an und ging zur Polizei.

Auf dem Weg dorthin brachte sie den Roman zurück in die Bibliothek, zahlte von den sieben Forint den Mitgliedsbeitrag, mit dem sie im Rückstand war, und lieh sich gleich die *Seltsame Ehe* aus, ein Buch, nachdem sie schon öfters gefragt hatte, das jedoch nie da gewesen war.

Bei der Polizei musste Piri meistens warten, aber sie stand ganz gerne auf dem Gang der Kriminalabteilung und hörte den Diskussionen zu, die durch die dünnen Bürotüren drangen, den Konflikten zwischen den erschöpften und gereizten Ermittlern, lauschte, welche Hoffnungen die vom Komitat geschickten Offiziere hegten und welche Fehlschläge sie hinnehmen mussten. Seit sie sich, gemeinsam mit den anderen Mädchen, die als Prostituierte galten, täglich bei der Polizei melden musste, wusste sie über so gut wie alle geplanten Aktionen Bescheid.

Es war ein verhältnismäßig ruhiger Tag, wobei der kleine Ermittler mit den braunen Haaren, den sie am Morgen aus dem Bus aus Szolnok hatte aussteigen sehen, ungeduldig darauf wartete, dass sein Kollege das Gespräch mit ihr beendete. Auf jeden Fall wusste sie, dass am nächsten Tag erneut große Panik ausbrechen würde, ein Tohuwabohu wie nie zuvor, das nur durch das Verschwinden eines weiteren Mädchens gesteigert werden könnte.

FÜNF

Der abendliche Schnellzug fuhr am Haus von Borbála Karácsonyi vorbei, ratterte über die Theißbrücke, über die Weichen des Rangierbahnhofs von Szajol und vorbei an der Haltestelle Szúr. Als ich die Maisfelder erblickte, wusste ich, dass bald die ersten Häuser von Törökszentmiklós auftauchen würden.

Die Beleuchtung des taubenhausartigen Bahnhofs ging zwar an, aber der Bahnsteig, auf dem Piri als Kind Erfrischungen verkauft hatte, war menschenleer, und in der Kneipe keine Seele. Der Fahrer des einzigen Taxis brachte mich schnell zum kurz zuvor in einen Park umgewandelten Marktplatz und erzählte mir während der Fahrt, dass der Grund für die derzeitige Stille in der Bahnhofskneipe das Gedenken an einen jungen Mann sei; er habe sich am Bahnsteig mit einem Polizisten gestritten, sei aber nicht einmal handgreiflich geworden, es habe nur einen Wortwechsel, eine Diskussion gegeben, und da habe der Polizist seinen Revolver rausgezogen und ihn in den Bauch geschossen, am Tag zuvor habe man den Jungen beerdigt.

Die Unterkunft, zu der mich der Taxifahrer diesmal brachte, war ein Zimmer bei der Witwe des ehemaligen Kinobetreibers; Frau Lukács hatte offenbar schon so viele unterschiedliche Gäste gehabt, dass sie sich über mein Reiseziel nicht wunderte.

«Damals gehörte das einzige Kino im Ort noch uns. Piri ließ ich manchmal umsonst ein, sie war ein nettes Kind, aber Geld hatte sie natürlich nie, und sie liebte das Kino. Das Polizeigebäude steht hinter unserem Haus, nach ihrer Festnahme schrie sie die ganze Nacht, man soll sie heim zu ihrem Sohn lassen: Es war furchtbar mit anzuhören.»

All das erzählte mir die Frau mit einem Lächeln, als ob sie ganz gerührt an einen großen Komiker dachte. In der Gaststätte traf ich das gleiche fröhliche Lächeln noch einmal an, und der Kellner sagte:

«Ja, Piri, natürlich habe ich sie gekannt, sie hat sogar hier getanzt!»

Ich war mit Rózsi Lajkó verabredet, der ich dafür, was ich von ihr über Piri erfahren sollte, sehr dankbar bin.

Das Erste, was sie über sie sagte, war:

«Sie hat die Elevatoren in der Pflugmaschinenfabrik so wunderschön angemalt!»

Rózsi Lajkó war eine Frau mit pockennarbiger Nase, heiserer Stimme und grau melierten, feuerroten Haaren. Sie erzählte, wie sie Piroska Jancsó einmal als Kind gesehen habe, an einem Wintertag, als sie ihr aus der Küche der Geflügelfabrik das Mittagessen nach Hause brachte.

Sie muss ungefähr zwölf Jahre alt gewesen sein und lag in einem Sommerkleidchen unter dem großen, dreckigen Federbett. In der Schüssel daneben war Urin, und der Papierwandschoner hinter ihrem Kopf war vor lauter zerdrückter Wanzen voller brauner Flecken. Sie hielt ein schäbiges Brett mit einem draufgehefteten Blatt Papier in der Hand, auf das sie malte, sie kopierte mit Wasserfarben ein Bild aus einem russischen Märchenbuch.

Im Laufe des Sommers wurde aus Piroska eine «Stadtbekannte». Sie war ein zerbrechliches, dunkelblondes Kind mit graublauen Augen, das am Bahnhof Wasser und Kürbiskerne feilbot. Der erste Vorfall ereignete sich an einem Vormittag, und in der Nacht ging es weiter: Das Mädchen aber floh nicht.

«Manchmal waren sie zu zwanzigst bei mir, aber mir ist nichts passiert.» Sie nahm ihren Korb wieder in die Hand und verkaufte ruhig weiter. Niemand zwang sie dortzubleiben, und doch ging sie selten nach Hause, erzählte sie.

Einmal schlug ihr ein Pferd mit dem Schwanz in die Augen, da blieb sie zwei Tage lang daheim. Oft hielt sie sich wochenlang bei den Soldaten auf.

«Die Züge kamen und gingen, die Truppen rasteten und

zogen weiter: Sie war gerne bei ihnen. Nachts, als die Soldaten dicht nebeneinander, in Decken gewickelt auf dem Bahnhofsboden schliefen, lag sie immer in dem einen oder anderen Haufen bei den Kerlen. Schön tief, verborgen vor dem Licht der Offizierstaschenlampen. Wenn man sie bemerkte und fortschickte, kam sie am nächsten Tag zurück. Die Soldaten schliefen angezogen, aber Piroska war nackt. Bei der Tagwache kroch sie unter den feuchtwarmen Körpern hervor, zog Unterrockhose und Rock an, nieste ein paarmal. Aber das war alles, sonst ging es ihr gut.»

Die aufgehende Sonne, das nach Pferdefutter und Urin riechende Licht der Bahnhofsstationen hoben auch sie aus dem Zwielicht der Tiefebene, genauso wie jeden anderen Gegenstand.

Piri sagte oft, dass ihre erste wirklich schöne Erinnerung ein Bonbon sei, das sie von einem dieser jungen Soldaten bekommen habe. «Es war ein großes Bonbon, das nur langsam alle wurde. Ich habe es im Regal aufbewahrt, und wenn ich Appetit darauf bekam, habe ich es nur kurz in den Mund genommen, eigentlich nur den Staub abgeleckt.» Es muss wirklich ein großes Bonbon gewesen sein, und für Piri war es fast schon die Sonnenscheibe selbst. Allerdings musste es auch für ein ganzes Leben reichen.

Eine andere klare, frühe Erinnerung ist der Glanz ihres eigenen Urins, das heiße Gefühl, das sie verspürte, wenn der Strahl ihre kalte Fingerkuppe berührte. Um sie herum der dunkle, verschneite Schulhof, auf den sie hinausgeschlichen war. In der Klasse wurden Diafilme gezeigt, und die Farben hatten sie erregt, bis ihr schwindelig geworden war. Sie huschte hinaus, um in der Stille des Hofs, im sauberen, gefrorenen Schnee ihr Geschäft zu verrichten. Sie hockte so, dass sie das Licht des Urinstrahls sehen konnte, der sie an die soeben im

Klassenraum erblickte Pracht erinnerte. An den Lichtstrahl, der aus dem Projektor kam und zu wunderschönen Bildern wurde.

Im Herbst, als es am Bahnhof ruhiger wurde, versuchte sie, in die Sowjetunion zu fliehen, kam jedoch nur bis Nyíregyháza. Man brachte sie zur Polizei, und ein Polizist nahm sie zu sich in seine Familie. Dort blieb sie drei Monate, dann floh sie nach Budapest, um per Zug nach Moskau zu kommen, wurde jedoch wieder gefasst. Man brachte sie in ein Kinderheim, unter dem von ihr erfundenen Namen Mária Kovács. Ein Jahr später verriet sie ihren richtigen Namen, woraufhin man sie nach Hause ließ. Zum dritten Mal suchte sie zu Weihnachten das Weite, wieder wollte sie an die sowjetische Grenze gelangen, stieg jedoch aus Versehen in den falschen Zug, musste in Gyoma aussteigen; und wurde wieder in ein Heim gesteckt, von wo aus sie dann nach Hause, nach Törökszentmiklós floh. Von da an hatte sie, mit mal kürzeren, mal mit längeren Unterbrechungen, stets eine Arbeit: Sie pflückte Baumwolle im staatlichen Landwirtschaftsbetrieb in Szenttamás und schliss Federn, schließlich wurde sie Mörtelmischerin auf den Baustellen in Szolnok.

«Später, als sie schon ein großes Mädchen war, habe ich häufiger mit ihr gesprochen. Auch als sie mit Marika Kalocsai zum Czégényhof unterwegs war, haben wir uns getroffen und liefen das Stück gemeinsam. Zu ihr habe ich nichts gesagt, aber Marika habe ich schnell gefragt, ob sie denn nicht Angst hat, zu den Soldaten zu gehen. Sie hat nur gelacht und gesagt, wieso sollte sie denn Angst haben, sie hat da doch einen hübschen Verehrer. Sie wissen ja, dass damals auf dem Czégényhof sowjetische Soldaten gewohnt haben, sie haben die Telefonleitung Budapest–Moskau bewacht. Zu denen waren sie also auf dem Weg.

Beim Hof habe ich mich von ihnen getrennt und bin weiter zum kleinen Wald gelaufen, um Zweige zu sammeln. Auf dem Rückweg habe ich sie wiedergesehen. Sie lagen vor dem Haus auf einer Decke im Gras, jede mit einem Russki. Piri und ihr Verehrer haben geraucht, und als ich an ihnen vorbeiging, habe ich sie lachen gehört. Man sah, dass sie sich gut verstehen. Ich habe mir zwar gedacht, na, die Marika fängt ja früh an, aber mir ist nichts Schlimmes in den Sinn gekommen.

Am Abend tauchte dann Frau Kalocsai bei uns auf, völlig verzweifelt, weil Marika verschwunden war. Ich soll sofort sagen, wo sie ist, denn die Flakks aus ihrer Straße haben gesehen, dass ich zusammen mit ihr und Piros Jancsó zum Czégényhof gegangen bin. Bei den Flakks waren wir zu dritt auf dem Hinweg tatsächlich vorbeigekommen, wir haben sie auch gegrüßt, auch auf dem Rückweg habe ich sie gesehen und sie mich, aber was mit dem Kind passiert war, konnten sie nicht wissen. Auch ich habe Frau Kalocsai nur sagen können, dass Marika auf der Decke lag und guter Laune war. Was dann geschehen ist, weiß ich nicht, das könnte nur Piroska Jancsó sagen, an sie soll sie sich wenden. Ich weiß noch, wie meine Mutter sie fragte: ‹Sagen Sie, kann es nicht sein, dass man das Mädchen in den Viehbrunnen geworfen hat?› Frau Kalocsai hat geantwortet, dass das auch ihre Befürchtung ist, aber wenn sie das gegenüber der Polizei erwähnt und es sich herausstellt, dass es doch nicht die Russkis waren, dann könnte ihr wer weiß was blühen. Sie hat ihrer Tochter so oft gesagt, dass sie nicht zu den Soldaten gehen soll, verprügelt hat sie sie, bis das Nudelholz zerbrach, aber genützt hat es nichts.

Piros habe ich drei Tage später mittags auf der Hauptstraße vorm Fleischerladen Petrás getroffen. Sie hatte einen dreiviertellangen Mantel an, mit großen roten Karos.»

SECHS

Henriett Sóspataki arbeitet im Sommer als Kabinenwärterin; wir unterhalten uns im abendlichen Dämmerlicht des Freibads, während aus dem Becken schon das Wasser abgelassen wird und an dessen Boden ein verschollener Spielzeugeimer auftaucht.

«Nachts, wenn Borbála Dienst hatte, hat sie oft ihren Stuhl vor unsere Tür gestellt, damit ich mich zu schlafen traute. Aber manchmal ist sie natürlich weggegangen, machte ihre Runde im Stockwerk und kontrollierte die anderen Zellen. Leider hat sie immer Pantoffeln getragen. Das ist Vorschrift, in der Nachtschicht müssen die Wärter Filzschuhe tragen, damit die Gefangenen nicht hören, wann sie kommen. Ich habe also nie gewusst, wo sie ist.

In der ersten Woche hat Piri auf der rechten Seite geschlafen, aber dann habe ich sie überredet, mit mir zu tauschen. ‹Sie können nicht auf dem Herzen schlafen, stimmt's?›, fragte sie. Sonst sagte sie nichts und zog ohne ein Wort der Klage um. Sie hat aber gewusst, dass mich bestimmt nicht mein Herz daran hinderte, links mit dem Gesicht zur Wand zu schlafen. Da war sie ganz feinfühlig, sie hat verstanden, dass ich Angst vor ihr hatte. Ich war wirklich ruhiger, als ich mit dem Gesicht zu ihr lag und sie sofort sehen konnte, sobald sie sich rührte.

Tagsüber hatte ich übrigens keine Angst. ‹Seien Sie doch so nett und drehen Sie sich um, damit ich mich waschen kann.› Oder: ‹Ich drehe mich um, und dann können Sie sich waschen.› Sie hat sich jeden Morgen von Kopf bis Fuß gewaschen, dann ihre Unterwäsche, damit sie am nächsten Tag frische hatte. Sie roch auch nie unangenehm.

Zuerst habe ich gar nicht geglaubt, dass sie eine Mörderin ist. Ich habe sie für ein Kulakenmädchen oder eine Nonne gehalten. Also für ein Opfer. Ich habe selbst für jemand anderen gesessen, wegen Veruntreuung von Kollektiveigentum. Mein Chef war Schuster und ich die Tochter eines Obersts, also kam ich hinter Gitter. Ihn hat man da irgendwie herausholen können, und ich habe anderthalb Jahre bekommen. Man hat gesagt, ich als seine Sekretärin hätte einen schlechten Einfluss auf ihn gehabt.

In Szeged war es recht gut. Ich habe in einer Näherei gearbeitet, meine eigenen Kleider getragen, und einmal im Monat durfte mich meine Mutter besuchen. Der Erziehungsoffizier hat sich oft mit mir unterhalten, manchmal sogar Witze erzählt. Er hat wahrscheinlich erfahren, dass mein Vater ein fortschrittlich denkender Mensch war, den man, noch im alten System, zwangsberentet hatte. Deshalb ließ er auch zu, dass ich eine rote Schleife im Haar trage.

Wie Sie wissen, hat man mich im Herbst von dort weggebracht.

An einem Tag im September sind zwei Offiziere vom Sicherheitsdienst gekommen, um mich abzuholen. Sie waren sehr nett, haben mir sogar die Hand gegeben. Sie haben gesagt, es wäre alles in Ordnung, sie wollen mich nur um einen Gefallen bitten. In Szolnok gäbe es eine Gefangene, für die sie eine Zellenmitbewohnerin brauchen. Eine, der sie vertrauen. Ich habe gefragt, wer es ist, da haben sie nur gesagt, dass es sich um eine mehrfache Mörderin handelt.

Es war ein Samstag, ich hatte mich schon am Morgen gefreut, dass am nächsten Tag meine Mutter kommen würde. Aber ich konnte doch nicht nein sagen. Ich habe sie nur gebeten, meiner Mutter Bescheid zu geben, damit sie nicht umsonst käme; das haben sie natürlich vergessen.

Die Fahrt selbst war ganz schön. Man hat mich mit einem Pkw hingebracht und mich sogar gefragt, wo ich sitzen will. Ich sagte, auf jeden Fall vorne, denn wenn ich den Weg nicht sehe, wird mir mulmig zumute. Wobei ich gestehen muss, dass mir auch so ziemlich mulmig war, ich wusste ja gar nicht, was mich erwartet.

In einem Dorf machten wir eine Pause, die beiden Offiziere und der Fahrer aßen zu Mittag. Ich saß im Auto, bei offenem Fenster, vielleicht eine halbe Stunde lang. Ich konnte mich sogar mit dem Ellenbogen aufstützen und das Gesicht hinaushalten. Es war schönes, strahlendes Wetter, und ich sonnte mich zum ersten Mal seit zwölf Monaten. Nach einer Viertelstunde war meine Haut so rot, als wäre ich im Freibad gewesen. Ich habe mich im Spiegel angesehen und kaum wiedererkannt.

Als wir in Szolnok ankamen, verabschiedeten sie sich im Gefängnisbüro so höflich von mir, als wäre ich gar kein Häftling. Borbála sagte mir später auch, wie sehr sie sich wunderte, dass sie mir die Hand gegeben hatten. Sie hatte den Raum in dem Moment betreten und begriff nicht, wie die fünffache Mörderin so einen Respekt genießen konnte – denn sie haben *sie* zur gleichen Zeit erwartet.

Borbála brachte mich in ihre Abteilung, wo sie mir alles abnahm. Den Gürtel, die Schnürsenkel, sogar die kleine Schleife in meinem Haar. Sie hat gesagt, ich solle mich deshalb nicht grämen und es nicht persönlich nehmen. Man würde mich nämlich mit einer Frau zusammensperren, die mich genau mit diesen Bändern, wenn sie sie in die Hand bekäme, erwürgen könnte. Mehr hat sie nicht gesagt, sie hat selbst gar nicht gewusst, wer die andere ist. Sie sagte nur, diese Person würde auch gleich eintreffen, und sie würde nun wieder hinuntergehen, um auf sie zu warten. Sie schloss nicht einmal die Tür hinter sich zu.

Als sie mich da allein gelassen hat, bekam ich es plötzlich

mit der Angst zu tun. Ich war so nervös, dass ich mich nicht mal hinsetzte und nur immerzu auf und ab lief. Als ich gehört habe, dass sich unten wer unterhielt, ging ich auf den Gang hinaus und sah ins Erdgeschoss.

Sie stand dort zwischen den Wärtern, spürte, dass ich sie ansah, und blickte zu mir.

Ihre zierliche kleine Gestalt hab ich sofort wahrgenommen, aber als sie sich mir zuwandte, war ich völlig verwirrt. Sie hatte so ein liebes kleines Gesicht! Sie sah nicht nur gar nicht aus wie eine Mörderin, sie wirkte überhaupt kein bisschen verkommen. Sie hatte ein wirklich reizendes Gesicht, wie ein kleines Mädchen, und die Art, wie sie den Kopf bewegte, das wirkte, wenn man so sagen kann, intelligent und sensibel.

Da kam mir der Gedanke, sie könnte eine Nonne sein, eine inhaftierte Ordensschwester.

Als sie zu mir in die Zelle getreten ist, hat sie scheu den Kopf gesenkt und ‹Guten Abend› gesagt.

Von nahem machte sie den gleichen Eindruck wie zuvor, und sie verhielt sich auch so, als wäre sie nur ein Gast. Sie wartete, dass ich ihr sagte, wohin sie sich setzen, auf welches Bett sie ihre Habseligkeiten legen kann. Das tat ich, sie setzte sich und schnäuzte sich.

‹Verzeihen Sie, ich bin ein bisschen erkältet›, war das Erste, was sie sagte.

Jetzt sah ich schon, dass sie ein einfaches Landmädchen war, aber dadurch kam sie mir noch seltsamer vor. Man merkte ihr eine innere Haltung an und spürte, dass sie hinter ihrer Freundlichkeit ziemlich zurückhaltend war. Wie gesagt, ich war verlegen, aber ich riss mich zusammen und fragte:

‹Wie ruft man dich zu Hause?› – ‹Piri oder Piros. Und wie darf ich Sie nennen?› – ‹Du kannst einfach Tante Marika zu mir sagen.› Das ist mein zweiter Name, den ersten kann ich nicht ausstehen. ‹Und woher kommst du?›, wollte ich wissen. ‹Aus Törökszentmiklós. Wo haben Sie gelebt?› – ‹In Pécs, bei meinen Eltern.› – ‹Sie sind noch nicht verheiratet?› Ich sagte, so sei es. Da meinte sie, sie sei auch nicht verheiratet, aber sie habe zwei Kinder. Einen Jungen mit anderthalb und ein Mädchen mit vier Jahren. ‹Und warum hat man dich hergebracht?› – ‹Wegen einer Freundin.› – ‹Was hat deine Freundin denn gemacht?› – ‹Seien Sie mir nicht böse, aber jetzt habe ich nicht die Kraft, darüber zu sprechen. Vielleicht ein bisschen später, wenn ich mich beruhigt habe.›

Wir haben eine Menge Bücher bekommen und uns damit in den ersten Tagen die Zeit vertrieben. Am liebsten hatte sie, wenn ich ihr vorlas. Ich war schon fast am Ende der *Seltsamen Ehe*, als sie mich einmal unterbrach, ich weiß noch, sie hat mich gefragt, ob ich ängstlich bin, sie möchte mir nämlich etwas Gruseliges erzählen. Es dämmerte schon, also sagte ich zu ihr: ‹Pirilein, lieber morgen.› Am nächsten Tag erzählte sie mir, dass sie eine Freundin hatte, die das und jenes getan habe, und dass sie wegen ihr auch hier wäre, da sie davon wusste. Ich fragte: ‹Wie hat sie nur so etwas tun können?› Sie sagte: ‹Glauben Sie mir bitte, ich verstehe es auch nicht. Wenn sie krank war, warum hat sie mich dann nicht auch umgebracht? Aber sie hat mir nicht nur nichts getan, sie hat mir sogar noch geholfen, Mischa zu besuchen.› Sie behauptete nun, sie sei nur im Gefängnis, weil das andere Mädchen das Mittel, das sie in den Wodka tat, um ihre Opfer zu betäuben, von ihr bekommen hat. Ich habe natürlich gewusst, dass sie es selbst war, habe aber nichts gesagt, sollte sie doch an der Geschichte festhalten, wenn es sie erleichterte. Sie hat ja von sich selbst gesprochen, ein Bild ihrer eigenen Sünde gemalt. Auf jeden Fall war sie mir dankbar, dass ich ihr glaubte und sie nicht als Lügnerin bloßstellte. Als man sie nach Budapest brachte, gab sie mir einen Kuss auf die Wange und sagte zum Abschied, sie würde, wenn sie zurückkäme, nur mit mir eine Zelle teilen wollen.

Als sie dann zurückkam, hat sie sich nach mir erkundigt, aber man hat ihr erzählt, ich sei nicht mehr da, ich wäre entlassen worden und lasse sie grüßen. Sie hat es aber nicht geglaubt. An dem Nachmittag gab es auch keinen Hofgang mehr, man schlug schon den Pfahl ein. Wir haben nicht mal den Kübel leeren dürfen. Ich habe versucht zu schlafen, aber wir hatten eine furchtbare Nacht. Bis zum Morgen schrie sie: ‹Mein Misi, meine kleine Tochter! Tante Marika, hören Sie mich?› Natürlich habe ich es gehört, die Arme hat ja so gebrüllt, es war zum Verrücktwerden. Erst in den Morgenstunden wurde sie still, man hat ihr Beruhigungsmittel gegeben, wie ich später erfahren habe. Irgendeine Spritze, von der sie nicht nur ruhig, sondern beinah fröhlich geworden ist. Als man sie hinausführte, hat sie dem Offizier die Hand geküsst, irgendeinem Hauptmann, der ihr versprochen hat, dafür zu sorgen, dass es Misi und Piroska gut ergehen wird. Ob er sein Versprechen gehalten hat, das weiß nur der liebe Gott.

So ist Piri also gegangen, und mich hat man nach Szeged zurückgebracht, wo ich kurz nach Weihnachten entlassen wurde. Das ist mehr als fünfzehn Jahre her, aber noch heute schrecke ich manchmal nachts auf, weil ich von ihr geträumt habe. Allein schon deshalb ist es gut, jetzt darüber zu sprechen, vielleicht hat mich das ein bisschen erleichtert.»

Das Eingangstor des Gefängnisses von Szolnok liegt in einer stillen Straße, und sein großer Messingtürgriff erweckt einen freundlichen Eindruck, als gehöre er zu einem alten Handwerkerhaus. Es war ein Sommertag, als man mir das Gebäude zeigte, im Erdgeschoss wurden gerade die Wände getüncht, die Todeszelle strahlte bereits wie ein Hühnerstall. In der Frauenabteilung in der dritten Etage hatte man die Arbeiten schon beendet, in der einen Zelle, die ich mir öffnen ließ, saß eine einsame Frau, die sofort aufstand, als ich eintrat.

Der Besucher gelangt durch den Kultursaal, der auch für die Besuchsstunden genutzt wird, auf den Nordhof. Dieser ist so groß wie ein Volleyballfeld, und tatsächlich spielen die Häftlinge hier manchmal. Sie betreten ihn jedoch durch die Eisentür am Ende des Ganges. Der Galgen wird nahe bei dieser Tür aufgestellt, und der Tisch für den Staatsanwalt und die Richter steht ungefähr dort, wo sonst das Netz gespannt ist; das Publikum – wenn es eines gibt – steht u-förmig auf dem Betonweg, der den Hof umgibt.

SIEBEN

Borbála Karácsonyi, die ehemalige Bereichsleiterin des Gefängnisses von Szolnok, wohnt neben dem Bahndamm in einem Haus mit kleinem Garten. Über dem Doppelbett – in dessen einer Hälfte Borbálas Schwester schläft – hängt ein goldgerahmtes Herz-Jesu-Bild, auf dem Schrank liegen Äpfel. Borbála ist eine hagere Frau, deren Bewegungen verraten, dass sie einst Uniform getragen hat; ihre Härte ist jedoch eher die einer Frau aus verarmtem Adel, die absichtlich nicht geheiratet hat. Ihre stechend blauen Augen werden bei der Erwähnung des Namens Piroska Jancsó ein wenig sanfter.

«Sie haben ja einen weiten Fußweg wegen dem Mädchen auf sich genommen!»

Sie schüttelt den Kopf, aber es ist ihr anzusehen, dass sie nicht überrascht ist, wenn sich ein Mann immer noch für Piroska interessiert.

Sie holt einen Teller Pogatschen aus dem Küchenbuffet und bietet sie mir an.

«Was könnte ich Ihnen denn schon erzählen?»

Ich nicke verständnisvoll.

«Ich verstehe. Aber mich interessieren auch unbedeutende Kleinigkeiten.»

Piroska Jancsó wurde am 29. September 1954 für aus niederträchtigem Grund verübten, besonders grausamen fünffachen Mord, einen Mordversuch, fünffachen Raub und einmaligen Diebstahl für schuldig befunden. Die Frage, was das Besondere an ihr war, ist aber dennoch keineswegs absurd. Man hat den Eindruck, als wäre Piroska weniger ein Mensch als ein lieblich plätschernder Bach gewesen, in dem leider beim Bootfahren fünf Schulkinder ertrunken sind. Ich frage in einem mehr einsichtigen als bittenden Ton:

«Allein schon irgendetwas über sie zu sagen ist also schwer?»

Borbála sitzt mir mit geschlossenen Knien und geradem, etwas steifem Rücken gegenüber, nickt jedoch freundlich.

«Sie war ein kleines, scheues Ding, kein Allerweltsmensch, nein, noch weniger als das. Sie hatte nicht das Auftreten eines jungen Mädchens. Eigentlich hätte sie ein hübsches, gewinnendes Gesicht gehabt, ihre Figur war feingliedrig, zerbrechlich. Aber sie war nun einmal ängstlich und täppisch.»

Sie drückt sich ohne böse Absicht so herablassend aus.

«Ich habe ihre Sachen jahrelang in meinem Schreibtisch aufbewahrt. Viel war es nicht: einige Zeichnungen und so etwas wie Gedichte; im Frühjahr habe ich dann alles verbrannt.»

Sie zieht die Schreibtischschublade auf, schiebt sie wieder zurück.

«Ich glaube nicht, dass etwas Interessantes für Sie dabei gewesen wäre. Was soll an ihren Sachen schon besonders gewesen sein? Wo doch schon so schwer ist, etwas über sie selbst zu sagen.

Als man sie das erste Mal zu uns gebracht hat, weil sie herumstreunte, ist sie ungefähr fünfzehn gewesen. Sie hat die Vorschriften eingehalten, sich immer schön gewaschen und gekämmt, war nur ständig hungrig. Sie war nicht lange da, und ich habe sie bald vergessen. Als sie zum zweiten Mal zu uns kam, hat *sie mich* gefragt: ‹Erkennen Sie mich denn gar nicht?› Ich habe sie gefragt, was denn passiert ist. Darauf sie: ‹Mich hat es ein bisschen hinausgetrieben, Sie wissen ja, wie meine Mutter ist.› Damals hatte sie schon die Tochter, die war im Heim, und als sie jetzt zu uns kam, war sie wieder schwanger. Ich habe sie nach Budapest begleitet, in die Szőlőstraße, natürlich war ich in Zivil, das ist Vorschrift, wenn man mit Minderjährigen unterwegs ist. Wir sind mit dem Zug gefahren, vielleicht war es der Nachtzug, aber am Westbahnhof hat schon der Gefangenenwagen auf uns gewartet. Im Heim habe ich dann darum gebeten, dass man sie gut behandelt, denn sie war immer ein braves Kind. Sie hat mir wirklich leidgetan, und sie hat mich auch gemocht: Zum Abschied hat sie mir sogar die Hand geküsst. Misi wurde in Budapest geboren, und nach der Geburt hat man sie und das Kind nach Hause gelassen.

Ungefähr anderthalb Jahre später, im Herbst 54, kam sie zum dritten Mal. Uns wurde bloß gesagt, dass eine fünffache Mörderin käme, sonst nichts. Es herrschte natürlich Alarmbereitschaft, auch ich bin auf den Hof, um sie zu erwarten. Endlich kam das Auto und blieb in der Einfahrt stehen. Die

Tür ging auf, und da war sie es. Ich habe es nicht glauben wollen. ‹Du bist es, Pirilein?›, habe ich gefragt. Sie war schon ein großes Mädchen, fast zwanzig, aber sie errötete wie ein Kind. ‹Ich, Frau Aufseherin …›

Ich hatte sie erst im August gesehen, draußen. Ich habe mittags gewaschen, vor dem Haus unter meinem Apfelbaum, und da höre ich, wie mir jemand vom Bahndamm her zuruft. Sie hat auf der Treppe vom Zug gestanden, gewinkt und gerufen, ich soll ihr einen Apfel rüberwerfen. Sie machte eine Geste, dass sie ihn schon fangen würde. Ich bin schnell näher hin, aber da ging das Signal schon auf Fahrt, der Zug fuhr los und sie mit ihm.

Vier Wochen blieb sie in meinem Bereich, in der Zelle Nummer 74, der, die Sie sich angesehen haben. Man hatte für sie eine Mitinsassin aus Szeged bringen lassen, sie hieß Henriett Sóspataki, eine große, starke Frau. Sie hatte sie immer genau im Auge: ‹Kriech nicht unter die Decke, lass die Hände draußen›, hat sie zu ihr gesagt, damit sie sich nichts antat. Aber auch da benahm sie sich gut, bloß schlafen konnte sie nicht. Wenn man nachts das Licht anmachte, lag sie immer mit offenen Augen da.

Zur Verhandlung fuhren wir mit einem Jeep ohne Dach, Piri hat zwischen mir und einem Gefängniswärter gesessen. Am Tor wurde sie von einer Menschenmenge erwartet, man fluchte auf sie, beschimpfte sie. Aber Piri hat nicht den Hals eingezogen, im Gegenteil, sie hat sich hinausgebeugt und denen die Zunge herausgestreckt. Sie können sich vorstellen, was da los war! Die Leute haben den Polizeikordon durchbrochen, da hat der Fahrer den Kopf verloren und ist vor lauter Aufregung gegen die Torschranke gefahren. Es hat uns so nach vorne gerissen, dass ich mir die Knie aufgeschürft habe.

Ich bin nur bis Mittag bei der Verhandlung geblieben, bis dahin hat sie sich ordentlich benommen, die Fragen genau beantwortet, und auch in der Pause war sie ruhig. Am späten Abend war das Todesurteil schon ausgesprochen.

Als ich sie am nächsten Tag in der Zelle besuchte, hat sie gemeint, sie wäre zuversichtlich, ‹Man wird mich schon begnadigen›. Sie hat mehrmals wiederholt, dass man sie ja bestimmt nicht hängen werde, und mich nach meiner Meinung gefragt. Natürlich habe ich nicht widersprochen, ich hielt es für besser, sie nicht aufzuregen. Ich habe gesagt, ‹Wir werden sehen, verlier die Zuversicht nicht›. Auch als sie zur Berufung nach Budapest fuhr, war sie ruhig. Die Verhandlung fand am Obersten Gericht statt, dort war sie wochenlang, und während dieser Zeit haben wir nichts von ihr gewusst.

Eines Tages, es war ein Samstag, schon im Dezember, sagte der Kommandant am Morgen zu mir, ‹Borbála, leider können Sie heute nicht nach Hause gehen, Sie müssen heute Nacht hierbleiben, wir bekommen nämlich einen Gast aus Budapest›. Sein Lächeln verriet mir sofort: Es muss Piri sein. Mittags kam dann der Gefangenenwagen. Ich habe sie in Empfang genommen, und wir haben sie in die Zelle im Erdgeschoss gebracht. Ich habe sie durchsucht, aber nur Kuchenrezepte und Schlagertexte gefunden. Die hat sie bestimmt von ihren Zellengenossinnen gelernt oder aus irgendeinem Buch herausgeschrieben.

Nachmittag um vier Uhr teilte man ihr mit, dass das Urteil am nächsten Tag vollstreckt würde, und wenn sie einen Wunsch habe, so werde man ihr diesen erfüllen. Sie wurde ganz blass, machte aber keinen Zirkus. Sie hat gesagt, sie möchte ihren Sohn sehen, nichts anderes interessiert sie, nur Misilein soll man zu ihr bringen, dann sei alles in Ordnung. Man hat es ihr versprochen, aber nicht erfüllen können.

Es stimmt zwar, dass man erst ziemlich spät mit der Suche begonnen hat, so gegen halb sieben, aber immerhin hat man es versucht und sie nicht angelogen. Der Genosse Kommandant hat bei verschiedenen Stellen angerufen: Zuerst das Rathaus in Törökszentmiklós, dort hat man ihm gesagt, man solle es in Szapár versuchen, das Kind müsste dort im Heim sein. Er rief an, aber leider war es nicht dort. Und Piri hat so sehr auf ihn gewartet, je mehr Zeit verging, desto aufgewühlter war sie.

Um acht Uhr hat man sie gefragt, was sie essen möchte, aber sie sagte, sie habe keinen Appetit. Später hat sie mich dann doch gebeten, ihr irgendeine Süßigkeit, Kekse und Bonbons zu bringen, damit sie etwas für Misi hat. Es war gerade sehr viel Betrieb, der Laden zum Bersten voll, da war es egal, dass ich eine Uniform trug, alles drängte und drängelte. Schließlich ist es mir gelungen, hundert Gramm Bonbons und Kekse zu kaufen, ich ging zurück und brachte es ihr in die Zelle. Sie rührte nichts an, hob es für das Kind auf. Nur zu mir sagte sie, ich solle mich bedienen.

Sie hat bis morgens um drei gewartet und dann eingesehen, dass Misi nicht mehr kommen würde. Sie legte sich auf die Pritsche, ich saß, den Revolver in der Tasche, wach auf dem Stuhl. Das Licht hat natürlich die ganze Nacht über gebrannt. Es ist sehr kalt gewesen, aber ich habe fünf Decken über sie gelegt, normalerweise hätte sie bestimmt nicht gefroren. Jetzt war es auch eher die Angst, die sie schaudern ließ. Sie legte sich nicht hin, saß nur und rupfte ihr kurzes Haar, hat immer wieder etwas herausgerissen, am Morgen war es ganz licht. ‹Ich hasse mich! Wie konnte ich so etwas tun?› – ‹Pirilein, warum hast du es denn getan? Wie lange hättest du es für sie noch gemacht?› – ‹Bis hundert!›

Morgens um fünf war ich selbst schon so erschöpft, dass

ich sie allein lassen, etwas essen und ein bisschen schlafen musste. Ich glaube, Kálmán Holocsy löste mich ab.

Als ich am Morgen aufstand, war der Kultursaal voller Menschen: Die Polizei hat sie mit dem Lastwagen aus Törökszentmiklós gebracht. Manche waren in Festtagskleidung gekommen, wie sie sich für die Messe angezogen hätten, manche trugen einfache Sachen, manche waren so gekleidet, wie man sie zu Hause gerade angetroffen hatte, sie waren gedrängt worden, mitzukommen: So viele Leute wie möglich sollten bezeugen, dass die Hinrichtung stattgefunden hat.

Als ich zu ihr kam, hat Piri schon am Tisch gesessen. Sie ließ den Kopf hängen, und die Haare, die ihr noch geblieben sind, hingen ins Gesicht. Es war ein erbärmlicher Anblick. ‹Pirilein, wasch dich doch wenigstens, so darfst du nicht aussehen›, habe ich zu ihr gesagt. Sie ist aufgestanden, ich habe ihr Wasser eingegossen, sie hat Hände, Gesicht und Hals abgespült, aber die Seife nicht angefasst. Ich bin mit ihr zum Fenster, habe sie gekämmt, den Kamm sogar feucht gemacht, damit sie ein bisschen nach etwas aussieht. Inzwischen kam der Genosse Kommandant herein, um zu sehen, ob alles in Ordnung ist. Er hat gefragt, ob die Verurteilte einen Schnaps trinken möchte, jeder, der gehängt wird, bekommt vorher einen Stamper, sagte er, aber Piri schüttelte den Kopf. Sie wurde beinah ruhig, hat sich hingesetzt, die Ellenbogen auf den Tisch gestützt, hat den Kopf in die Hände gelegt und gewartet, bis man sie abholte. Der Genosse Kommandant hat die Tür geöffnet und sie freundlich aufgefordert: ‹Gehen wir, Piroska.›

Sie wurde von Holocsy und Peszeky hinausgeführt, richtig festgehalten haben sie sie, aber das wäre gar nicht notwendig gewesen, sie hat sich aufrecht gehalten und ist ordentlich gelaufen. Ich bin hinter ihnen gegangen. Sie trug eine Hose, eine Bluse und ein Jäckchen. Die Eisentür stand inzwischen offen, auf dem Hof war alles vorbereitet, das Gericht, der Henker und seine Gehilfen waren da, und auf dem Weg um den Hof unsere Gäste. Als ich hinaustrat, spürte ich sofort die beißende Kälte, es war eisiges, klares, windstilles Wetter. Die Sonne schien.»

«Die zum Hof führende Eisentür des mehrstöckigen Gefängnisgebäudes öffnet sich mit einem kalten Quietschen», schreibt der Berichterstatter von damals. «Wenige Augenblicke, und die Menschen tuscheln vor Entsetzen: ‹Sie lacht, das Ungeheuer lacht sogar jetzt noch!› – ‹Sie hat ja schon nach der Verkündung des Todesurteils gesagt: Selbst wenn ich unter dem Galgen stehe, werde ich die Welt auslachen!› – ‹Aber sie steckt ihre ganze Selbstbeherrschung vergebens in dieses letzte Lächeln, um allen zu zeigen, wie standhaft sie sei. Hier kann man niemandem Sand in die Augen streuen.›»

Doch genau das ist es, was die Menschen beschäftigt, die auf dem sonnigen Hof stehen.

Frau Kalocsai ist auch an diesem Sonntagvormittag schön wie ein Erntekranz. Sie ist zwar nicht mehr ganz frisch geflochten, aber sie wird auch in zehn Jahren noch schön sein. Ihr Gesicht wird mit den Jahren immer mehr zu einem Gebet. Ihr Mann ist schlaksig, trägt einen Burberry-Anzug, den er einem Trauerhaus abgekauft hat und der offenbar schon ein bisschen Feldarbeit hinter sich hat, darunter ein Wollhemd. Seine Haltung ist linkisch, wie die eines Tagelöhners, den man auf eine Hochzeit eingeladen hat und der sich immer nur umsieht, ob es irgendwo einen schweren Schrank oder Tisch gibt, der weggeschoben werden muss. Sie stehen ihr am nächsten, an dem Ende des Flurs neben der Eisentür. Neben ihnen Pintérs aus ihrer Straße, daneben die zur Verwandtschaft gehörende Familie Pavelka. Betuchtere, schwarz gekleidete Bauern. Abweisende Gesichter, vor allem das von János Pintér. Sie sind überzeugt, getäuscht zu werden.

Auf der Seite gegenüber stehen Imre Sütő und seine Frau. Der kleine, unrasierte Mann ist der einzige, dem es eine Genugtuung verschafft, mit dem Auto abgeholt und hierhergebracht worden zu sein. Die Hinrichtung ist für ihn eine Sensation. Frau Sütő, noch kleiner als er, dreht ihren kleinen Vogelkopf hin und her. Sie interessiert sich vor allem für die Anwesenden. Für das bessere Volk, zum Beispiel die Pintérs, mit denen sie durch den Schicksalsschlag in eine Gemeinschaft geraten ist.

Gyula Dobos steht gegenüber der Eisentür. Er ist erst vor kurzem aus der Nervenklinik entlassen worden, aber die Polizei hat keine Rücksicht auf seinen Zustand genommen. Bei der Beerdigung wollte er sich unter keinen Umständen neben den Sarg stellen, hat nicht anerkennen wollen, dass seine Tochter darin liegen soll. Auch jetzt glaubt er nicht, dass der wahre Täter gehängt wird, und dennoch ist er ohne Widerrede auf den Lastwagen gestiegen. Er sieht aufmerksam zu, obwohl er seine Anwesenheit als ganz unangebracht empfindet. Deshalb nimmt er alles mit mikroskopischer Genauigkeit wahr.

Die Ermittler stehen in einer gesonderten Gruppe hinter dem Richtertisch. Sie wissen, dass sie in diesem Fall versagt haben; was sie nicht wissen, ist, dass Hauptmann Lázár aus Budapest über ihr Versagen Bericht erstatten wird. Der große, braunhaarige, elegant gekleidete Offizier – der den Eindruck macht, als stünde quer über seine auffallend modernen Sonnenbrille geschrieben, dass er hier als Einziger einen Doktortitel trägt – ist erst nach der Festnahme nach Szolnok gekommen, um die Vernehmung der Angeschuldigten durchzuführen. Das ist auch nicht einfach gewesen (das sowjetische Militär musste miteinbezogen werden), aber Lázár hat ja keine Ahnung von dem Sommer in Törökszentmiklós, als sie alle wochenlang nicht mehr geschlafen hatten!

«Man ergreift sie schnell, damit auch für sie, das menschliche Untier, der letzte Akt kurz und schonungsvoll verläuft, es sieht aus, als würde sie sich weigern: ‹Lasst mich! Ich mache das schon allein!›, hätte es wohl bedeutet, wenn sie die Bewegung ihres schön gekämmten Kopfes in Worte hätte übersetzen können.

Aber sprechen kann sie nicht mehr ...»

Um zehn Uhr fünfzehn wendet sich Frau Kalocsai plötzlich um, andere blicken zu Boden. Der Staatsanwalt sieht auf seine Taschenuhr, die auf dem Tisch liegt. Als er aufblickt, hat man ihr bereits einen Sack über den Kopf gezogen und die Bluse aufgeknöpft. Die beiden Ärzte gehen mit dem Phonendoskop zum Galgen. Sie legen es an ihre Brust und lauschen. Das Herz schlägt noch. Sie gehen zurück zum Richtertisch.

ACHT

Am Abend, während die Verurteilte auf ihren Sohn wartete, spazierten der kleine Hindu, der die Todesstrafe beantragt hatte, und der andere, Großnase, der bei der Verhandlung die Einzelheiten auf Latein vorgetragen hatte, zu zweit am Theißufer. Sie gingen am eisstarren Strand des Freibads vorbei, wo in der Stille zu hören war, wie die Eiszapfen von den Duschköpfen brachen, und bogen in die Straße ein, in der sich das Kinderheim befand. Im Gebäude war es dunkel, in den Schlafsälen wurde um neun Uhr das Licht gelöscht. Um diese Uhrzeit klingelte höchstens noch die Polizei, wenn sie einen flüchtigen Heimbewohner zurückbrachte. Im Winter kam das jedoch nur selten vor.

Großnase, wie Piroska Dr. Endre Kelemen nannte, ist seitdem verstorben, ebenso wie die beiden anderen Gerichtsärzte: Dr. László Balassa und Dr. József Nyírő. Der Mann, dem sie den Namen «kleiner Hindu» gegeben hatte, ist höflich, aber wortkarg, von ihm erfahre ich wenig. Eine seltsame Sache erzählt er mir dennoch:

«Am nächsten Morgen haben Kelemen und ich in einer Konditorei Kaffee getrunken. Fragen Sie mich nicht nach dem Namen, ich weiß nur noch, dass außer dem Kronleuchter alles schäbig war. Eine Lampe bemerkt man ja morgens selten, nur an Orten, wo man sie auch tagsüber brennen lassen muss. Hier brannte sie aber nicht, es fehlten sogar die Glühbirnen, trotzdem ist sie mir sofort aufgefallen. Es war ein schönes Stück, ich glaube, ein venezianischer Kronleuchter. Klein, aber außerordentlich fein gearbeitet. Keine Ahnung, wie er dort hingekommen war, auf jeden Fall hing er über unserem Tisch.

Kelemen hat die Täterin für ein kluges Mädchen gehalten, das die damalige Schulpolitik sogar zur Universität zugelassen hätte. Sie hat wirklich viel gelesen, geschickt gezeichnet, hat gemalt und verblüffend schöne Gedichte geschrieben. Sie gehörte zu der Altersgruppe, die man, nach Kelemens Ansicht, in die Schule trieb wie die Bauern in die LPGs. Im ersten Moment hörte sich das plausibel an, aber Piri war gar kein Bauernmädchen, sie gehörte zum Lumpenproletariat, und die haben es höchstens bis ins Eisenhüttenkombinat nach Dunapentele geschafft. Haben statt Diplom ein Aktivistenabzeichen bekommen. Und natürlich Forint. Aber Piri hat das kaltgelassen. Sie hat oft gesagt, dass Geld sie nie interessiert hat, und so war sie wirklich, auch in Bezug auf gesellschaftlichen Status. Bei ihr regte sich nur dann etwas, wenn man von ihren Kindern sprach. Sonst mochte sie nur die sowjetischen Soldaten.

Mich als Staatsanwalt hat ihre Entschlossenheit erstaunt. Es kam vor, dass sie während der Verhandlung plötzlich auflachte. Wenn ihre Mutter dümmliche Antworten gab, hielt Piri die Hand vors Gesicht und kicherte über sie. Wenn sie eine neue Version der Ereignisse vortrug und man ihr das Protokoll ihrer vorherigen Aussage hinlegte, stieß sie es empört weg und sagte: ‹Ist mir egal, ich habe die Nase voll von dieser Sache.› Zum Schluss, als das Urteil verkündet wurde, sagte sie nur: ‹Ist auch besser so, da hat dieser Zirkus endlich ein Ende.›

Auch bei der Hinrichtung zeigte sie Härte. Kleine Angstreflexe bemerkten nur die beiden Wärter. Bevor sie sie losließen, zog sie deren Arme plötzlich an sich, damit sie sie nicht den Henkersknechten übergeben konnten. Wir haben das gar nicht bemerkt, sie haben es uns nachher erzählt.

Ihr Herz hat noch durchschnittlich lange geschlagen, etwa elf Minuten, das ist nicht wenig, aber auch nicht besonders lang, es kommt vor, dass noch eine halbe Stunde lang Herztätigkeit festgestellt wird.

Auf dem Seziertisch sah sie überwältigend schön aus, vollkommen proportioniert, im Gefängnis hatte sie genau das zugenommen, was ihr gefehlt hatte. In medizinischer Hinsicht interessante Veränderungen haben die Ärzte nicht feststellen können.

Wir, die aus Budapest kamen, sind am Nachmittag zurückgefahren, mit Ausnahme des Henkers, der seinen Lohn erst am Abend bekommen konnte, weil der im Gefängnis Zuständige vergessen hatte, es sich am Samstag auszahlen zu lassen. Hier bei den Papieren finden Sie übrigens auch die Abrechnung: ‹Beim Vollzug der Todesstrafe von Piroska Jancsó am 12. Dezember 1954 sind Kosten in Höhe von 226,50 Forint entstanden. Diese Summe habe ich dem Scharfrichter und seinen Gehilfen ausgezahlt.

Szolnok, 13. Dezember. Géza Garai, Sachbearbeiter.›»

NEUN

Einen Hospizbereich für Frauen gibt es nur im Gefängnis von Zalaegerszeg: Hierher bringt man die betagten, zu fünfzehn oder zwanzig Jahren verurteilten, unheilbar kranken Häftlinge aus dem gesamten Land. Nach dem in Kalocsa verbrachten Jahrzehnt ist nun auch die Mutter von Piroska Jancsó hier.

Der Raum ist groß, sauber und sieht gar nicht wie ein Krankensaal aus. Der geschliffene Boden, die Eisenbetten mit den Strohsäcken erinnern an die Mannschaftsstuben früherer Kasernen. An den Wänden hängen schneeweiße Beutel: die Brotsäcke der Insassinnen. Weder Gestank noch der Geruch von Medizin herrscht hier vor, und in dieser neutralen Stille liegen zwölf Mörderinnen. Die meisten von ihnen haben ihren Mann umgebracht, wozu sie, Frauen vom Dorf, eine Wagenleiste, ein Ortscheit oder eine Axt verwendet haben.

Borbála Jancsó ist seit vier Jahren hier. Sie bekommt eine Bettpfanne; ein paarmal zog sie sich, als sie aufstand, um ihre Notdurft zu verrichten, eine Lungenentzündung zu. Sie erlitt zehn Lungenentzündungen und drei Schlaganfälle, der Arzt meinte, sie habe höchstens einige Monate zu leben.

Vor meinem Besuch habe ich in der Nähe des in Schönbrunner Gelb gestrichenen, an ein Komitatshaus erinnernden

Gefängnisses in einem Süßwarenladen eine große Schachtel Pralinen gekauft. Aus den Prozessakten weiß ich, dass Borbála Jancsó ihr Gehalt oft in der Konditorei ließ.

Als ich an ihr Bett herantrete, wirkt sie erschrocken, ich beuge mich über sie, über ihre Arme, die sie schützend vor sich hält, um ihr einen Kuss auf die Wange zu geben. Sie bricht in Tränen aus und betrachtet verdutzt die glänzende Schachtel in ihren Händen. Ich helfe ihr beim Auspacken, entferne das Silberpapier von den Pralinen. Während sie isst, strahlt ihr Gesicht vor Verzückung, ab und zu streichelt sie mich mit ihrem Blick.

«Meine Tochter hat mich hierhergebracht», sagt sie zahnlos und wischt sich langsam und behutsam den Likör vom Kinn. «Dabei war sie so ein gescheites, hübsches Mädchen ...»

Sie zuckt leicht die Schultern und betrachtet lange und versonnen die Bettdecke. Ein verklärter Blick, als hätte man sie gerade aus der Streckfolter geholt.

Ich frage sie nach der Kindheit ihrer Tochter, aber Borbálas Erinnerung muss erst den durch den Abstand von dreißig Jahren und drei Schlaganfällen entstandenen Nebel durchbrechen. Trotzdem erfahre ich allmählich von ihr, dass sie Piroska im Winter 1934 auf dem Heuboden eines Bauernhauses an der Straße Nummer 3 geboren hat. Bei einem anderen Haus, wohin sie sich verdingte, wohnten sie im Stall, bei einem dritten in der Scheune. Ja, sie seien sehr arm gewesen, wobei Piris Vater, Géza Ladányi, vierzig Morgen Land besessen habe. Er habe jedoch nicht mal ihren Gruß erwidert. Er sei kein guter Mensch gewesen, und er habe sich vor seiner Frau gefürchtet.

«Dabei hat die nur behinderte Kinder geboren! Krüppel, die sich mit den Händen über den Boden gezogen haben. Die konnten nicht laufen, sind nur herumgekrochen, die sind gehüpft wie die Frösche.» Borbála führt mit den Händen auf der Hospizdecke vor, wie sich die Kinder bewegten.

Piri hingegen war schön, und obwohl sie calvinistisch getauft wurde, waren die Nonnen damit einverstanden, dass sie die Grundschule bei ihnen besuchte.

«Sie war calvinistisch, wie die Tochter eines Großbauern … Das war wegen dem Glauben von ihrem Vater …»

Dennoch wollte ihr Vater sie nie sehen: Wenn er sie erblickte, wechselte er sogar die Straßenseite.

Aber eines Tages, es war ein Sonntagmittag, und Piri hatte von den Nonnen gerade neue Kleidung bekommen, suchten sie Géza Ladányis Mutter auf. Ein Besuch bei der Großmutter. Sie war überrascht, sie bat sie nicht hinein, man unterhielt sich nur auf der Veranda. Aber sie wies sie zumindest nicht ab. Sie schnitt Hyazinthen, band sie zu einem großen Strauß und schenkte ihn ihnen. Sie hätte natürlich nie gesagt, dass sie ihn ihrer Enkelin schenkte, aber immerhin gab sie ihnen den Strauß; eine Anerkennung, dass das Mädchen hübsch war. Sie merkte sogar an, dass ihr Piris Kleider gefielen, nur der Rock gehörte etwas gekürzt.

«Da habe ich mir gedacht: Das könnte ja ruhig sie machen, ich habe ihre Nähmaschine im Fenster stehen sehen. Dann sind wir gegangen, und sie hat uns drei Tage später ausrichten lassen, dass sie uns nicht böse ist, aber wir sollten sie trotzdem nicht mehr besuchen. Das haben wir auch nicht gemacht, aber manchmal hat sie uns noch Mehl und Fett geschickt.»

Borbála hängt wieder ihren Gedanken nach, wobei ich nicht den Eindruck habe, dass sie mich vergisst, denn sie hält während der ganzen Zeit meine Hand, und manchmal sieht sie mich auch an. Wenn sie nachdenkt, starrt sie meist zur Decke. Ohne aufzublicken sagt sie, zuerst lebhaft, doch dann plötzlich verzagt, dass sie sich jetzt erinnere, es sei der Namenstag der Maria gewesen, Piri habe den Hyazinthenstrauß am Namenstag Mariä bekommen.

«Und sehen Sie, trotzdem ist das aus ihr geworden! Eine Soldatenhure. Sie sagen, dass sie allein zwei Marias zu ihnen gelockt und ausgelöscht hat, wie kann man nur so böse sein! Leider», flüstert sie und steckt sich langsam, behutsam eine weitere Praline in den Mund. «Wer kann etwas dafür?»

ZEHN

Das Mädchen, das mich im Gemeinschaftsraum des Schülerwohnheims erwartet, trägt einen Schulkittel mit weißem Kragen, erinnert aber eher an ein Bauernmädchen von einem Einödhof als an eine Gymnasiastin. Sie ist nicht groß, hat dunkelblonde, aufwändig frisierte Haare und hellgrüne Augen und ist bestrebt, ihren Bewegungen etwas Damenhaftes zu verleihen. Sie ist wie die Mädchengestalt in einem Stummfilm, von der man nicht mehr weiß, ob sie eine Dienerin oder eine junge Dame spielt. Sie ist auf dem Dorf, in einem heruntergekommenen und dabei überbelegten Schloss aufgewachsen: in einem staatlichen Kinderheim. Von dort kam sie ins Gymnasium nach Z., da sie sich stets zu benehmen wusste und sich durch einen, verglichen mit den anderen, auffallend wachen Verstand auszeichnete. Hier sind ihre schulischen Leistungen eher schwach; von ihren Erzieherinnen erfahre ich, dass sie sich in ihrer Freizeit am liebsten mit Handarbeit beschäftigt.

Sie wundert sich nicht, dass ich mich gerade mit ihr unterhalten will. Sie versteht, dass sich Journalisten für das Schicksal von Heimkindern interessieren. Dennoch distanziert sie sich unwillkürlich von ihnen, sie spricht als Außenstehende, in dritter Person über sie:

«Es stimmt schon», sagt sie, «dass die meisten von ihnen einen Beruf erlernen. Es sind Mädchen und Jungen, die sonst verkommen würden. Das macht ihre Umgebung aus ihnen ...»

Natürlich trage nicht immer die Familie die Schuld. Sie zum Beispiel sei seit ihrem ersten Lebensjahr Waise, da ihre Eltern bei einem Unfall umgekommen seien. Als sie etwas älter gewesen sei, habe sie einen Brief geschrieben und sich nach ihnen erkundigt – das machten die meisten Mädchen – und ein Polizeioffizier habe ihr ehrlich geantwortet. Er sei bei der Bergung ihrer Leichen dabei gewesen. Damals, 1951, als sich das Unglück ereignet habe, hat man viel Kohle gebraucht und daher auch Frauen im Bergbau beschäftigt. So habe sich ihre Mutter gemeldet und an dem Tag in derselben Schicht gearbeitet wie ihr Vater. Bei einer Explosion seien beide gestorben. Von da an habe sie alles vom Staat bekommen.

«Das haben Sie ja allein schon wegen Ihrer Eltern verdient!», sage ich.

Sie widerspricht mir nicht, ich sehe ihr an, dass sie mir recht gibt. Der Major, der ihr den Brief geschickt hat, habe das Gleiche geschrieben. Seitdem sei sie innerlich mit ihren Eltern versöhnt. Sie haben sie nicht weggeworfen, sie sei ihnen nicht zur Last gefallen. Sie seien gestorben. Nachdem sie den Brief erhalten habe, habe sie sich auch in der Schule mehr Mühe gegeben, wobei sie sich, wenn sie ehrlich sei, nicht für besonders klug halte:

«Wissen Sie, es ist so: Im Heim hat es ganz viele Mädchen aus ganz schlimmen Verhältnissen gegeben, aus Alkoholikerfamilien oder so, die waren dann auch nicht besonders schnell im Kopf; dort hat es nicht viel gebraucht, um herauszustechen, außerdem hat man mich als Waise von Bergleuten mehr unterstützt, es ist also der Eindruck entstanden, dass ich talentiert bin. Und dass auch Heimkinder ins Gymnasium kommen, ist gesetzlich festgelegt. Das ist auch gut und gerecht, und so bin ich hierhergekommen. Wenn ich es unbedingt wollen würde, würde man mich vielleicht sogar an einer Universität annehmen, aber ich sehe keinen Sinn darin. Ich glaube, ich werde Näherin. Ich habe mich noch nicht entschieden, ich mache mein Abitur erst nächstes Jahr.»

Danach stellt auch sie mir Fragen, erkundigt sich, ob es Spaß macht, als Journalist zu arbeiten – und antwortet sich selbst:

«Es macht bestimmt Spaß, Sie kommen viel herum und führen Interviews mit interessanten Menschen!»

Dass ich am nächsten Tag schon in der Tiefebene sein werde, beeindruckt sie, das gefällt ihr:

«Mal hier, mal da», sagt sie leicht stichelnd und lässt die Hand mit einer schnellen, verspielten Bewegung von der einen Sessellehne auf die andere springen. Ihr Rücken bleibt dabei steif, sie ist zu scheu, als dass dieser Scherz ihren ganzen Körper lockern würde. Sie sei noch nie in der Tiefebene gewesen. Wenn sie Sport treiben würde, wäre sie mit der Mannschaft bestimmt schon dort gewesen, aber so kenne sie die Gegend lediglich aus dem Geographieunterricht. Und was habe sie da gelernt? Dort seien die ersten Genossenschaftsstädte entstanden, daran erinnere sie sich, sie sei bei diesem Thema drangekommen.

«Gerade in diese Gegend, nach Törökszentmiklós, muss ich fahren. Haben Sie von der Stadt gehört?»

Nein. Nichts. Dann fällt ihr doch ein Satz ein, ein typischer Lehrbuchsatz:

«Ich glaube, sie ist für ihren Getreideanbau bekannt …»

Beim Abschied stellt sie sich verlegen vor, zu Beginn hatten wir es beide versäumt.

«Ági Tóth», verrät sie mir ihren Namen, den die Polizei für sie erdichtet hat, zusammen mit allen anderen Herkunftsdaten, dem Beruf ihrer Eltern und deren Unfalltod.

Sie begleitet mich die Treppe hinunter, wo wir plötzlich mitten im Lärm eines Ballspiels und einer von Turnschuhen aufgewirbelten Staubwolke stehen, in einem Strudel von Mädchen, die um das Netz herumrennen und springen.

«Das ist kein Wettkampf, nur Training», sagt sie und betastet besorgt ihre starren, ondulierten, perückenartigen Kinderhaare.

ELF

Es war ein sonniger Vormittag, aber auf dem Friedhof von Szolnok war der Schnee noch nicht geschmolzen. Der beschwipste Friedhofswärter in Faltenstiefeln und Reiterhose lotste mich mit forschem Gang durch die Gräberreihen.

«Abteilung elf, erstes Ehrengrab. Kommen Sie hier entlang.»

Vom Aussehen und Auftritt her hätte man ihn am ehesten für einen ehemaligen Verwalter gehalten. Er erzählte mir jedoch, ohne dass ich danach gefragt hätte, dass er bis 1956 bei der Staatssicherheitsbehörde gearbeitet hatte, weshalb ihn die Aufständischen hatten erschlagen wollen. Den Rest seiner Geschichte verstand ich nicht genau. Unter denen, die bei der Staatssicherheit geblieben waren, gab es wohl einige, die ihm nicht wohlgesinnt waren, sie nahmen ihm nach dem 4. November angeblich den Waffenschein weg und verhafteten ihn dann wegen unerlaubten Waffenbesitzes. Er wurde gemäß Standrecht noch am selben Tag zum Tode verurteilt, dann aber doch nicht hingerichtet, sondern nur interniert. Als er freikam, wollte er nur seinen Frieden und sehnte sich nach Einsamkeit, also bewarb er sich für die Stelle des Friedhofswärters. Hier fühle er sich wohl, obwohl er bereits ein paar Mal gerügt worden sei, da er «nie viel, aber immer eine gewisse Menge» intus habe. Seiner Meinung nach sei das seine Privatangelegenheit, schließlich verrichte er seine Arbeit gewissenhaft. Außerdem brauche man für diesen Posten einen resoluten Mann, der Erfahrung im Umgang mit Waffen habe, warum, darüber hätte er einiges zu erzählen. Ich hatte keine Ahnung, worauf er anspielte, aber ich freute mich über die Redseligkeit und Offenheit – schließlich wollte ich ihn um etwas bitten, wozu es eigentlich einer offiziellen Genehmigung bedurft hätte.

Wir blieben vor einem verkommenen Grab stehen, bei dem kaum die Umrisse auszumachen waren. Von den fünf in den Boden gesteckten Holzkreuzen waren vier umgekippt und fast völlig unter der Schneedecke verschwunden. Aber selbst auf dem noch stehenden konnte man den Namen nicht entziffern.

«Warum ist das ein Ehrengrab?», fragte ich.

«Weil die Grabnutzungsdauer nicht fünfundzwanzig, sondern hundert Jahre beträgt. Es ist ein Geschenk der Stadt.»

Der Wärter wusste, dass die Angehörigen der Verstorbenen der Meinung waren, hier seien in Wahrheit nicht die richtigen Toten begraben, trotzdem hielt er es für falsch, dass sie es vernachlässigten.

«Eine ältere Frau kommt immer auf den Friedhof, sie zündet am Grab eines sowjetischen Soldaten regelmäßig eine Kerze an, obwohl sie religiös ist. Sie sagt: Vielleicht gibt es ja auch in Russland jemanden, der für ihren Sohn eine Kerze anzündet. So muss man denken! Bei diesem Grab gibt es immerhin die eine oder andere Frau, die sonntags, wenn sie frische Blumen bringt, den Strauß vom Grab ihres Mannes von der vergangenen Woche hinlegt. Das tun ein paar Frauen, die zu den nahegelegenen Gräbern mit den großen Marmorgrabsteinen kommen. Ein paar welke Blumen finden sich also immer. Zum Beispiel die Frau von József Haynal und Frau Munkácsy – von ihnen weiß ich genau, dass sie die alten Sträuße jede Woche hierherlegen, manchmal sind sie noch in ganz gutem Zustand.»

«Ich hätte noch eine Bitte», sagte ich. «Ich würde gerne die Stelle sehen, wo Piroska Jancsó begraben wurde.»

Er lehnte sich an einen Baum, musterte mich und lächelte überlegen.

«Letztens ist ein Mann mit einer Aktentasche kommen. Ich habe ihn mir angesehen und gesagt: Hören Sie, auch wenn Sie eine Aktentasche dabeihaben, sind Sie kein Zivilist. Klar? Es war ein Polizist aus Kiskunfélegyháza. Er hat es gar nicht bestritten. Hat seine Geldbörse hervorgeholt und wollte mir tausend Forint geben, ich sollte ihm nur zeigen, wo sein Cousin liegt. Was wollen Sie dort?, habe ich gefragt. Nichts, er wolle nur wissen, wo er liegt, die Verwandten hätten ihn beerdigt. Ich verstehe. Und was, wenn ich jetzt zwei meiner Leute hole, damit sie auf Sie aufpassen, während ich die Polizei rufe?»

«Das ist etwas anderes», sagte ich. «Das Mädchen hat man vor zwölf Jahren hingerichtet.»

Er zündete sich eine Zigarette an, bot mir auch eine an und bedeutete mir, weiterzugehen. Offensichtlich genoss er das frühe Sonnenlicht.

«Sehen Sie dort drüben den Glockenstuhl?», fragte er.

«Stellen Sie sich so eine Stelle vor. Sie liegt nicht dort, aber gehen wir mal davon aus. Schauen Sie sich die jungen Maulbeerbäume an.»

Mir schien die Sonne in die Augen, der Schnee glänzte, der Glockenstuhl war ziemlich weit entfernt, trotzdem konnte ich die Hecke aus den nebeneinander gepflanzten Maulbeerbäumen gut erkennen. Es war der einzige grüne Fleck.

Während wir weiterspazierten, fuhr der Wärter fort:

«Ich erzähle Ihnen ein anderes Beispiel. Letzte Woche wollten wir einen Zigeuner beerdigen. Mittags kommen zwei Männer, na, das waren natürlich auch keine Schweden. Zweitausend Forint wollen sie mir geben, wenn ich ihnen die Stelle verrate. Ich sage, sie sollen machen, dass sie wegkommen. Auch gut, sagen sie, aber meine Familie werde es büßen. Sie werden in der Nacht zurückkommen, und wenn ich aufmucke, hab ich ein Messer im Bauch. Ich wusste, das ist kein Scherz. Ich habe gebeten, dass man mir zwei Polizisten schickt, die im Tor Wache stehen. Abends punkt um zehn waren sie da. Was glauben Sie, was passiert ist? Ich sage es Ihnen: Der eine Polizist sagt zu seinem Kollegen, er muss pinkeln. Aber er kann das ja nicht drinnen erledigen. Er hat seinen Kollegen stehen gelassen und uns beim Ausheben des Grabes beobachtet. Am nächsten Tag war an der entsprechenden Stelle ein Kreuz aufgestellt! Ich habe die Sache gemeldet, der Polizist wurde sofort gefeuert. Übrigens wären die Zigeuner auch dann gut gefahren, wenn ich die zweitausend angenommen hätte, das kann ich im Nachhinein doch sagen. Ein völlig neuer, stahlblauer Anzug, ein weißes Nylonhemd, aber nicht am Körper, dass man es ihm hätte ausziehen müssen, nur draufgelegt, Gehängte zieht man nicht an. Es hätte sich also schon für den Anzug gelohnt. Deshalb sage ich: Das hier kann nur ein resoluter Mann machen!»

Wir blieben neben dem Leichenschauhaus stehen, in der Nähe der gelb gestrichenen Toiletten. Rechts von den Buden standen wieder einige Maulbeerbäumchen.

«Sehen Sie», sagte der Wärter, «hier könnte es zum Beispiel auch sein. Die Stellen sind genau vermessen, und wenn wir losgraben, dann dürfen wir uns höchstens um fünfzehn bis zwanzig Zentimeter verschätzen.»

«Wissen Sie, wer sie vergraben hat?»

«Der Totengräber war schon alt … Er hat gesagt, er habe noch nie so ein Grinsen gesehen wie auf ihrem Gesicht. Angeblich haben sie sie auch nicht mit dem Gefühl begraben wie andere Menschen: Lachend haben sie sie zum Grab gebracht! Sie können sich übrigens die Mühe sparen, sich von der Polizei eine Genehmigung zu besorgen, mehr als diese Maulbeerbäume würden Sie ohnehin nicht sehen. Stellen Sie sich einfach vor, dass sie hier liegt. Suchen Sie sich den Baum aus, der Ihnen am besten gefällt. Dass Sie hierhergekommen sind, bedeutet, dass Sie noch ein Kind sind, auch wenn Ihre Haare schon etwas ergrauen, mein Herr. Ein Kind urteilt nach anderen Maßstäben. Einem Kind ist es gleich, ob ein Schaf oder ein Wolf vor ihm steht, es möchte beide streicheln …»

Plötzlich zwinkerte er mir zu und schnipste den brennenden Zigarettenstummel in Richtung eines zarten Maulbeerbäumchens, das etwas weiter weg stand.

«Ich bitte Sie nur darum, es sich von hier aus anzusehen.»

Ohne ein weiteres Wort zu sagen, ging er fort.

Und ich hätte mir noch etwas anderes gewünscht, das zu erfüllen tatsächlich unmöglich war: Ich stellte mir vor, wie ich die zu einem Hexenkessel verkommene Küche besuchte, von der meine Ankunft den Fluch vielleicht noch hätte abwenden können. Es war Ostern, und ich sah mich, wie ich mit Blumen, Süßigkeiten und Büchern eintrat; das Zimmer war sauber, wie auf jenem Bild, das Rattern der von der Großmutter geerbten Nähmaschine war zu hören, und die Luft erfüllte der Duft frischen Garns; ich war gekommen, um sie zu heiraten und von dort wegzubringen. Ich sah Hauptmann Annus, wie er den Hut lüftete und uns viel Glück in der Ehe wünschte; ich sah die alte Piroska Jancsó mit ihrem weißen Haar und der Brille, immer noch schön, wie sie in ihrem großen, bequemen Armsessel noch einmal *Gullivers Reisen* las.

Um sechs kamen sie ihn holen. Der Geistliche ging neben ihm, die Hand unter Popeyes Ellbogen, und er stand betend am Fuß des Galgens, während sie ihm den Strick umlegten, ihn über Popeyes glatten, geölten Kopf zogen und ihm das Haar dabei durcheinanderbrachten. Seine Hände waren gefesselt, und so fing er an und warf den Kopf zurück und das Haar nach hinten, sooft es ihm in die Stirn fiel, während der Geistliche betete und die anderen reglos auf ihren Plätzen standen, mit gesenktem Kopf. (...) Temple gähnte hinter der Hand, dann zog sie eine Puderdose hervor und öffnete sie über einem Miniaturgesicht, mürrisch und misszufrieden und trist. Neben ihr saß ihr Vater, die Hände auf dem Stockknauf gekreuzt, den starren Riegel seines Schnurrbarts von Feuchtigkeit überperlt, wie beschlagenes Silber. Sie schloss die Puderdose, und mit den Augen unter ihrem eleganten neuen Hut schien sie den Wellen der Musik zu folgen, sich aufzulösen in die ersterbenden Klänge, hin über den Teich und den Halbkreis von Bäumen gegenüber, wo in düsteren Abständen die toten Königinnen sannen, ruhevoll aus geflecktem Marmelstein, und hinauf in den Himmel, der hingestreckt lag und besiegt in der Umarmung der Jahreszeit des Regens und des Todes.

WILLIAM FAULKNER, DIE FREISTATT

Das eigne Weinen auszuweinen
Wurde uns nie erlaubt
Es gab stets ein lauteres Weinen,
Schlimmeres Schicksal, das uns beraubt
Des Klagerechts, es vor uns verbraucht.

Loderte die Glut unseres Kampfs
Zerbrach die Welt dröhnend
Unsere Wahrheit blieb die unsre
Für andre war sie eher Trödel
Des Ungarns Leid heißt Aschenbrödel.

ENDRE ADY, UNSER VERNACHLÄSSIGTES, BLUTENDES HERZ

SPIEGEL DER FREMDHERRSCHAFT

Statt eines Nachworts

Einer schlug aus Spaß einem Vorübergehenden den Kopf ab und ging zufrieden weiter. Seine Tat hatte keinerlei Konsequenzen für ihn. Das klingt wie ein Scherz. Aber der Janitschar, der mit seinem Kameraden über die Straße von Balaszentmiklós spazierte und mit diesem wettete, dass er dem ersten Ungarn, der ihm begegnet, den Kopf abschneiden würde, ist wohl eine authentische Figur.

«Das können Sie streichen!» Das sagte Ágnes Nemes Nagy vor mindestens dreißig Jahren, nachdem sie die Stelle laut aus meinem Manuskript vorgelesen hatte, das wir im Park des Schlosses von Szigliget besprechen wollten. Sie war noch jung, und mir schien es, als stünde über ihrem Kopf ein Stückchen blauen Himmels – zehnmal höher als der Himmel über meinem –, und die Atmosphäre wäre durch ihre Gegenwart reiner und strenger als sonst hier unten. Ein norwegischer Sommer in Gestalt einer Frau. Sie war jedoch nicht nur Sonnenschein und Dichterin, sondern auch eine gute Pädagogin, also fügte sie hinzu:

«Es ist sehr geistreich und würde in *Der Roulettekönig* von Kellér, der übrigens ein guter Schriftsteller war, gewiss grandios wirken. In diesem Umfeld aber wirkt es eher wie das Bonmot eines zur Selbstgefälligkeit neigenden Menschen.»

Sie sah mich an, sagte dann fast schon verzweifelt: «Sie verstehen mich nicht ...»

Sie wartete endlose Sekunden lang (mehr als zehn) und meinte dann ungeduldig: «Wie soll ich es sagen? Ihre Kuh trägt eine andere Hose. Ist das verständlich?!»

Sie zitierte aber auch eine Stelle, die sie beachtlich fand, ebenfalls aus der Beschreibung von Törökszentmiklós: Es gibt keine Jahreszeit, die diese wilden, endlosen Straßen verschönert. Immerhin, wenn der Reisende im Frühling hier zu Fuß geht, bemerkt er nicht nur das Barbarische, sondern auch die Poesie ihrer Übertriebenheit. Er läuft an den Häusern mit den astronomisch hohen Hausnummern vorbei, wo schon zur Abenddämmerung kein Mensch mehr zu sehen ist, und plötzlich ist ihm, als käme er zu einem Juweliergeschäft: Aus den erleuchteten Fenstern tönt der Lärm von Schulkindern …

«Das ist schön.»

«Weil?»

«Mein lieber Szilárd, hören Sie auf, an Ihrer Narrenkappe die Schellen zu klappern. Lassen Sie uns weitermachen …»

«Ich bitte Sie sehr, sagen Sie mir, warum.»

«Vielleicht, weil man selten ein als künstlerischen Vergleich getarntes moralisches Glaubensbekenntnis ablegt. Oder?!»

Außerdem möchte ich János Pilinszky zitieren, meinen wichtigsten Berater, der viele Stunden geopfert hat, mich im hoffnungslos erscheinenden Ringen um dieses Thema zu unterstützen, das meine schriftstellerische Kraft überstieg. In dem Teilsatz, der ihm missfiel ging es (ebenfalls) um die Straße in Törökszentmiklós: … wo sich in die Schroffheit der Siedlerdörfer eine Prise Katyn hineinmischt.

«Das ist beleidigend!»

«Ihnen gegenüber? Den …?»

«Nein. Gegenüber den Polen.»

«Und Nemmersdorf?»

«Nein! Nein. Das kannst du wirklich nicht machen.»

Schließlich blieb die Schroffheit der Siedlerdörfer, und das Ende des Satzes wurde: und die Stille der Hunde, die sich während der Türkenherrschaft der allgemeinen Duckmäuserei angepasst haben.

(Man denke an Gyula Illyés *Ein Satz über die Tyrannei*: «aus den Augen deines Hundes blickt sie dich an.»)

Pilinszkys Lösung verrät nicht nur seinen vollkommenen Sinn für Proportionen, sondern deutet auch auf eine Gefahr hin: Ist es möglich, dass dereinst Mutanten geboren werden, als Auswuchs der Angst der Herrchen wie der von den Tieren verinnerlichten Tyrannei, dass aus den stillen Hundehütten irgendwann die Ungeheuer der Volksmärchen hervorkriechen?

Bis nach Budapest drangen anfangs nur ein paar Schreckensmeldungen durch, ab 1954 aber wurde die Entwicklung des Kriminalfalls, von dunklen Vermutungen umgeben, auch vom Radio Freies Europa verfolgt. Ich hatte damals nur ein Volksradio, mit dem man den Sender nicht empfangen konnte, und wie es das Schicksal so wollte, hörte ich auch von niemandem darüber.

Ich war bei Zoltán Jékely zu Besuch, quasi zugleich mit dem Medizinprofessor Gyula Nyírő, der bei Jékelys heute unter dem Pseudonym Lajos Áprily bekanntem Vater zu Gast war. Als er ging, klopfte Nyírő an die Tür des Sohnes, um sich von ihm zu verabschieden, und verbrachte dann ein paar Minuten mit ihm, mit uns.

«Unser Freund Konstantin hat gerade ein Gedicht von Lőrinc zitiert», sagte Zoltán, der meinen Namen gern in seiner nicht ungarischen Form nannte. «Wie heißt es gleich?»

«*In einer Zeitungsnotiz die Unendlichkeit*», sagte ich stolz.

«Genau», sagte Zoltán und wandte sich an Nyírő:

«Entschuldige, dass ich die Gelegenheit nutze, um dich zu fragen: Gibt es auf der Welt eine Frau, die alleine, ohne den Einfluss eines Mannes …»

Der Psychiater schüttelte kaum merklich den Kopf.

«Nein.»

Da es plötzlich um Frauen ging, vergaß ich meine Bedeutungslosigkeit und mischte mich in das Gespräch der beiden großen Männer ein:

«Ist das sicher? Und … und …», ich suchte nach den passenden Worten, um den Satz zu beenden, «… seit wann?»

Nyírős Antwort kam ein wenig zögerlich. Als er sie jedoch aussprach, wurde sein freundliches Gesicht so finster, als hätten die neuen Grausamkeiten, die uns ereilt hatten – von denen ich noch nichts ahnte –, ihm Kölcseys klagende Zeile in Erinnerung gerufen, wie hartnäckig unser Volk immer und immer wieder von Schicksalsschlägen getroffen wird, und als würde er uns nun statt besserer Zeiten die endgültige Niederlage prophezeien:

«Vom Urknall an.»

Was die Art des Verbrechens betrifft, wurde dieses Wort Nyírős zu meinem Kompass, nach dem ich mich später stets richtete.

Schließlich will ich als Abschluss der Bilder, die am Anfang dieses Buches aufblitzen, meinen Protagonisten und mich in dem Glanz vorstellen, der den irdischen Überresten eines Schriftstellers gebührt, der zwar ungläubig ist, des Ruhmes willen aber dennoch unermüdlich hausieren geht.

Alles war von frischem Schnee bedeckt. Vielleicht war er erst in den Morgenstunden gefallen und nicht mehr gefroren.

Das Wetter war mild und klar. An der zweiten Ecke bog ich auf die Straße der Roten Armee ein und lief auf der Seite mit den ungeraden Hausnummern weiter, wobei ich die kleinen Blechschilder, auf denen diese geschrieben standen, mit zunehmender Spannung betrachtete. Die letzte der ununterbrochen fortlaufenden Nummern war die 169. Dann folgte ein leeres Grundstück. Das nächste Schild gehörte bereits zum Haus Nummer 173. Ich wandte mich um und betrachtete die Stelle, an dem das Haus gestanden hatte.

Auf dem Grundstück stand ein mittelgroßer Schneemann. Er war von schlanker Gestalt, war auch vom frischen Schnee nicht verunstaltet. Besonders sein Kopf gefiel mir. Die blonden Haare – ein gelber Stofffetzen, den man ihm umgebunden hatte – waren durch den morgendlichen Schneefall ergraut, auch auf dem Gestell seiner schäbigen Brille lag der Schnee so dick, dass man seine blauen Bonbonaugen kaum mehr sah, der rosarote Kreidemund hatte sich zu einem dünnen Strich verjüngt. Trotzdem war er ergreifend, da er von Kindern gebaut worden war, gerade hier; und weil mir war, als erscheine sie, die doch Piroska hieß und stets so blass war, die äußerlich nichts Rotes an sich hatte, außer vielleicht in der Kleidung, in diesem Schneemann, wie das Bild einer alten Frau.

Was veranlasste mich zu dieser überflüssigen Weitschweifigkeit? Und dazu, den netten, aber unbedeutenden Gegenständen Platz auf dem Papier einzuräumen? Ich erinnere mich, dass ich dachte: Weshalb sollte es denn in einem Roman nicht auch Wörter geben, die keine Aufgaben haben, Wörter, die wie freie Vögel sind?

Es war mehr als zwei Jahrzehnte später, als ich die Straße entlangging, die ich hier beschreibe, und die ich vielleicht deshalb so lebhaft in Erinnerung habe, weil ich mit ihr die Gefühle meines letzten Besuchs in Törökszentmiklós verbinde.

Man hatte den Eindruck, dass es eine jener Straßen war, in der der Polizeihund, der bereits seit Stunden über den stillen, nie endenden ihm unter die Nägel fahrenden Fußweg hetzt, plötzlich einen Nervenzusammenbruch bekommt; in der die steckbrieflich beschriebenen Schuhe eines verschollenen Reisenden Jahr für Jahr am Nikolaustag ins Fenster gestellt werden konnten, in der der mit Taschenspiegeln und Kämmen handelnde Hausierer schon lange verwest ist, bis man am Ende wenigstens noch einen seiner Knochen unter dem im Scheinwerferlicht glänzenden Misthaufen findet.

Manchmal ist das der Gipfel des Ruhmes – mozarthaft einfach wie das allgemeine Grab, in das der Leichnam des untalentierten Billardspielers gelegt wurde, nachdem ihn das Wollen allmählich verlassen hatte.

Der Kern meines Dokumentarromans ist das Verbrechen, das Törökszentmiklós von Oktober 1953 bis September 1954 zunehmend in Aufregung versetzte – Törökszentmiklós, erbaut an der Stelle der in der Árpád-Zeit entstandenen und im Befreiungskrieg gegen die osmanische Fremdherrschaft zerstörten Stadt Balaszentmiklós, die Minder- und Kreisstadt im Komitat Szolnok.

Mir sind zwei vom Innenministerium herausgegebene Berichte über die Ereignisse bekannt. Der erste ist einige Monate, der zweite drei Jahre nach den Vorfällen erschienen.

Die Autoren hatten keine leichte Aufgabe. Sie mussten den Lesern glaubhaft machen, dass die elf- bis dreizehnjährigen Mädchen, die in der Stadt verschwunden waren, von Piroska Jancsó, einem zwar sechs oder sieben Jahre älteren, dennoch recht jungen Mädchen, in deren Haus gelockt worden seien, während der Abwesenheit ihrer Mutter und ihres Halbbruders. Sie habe sie erdrosselt und sich am Todeskampf sexuell so stark erregt, dass sie mit dem Opfer noch vor Eintritt des Todes wie auch danach «Unzucht getrieben» habe.

Bis hier mag es vielleicht noch gehen, aber was danach kommt, macht selbst einen gutgläubigen Leser stutzig. Der Autor des zweiten Berichtes, der den Titel *Die Vampirin von Törökszentmiklós* trägt, spricht bald von zwei «weiblichen Ungeheuern» ... Bleiben wir jedoch zunächst bei Piroska Jancsó, die neben ihrem Dasein als Vampirin auch noch die alleinerziehende Mutter zweier Kindern ist, und die Tod und Teufel in Bewegung setzt, um zu verhindern, dass man ihr die Tochter wegnimmt und sie in ein Heim steckt (mit der Begründung, sie lebten unter zu ärmlichen Verhältnissen). Für ihren Sohn Misi bekommt sie zum Glück einen Krippenplatz, außerdem pflegt sie den Jungen so, dass der Kinderarzt es beispielhaft nennt. Sie ergreift jede Gelegenheit, um ihre finanzielle Situation zu verbessern. Sie schreibt dem Rákosi-Sekretariat, dass der Stadtrat sie nicht unterstütze, obwohl die Väter beider Kinder russische Soldaten seien, die inzwischen in weit entfernte Bruderländer kommandiert worden wären. Der Glaubwürdigkeit halber teilt sie sogar die Militärbuchnummer ihres «Zukünftigen» mit.

Nur den kleinen, strahlend schönen Bernstein erwähnt sie nicht, den ihr der junge Mann beim unerwarteten und schnellen Abschied statt eines Verlobungsringes gegeben hat.

Aufgrund seiner Herkunft – im Samland – öffnet dieser Schatz das Tor zur wichtigsten Dimension meines Buches. Es handelt sich hier um den symbolischen Nullpunkt der zwei Mächte, die in den beiden Weltkriegen das meiste Blut geopfert hatten: Nach den beiden Niederlagen war für Deutschland das von ihm abgeschnittene Gebiet nur über das Meer oder über die Bahn erreichbar – heute können es die Deutschen nur noch als Touristen besuchen –, und später blieb auch für Russland, dem Verlierer des Kalten Krieges, das nun im Begriff war, sich wiederherzustellen, nichts als der Seeweg und der ihm durch die dazwischenliegenden Staaten zugestandene Luftweg, um die durch furchtbare Blutopfer eroberte Exklave zu erreichen. Diese befand sich nach den Kämpfen in einem Zustand, der am ehesten durch folgende Zeilen aus Zoltán Jékelys Gedicht *Die Suche nach dem letzten Wort* zu beschreiben sind:

Ein Weltwind fegt über die Erdoberfläche,
sechshunderttausend Jahre zählen hier nichts!
Ein Weltwind fegt die Spuren des Menschen fort,
die Menschengeschichte liegt in Trümmern;
Ohne Markierung rauscht die Zeit durch den Raum;
keine Sonnenuhr gibt es, keinen Kalender.

Nachdem Serienmorde zu einem mehrmals die Woche auf sämtlichen Fernsehsendern ausgestrahlten Familienprogramm domestiziert worden sind, bleibt dem disziplinierten Schriftsteller nichts anderes übrig, als zum Rákosi-Sekretariat zurückzukehren, was er auch tun wird. Zuvor möchte er den Leser nur noch bitten, zu akzeptieren, dass es sich bei seinem Buch – falls es denn als Kunstwerk zustande kommen sollte –, selbst wenn in ihm alle Regeln des Genres eingehalten werden, nur in dem Maße um einen schlichten Tatsachenroman handelt, in dem auch Gombrowicz' Drama *Operette* eine Operette ist.

Das Rákosi-Sekretariat reagiert umgehend: Den Jancsós werden dreihundert Forint zugewiesen, um Möbel zu kaufen. «Wir mussten gar kein Geld ausgeben», sagt Dr. Dániel Ágyi, Sachbearbeiter beim Jugendamt. «Es gab ja genug, im Untergeschoss des Rathauses standen so viele beschlagnahmte Betten und Schränke, dass man sich kaum bewegen konnte. Sie bekamen ein Sofa, einen Tisch mit drei Stühlen, ein Kinderbett, einen Laufstall und natürlich Daunenbetten, große und kleine Kissen und sogar ein Bügeleisen ...»

Im Gegensatz zu ihrer Mutter war Piroska Jancsó stolz: Einmal, als die Polizei – der Form halber – ausnahmsweise auch sie zur Vernehmung vorlud, mussten sich die konfliktscheuen Ermittler sogar Piroskas Belehrung gefallen lassen: «Sie wissen ja wohl, mir darf kein Haar gekrümmt werden.»

In Wirklichkeit ist sie da aber schon nicht mehr das Maskottchen einer Supermacht, sondern nur eine junge Frau, die pädophilen Verbrechern ausgeliefert ist. Diese achten zwar darauf, dass dem Ansehen ihrer Kupplerin nichts schadet, aber um das Ansehen ihrer eigenen Uniform kümmern sie sich nicht (erinnert sei hier an die weltweit abgedruckte Fotografie einer Soldatin in der Uniform der US-Army, die einen nackten, männlichen Gefangenen an einem Seil hinter sich herzieht!). Sie erpressen diese Frau mit den – wahrscheinlich gefälschten – Briefen, die ihr angeblich ihr «Verlobter» geschickt hat: «Wir werden bald nach Österreich abkommandiert, zum Abschied werden wir dir alle Briefe schenken und nehmen auch deine mit, die du ihm schreibst.»

Das vierte Mädchen verschwindet bereits, als sich die ungarische Polizei immer noch passiv verhält.

Durch die Intervention der sowjetischen Abwehr wird Piroska Jancsó verhaftet und wegen fünffachen Mordes zum Tod durch den Strang verurteilt. Ihre Mutter erhält wegen ihrer Vergehen gegen die Jugendlichen zweieinhalb Jahre. Nun aber übernimmt das Oberste Gericht den Fall. Grund dafür ist, dass die medizinischen Gutachter mit Nachdruck klarmachen, dass es in der Geschichte der Kriminologie noch nie eine Lustmörderin gegeben hat. Es kommt zu der Alibilösung, dass die Morde sämtlich Raubmorde gewesen seien, die Borbála (die Mutter) mit Hilfe ihrer Tochter begangen habe. Deshalb verurteilt das Oberste Gericht auf den Rat Péter Jankós hin Borbála Jancsó ebenfalls zum Tod durch den Strang – aufgrund der Aussage der einzigen Zeugin: ihrer eigenen, bereits zum Tod verurteilten Tochter.

Das Gnadengericht empfiehlt dem Vorsitzenden des Präsidialrates im Falle Borbála Jancsós keine Begnadigung.

Aus dieser Beschreibung wird die Tragik der Geschichte nicht ersichtlich. Der Tod der Verbrecher, herausgehoben aus der Masse der Hunderttausenden, die durch die Diktaturen verrohten, verleiht den Märtyrern keine höhere Würde. Die wird ihnen nur durch die traurigen Meisterwerke der Nachkriegsliteratur zuteil, zum Beispiel durch János Pilinszkys Gedicht *Der französische Gefangene*. Ich zitiere nur die beiden letzten Zeilen:

Wem jede Nahrung recht gewesen wäre,
Erhebt inzwischen Anrecht auf mein Herz.

Tapolca, den 24. März 2008

EIN SCHATTENSPIEL

Nachwort von József Keresztesi

Mitte der sechziger Jahre – bereits nach dem Erscheinen seines Hauptwerks *Kurze Geschichte von der ewigen Liebe* – stieß Szilárd Rubin auf das Thema, an dem er fast bis zu seinem Tod im Jahr 2010 arbeitete. Er nahm sich vor, einen Dokumentarroman zu schreiben, in dem es um die Mordserie ging, die sich zwischen Oktober 1953 und August 1954 in Törökszentmiklós, einer fünfundzwanzigtausend Einwohner zählenden, verschlafenen Minderstadt in der Ungarischen Tiefebene, ereignet hatte und für die schließlich die damals zwanzigjährige Piroska Jancsó Ladányi zum Tode verurteilt wurde.

In jenen Monaten verschwanden in der Stadt fünf Mädchen, die Jüngste war elf, die Älteste siebzehn Jahre alt. Seit Stalins Tod war ein halbes Jahr vergangen. Imre Nagy, der als neuer Ministerpräsident Ungarns Mátyás Rákosi abgelöst hatte, hatte bereits die Politik der «neuen Etappe» verkündet, was den Abbau des stalinistischen Systems versprach. In dieser von Ungewissheit geprägten politischen Übergangsphase provozierte der Fall eigenartige Reaktionen. Ganz unterschiedliche Gerüchte kursierten: Man sprach von Ritualmorden, die Juden begangen haben sollten, verdächtigte die sowjetischen Soldaten, aber auch mit dem Auto durch die Stadt fahrende Fremde. Am 17. August kam es – und das war für diese Zeit außergewöhnlich – zu einer spontanen Massendemonstration, als sich die falsche Nachricht verbreitete, man habe die Täter gefasst. Am 2. September 1954 erstattete eine einundzwanzigjährige Frau gegen Piroska Jancsó Anzeige wegen Mordversuchs. Bei der Hausdurchsuchung wurden die Kleidungsstücke der vermissten Kinder gefunden, in dem stillgelegten Brunnen unter der Veranda die Leichname. Im Laufe der Ermittlungen legte Piroska Jancsó mehrere, voneinander stark abweichende Geständnisse ab. Beim ersten Verhör nannte sie drei Komplizen, das wurde jedoch rasch widerlegt. Ihre Aussage am nächsten Tag war wesentlich detaillierter und weniger konfus, nun behauptete sie, die Mädchen seien von den Soldaten der auf einem nahegelegenen Einödhof stationierten, kleinen sowjetischen Truppe vergewaltigt und anschließend von ihr ermordet worden – mit Ausnahme des letzten Falls, bei dem einer der Soldaten selbst den Mord begangen habe. Am dritten Tag änderte sie auch dieses Geständnis. Von nun an hielt sie an der Version fest, sie habe die Mädchen stets allein umgebracht, und es habe sich um Lustmorde gehandelt. Im Herbst 1954 wurde Piroska Jancsó für aus niederträchtigem Grund verübten – diese Formulierung stand in dem Fall für Lustmord –, besonders grausamen fünffachen Mord, einmaligen Mordversuch, fünffachen Raub und einmaligen Diebstahl zum Tode verurteilt. Ihre Mutter, Borbála Jancsó, wurde wegen einmaligem Vergehen gegen Minderjährige und einmaligem Diebstahl zu zweieinhalb Jahren Gefängnis verurteilt. Das Oberste Gericht hob dieses Urteil auf, nachdem Piroska Jancsó gegen ihre Mutter ausgesagt hatte. Aufgrund der Aussage ihrer eigenen Tochter wurde dann aber auch Borbála Jancsó zum Tod verurteilt, später wandelte der Präsidialrat dies jedoch um in lebenslange Haft.

Dass die Behörden nicht versuchten, die Ermittlungen mit

den Methoden des Staatssicherheitsterrors zu beschleunigen, war dem politischen Klima der «neuen Etappe» Imre Nagys zu verdanken. Einige Jahre zuvor, in der finstersten Zeit der Rákosi-Diktatur, wäre es wahrscheinlich gar nicht zur Anklageerhebung gekommen, völlig unvorstellbar wäre gewesen, in den Ermittlungsunterlagen auch nur eine Spur eines Verdachts gegen sowjetische Soldaten zu finden. Auch der spontane Protest wurde erst durch die politische Entspannung möglich, ebenso das Erscheinen einer für die Mitarbeiter des Innenministeriums verfassten Polizeistudie von 1957; der Tonfall dieses Textes war überraschend kritisch, auch wurden Zweifel an Borbála Jancsós Schuld formuliert. 1963 erschien eine weitere Polizeistudie über den Fall, die nun umgekehrt die Rechtmäßigkeit gerade dieses Urteils zu untermauern versuchte. Beide Schriften zog Rubin bei der Arbeit heran, sie werden im Roman erwähnt.

«Und ich möchte nicht die existenzialistische These über die Unergründbarkeit der Welt darstellen, keine kafkaeske Parabel verfassen, sondern einen dem sozialistischen Geist verbundenen, künstlerisch gut gelösten und authentischen Tatsachenroman schreiben.» Diese Zeilen schreibt Szilárd Rubin 1977 an János Kádár, den Generalsekretär der ungarischen Staatspartei Ungarische Sozialistische Arbeiterpartei und Staatschef. Es ist nicht sein erster Versuch, Einblick in das unzugängliche Protokoll der öffentlichen Verhandlung und das unter Verschluss gehaltene Ermittlungsmaterial zu bekommen. Doch Zugang zu diesen Dokumenten wird er nicht erhalten, auch nach 1989 nicht. Hinter Rubins Ermittlungen (so kann man seine Recherchen nennen, schließlich befragte er eingehend Verwandte der Opfer, traf sich mit Zeugen und offiziellen Personen, die am Verfahren teilgenommen hatten, besuchte Borbála Jancsó mehrfach im Gefängniskrankenhaus) stand stets der Verdacht, dass Piroska Jancsó lediglich Mitschuldige war und die eigentlichen Morde von den sowjetischen Soldaten verübt wurden. Diese Vermutung aber – aus der Rubin übrigens keinen Hehl machte, weshalb er Ende der sechziger Jahre ins Blickfeld der Staatssicherheit geriet – machte es unmöglich, den Fall während der Jahrzehnte des Sozialismus aufzudecken, folglich war es auch nicht möglich, die Arbeit am Buch abzuschließen. Es ist also nur zu verständlich, dass der Autor immer wieder das Gefühl hatte, vor einer Mauer zu stehen.

Die druckfertige Fassung des Manuskripts wurde schließlich von Rubins Erben Péter Siklós erstellt; ich nahm als Redakteur die letzten Korrekturen vor. Die Einführung und die ersten beiden Teile des Romans bildeten einen – wenn auch an manchen Stellen lückenhaften – mehr oder weniger zusammenhängenden Text, der dritte Teil bestand jedoch vor allem aus Fragmenten. Im Nachlass finden sich unzählige weitere Fragmente und Versionen, die sich zum Teil ausschließen, zum Teil bereits Gesagtes wiederholen. Péter Siklós und ich versuchten, alle geeigneten Passagen in die Endversion einzubauen. Unser Vorgehen war möglich, weil Szilárd Rubin den Roman von Anfang an collagenartig aufgebaut hatte. Mangels detaillierter Hinweise des Autors mussten wir manchmal über seine Absicht spekulieren, doch dies war die einzige Möglichkeit, diesen Roman, an dem er bis zum Ende seines Lebens gearbeitet hat, in Buchform zugänglich zu machen. *Der Eisengel* ist also kein völlig abgeschlossener, abgerundeter Text, aber das Buch ist auch viel mehr als ein lediglich interessantes Dokument, es ist das – wie wir hoffen – vielsagende und beachtenswerte Schattenspiel eines unvollendbaren Buches.

Im Buch kommen mehrere bedeutende Persönlichkeiten des geistigen Lebens in Ungarn vor. Ich denke, es ist unerlässlich, einige Worte über sie zu sagen.

Der in der Einführung erwähnte Lőrinc Szabó, ein wichtiger Vertreter der modernen ungarischen Lyrik des 20. Jahrhunderts, ist hier ein imaginärer Gesprächspartner, er verstarb bereits 1957. Endre Ady, dessen Name im Zusammenhang mit dem Auszug aus dem Gedicht *In einer Zeitungsnotiz die Unendlichkeit* auftaucht und von dem auch die Zeilen am Ende des dritten Teils stammen – ist ein bedeutender Lyriker und Publizist des beginnenden 20. Jahrhunderts, ein unerbittlicher und revolutionärer Kritiker der feudalen gesellschaftlichen Umstände.

Über László Németh sagt der Erzähler, er verdanke es vor allem ihm, «wenn er zumindest halbwegs zum Ungarn geworden» sei. Der große Schriftsteller und Essayist war für Rubin eine unantastbare Autorität, so etwas wie eine geistige Vaterfigur. Der zitierte Satz ist außerdem deshalb von Bedeutung, weil für Rubin, der väterlicherseits jüdische Wurzeln hatte, die Unvereinbarkeit seiner Herkunft mit seinem Nationalgefühl ein lebenslanges Dilemma bedeutete.

János Pilinszky – das Vorbild für Martinszky in *Eine beinahe alltägliche Geschichte* – ist der Fixstern der ungarischen Nachkriegslyrik, ein bis heute außerordentlich beliebter und geachteter Klassiker. Dabei ist der Ton seiner Gedichte keineswegs leicht und schmeichelhaft, sondern vielmehr tragisch und trocken. Zwischen ihm und Rubin bestand vom Ende der fünfziger Jahre bis zum Tod Pilinszkys im Jahr 1981 eine enge Freundschaft – es ist sicherlich nicht übertrieben zu behaupten, dass Pilinszky einer der wichtigsten Menschen in Rubins Leben war. Für die Literaturszene von damals war diese Freundschaft ziemlich seltsam und unverständlich – das bezeugt auch die entsprechende Passage aus *Eine beinahe alltägliche Geschichte:* «Jetzt stell dir vor, was das für ein Bild abgibt, wenn Hamlet mit Stan Laurel auf einer Parkbank vor der Burg hockt und zu ihm spricht, als wäre er sein einziger wahrer Freund!»

Ungefähr in der Mitte des zweiten Teils wird eine Schulaufführung des *Held János* erwähnt: Hierbei handelt es sich um ein bekanntes Märchen in Gedichtform von Sándor Petőfi, einem der bedeutendsten Vertreter der ungarischen Romantik, das bis heute zur Pflichtliteratur in den ungarischen Grundschulen gehört.

Gegen Ende des zweiten Teils erwähnt Rubin Kálmán Mikszáth, der über den Prozess von Tiszaeszlár berichtete. Der von 1882 bis 1883 verhandelte und mit Freispruch beendete Prozess, in dem die jüdische Bevölkerung des Ritualmords an einem christlichen Mädchen beschuldigt wurde, erregte in ganz Europa große Aufmerksamkeit. Der bis heute beliebte Kálmán Mikszáth ist einer der wichtigsten Schriftsteller der zweiten Hälfte des 19. Jahrhunderts; bei der *Seltsamen Ehe*, die im dritten Teil erwähnt wird, handelt es sich um seinen berühmtesten Roman.

Ágnes Nemes Nagy, von der Rubin in seinem Nachwort spricht, gehörte ebenso wie Pilinszky zu den Dichtern, die sich von den Erwartungen der offiziellen Kulturpolitik stets fernhielten. Nemes Nagy, die Grande Dame der ungarischen Lyrik nach 1945, war eine strenge Lektorin, die auch an ihre eigene Arbeit besonders hohe Maßstäbe anlegte. Der Schriftsteller und Journalist Andor Kellér war der Chronist der Budapester Boheme und Demimonde der Zwischenkriegszeit. Die Zeile von Gyula Illyés stammt aus seinem berühmten Gedicht, das in den Jahrzehnten des Sozialismus nur in Handschriften im Umlauf war.

In einer Welt, in der man zu den Tatsachen meist keinen Zugang hat, einen Tatsachenroman zu schreiben, ist wirklich ein selbstzerstörerisches Unterfangen. Wenn man sich allerdings die Protagonisten von *Kurze Geschichte von der ewigen Liebe* und *Eine beinahe alltägliche Geschichte* vor Augen führt, deren Vorbild Rubin selbst war, wird man bei ihnen schnell einen gewissen Hang zur Selbstzerstörung ausmachen. Wenn man so will, ist das, was am Ende bleibt, keineswegs der «dem sozialistischen Geist verbundene, künstlerisch gut gelöste und authentische Tatsachenroman», sondern eben doch die existenzialistische These über die Unergründbarkeit der Welt, die kafkaeske Parabel. Rubin verfolgt den Fall nicht als außenstehender Reporter, sondern als Ich-Erzähler des Romans, der von diesem Fall, oder, sprechen wir es ruhig aus, von Piroska Jancsós Person und ihrer Geschichte auf existenzielle Weise berührt ist. Deshalb beschränken sich seine Ermittlungen nicht auf das reine Aufdecken von Kausalzusammenhängen. Rubins Fragen sind, zumindest teilweise, von existenzialistischer Natur und beziehen sich auf die Metaphysik der Sünde; es ist kein Zufall, dass eines der Motti aus Stawrogins Beichte, der berühmten Szene aus *Böse Geister*, stammt.

Rubins Roman ist nicht durch die Nüchternheit eines Tatsachenberichts, sondern vor allem durch Brüche und Unschärfen gekennzeichnet. Es tauchen stets neue Namen,

Fakten und knappe Andeutungen auf, um dann wieder zu verschwinden; Halbausgesprochenes, das vom Leser entschlüsselt werden muss. Den strengen Aufbau, die Geschliffenheit von *Kurze Geschichte von der ewigen Liebe* und *Eine beinahe alltägliche Geschichte* sucht man in *Der Eisengel* vergeblich, da gerade das Kaleidoskophafte hier Rubins Form ist. Die Beschreibung des Milieus und der Atmosphäre von Törökszentmiklós in den fünfziger Jahren aber – das ist Szilárd Rubin in seiner ganzen Kraft. Sein Kaleidoskop zeigt uns immer wieder strahlende, einmalige Bilder.

Szilárd Rubin bei Rowohlt · Berlin und rororo

Kurze Geschichte von der ewigen Liebe

Eine beinahe alltägliche Geschichte

Die Wolfsgrube

Der Eisengel

MIX
Papier aus verantwortungsvollen Quellen
FSC® C083411

Das für dieses Buch verwendete FSC®-zertifizierte Papier
Schleipen Werkdruck liefert Cordier, Deutschland.